Jürgen Buchholz

„Verbrennt sie, die Hexen!“

Ein historischer Roman

Verlag Ernst Kaufmann

Für meine Frau, meine Mutter und meine Geschwister!

Bibliografische Information Der Deutschen Bibliothek

Die Deutsche Bibliothek verzeichnet diese Publikation in der Deutschen Nationalbibliografie; detaillierte bibliografische Daten sind im Internet über http://dnb.ddb.de abrufbar.

1. Auflage 2005

Printed in Germany
Umschlaggestaltung: JAC
Hergestellt bei Freiburger Graphische Betriebe, Freiburg
ISBN 3-7806-5029-0

Prolog

Langsam erloschen die auffallend rot gefärbten Flammen des Scheiterhaufens. Seine grellrot glühende Farbe hatte das Feuer durch das zwischen die Scheite und Reisigbündel gestreute Harz erhalten. Dieses Baumharz hatte für eine schnellere Verbrennung des noch etwas nassen Holzes gesorgt.

Der Himmel war wolkenverhangen und düster, aber es regnete nicht an diesem Nachmittag des 5. November 1599. Noch hing eine zusätzliche, dunkle Wolke über der Richtstätte. Sie zog langsam nach Osten, ins Renchtal hinein, bevor sie sich gemächlich auflöste, war aber noch aus einiger Entfernung zu sehen. Eine düstere Mahnung an die Einwohner Appenweiers und der umliegenden Ortschaften. Es roch an der Richtstätte nach verbranntem Menschenfleisch, Harz und Holz. Vor allem aber nach Menschenfleisch, süßlich und widerlich.

Der Hexer Barthel Pfeifer von Urloffen, seine Frau, die Hebamme Brigitta Pfeifer, sowie eine weitere Hexe, die Frau des Hans Sauer aus Appenweier, waren tot und verbrannt. Ihre Knochen und Kleider, Fleisch und Haare, das aufgeschichtete Holz und das Reisig zum Entzünden, es war fast alles nur noch Asche. Aber ihre Seelen waren vor der grausamen Hinrichtung durch den Pfarrer von Appenweier gerettet worden. Er hatte sie vor der Verbrennung von ihren Sünden losgesprochen. „Ego te absolvo a peccatis tuis!" war seine tröstliche Formel gewesen, als er mit der rechten Hand das Zeichen des Kreuzes vor jedem der drei zum Tode Verurteilten machte.

Doch die beiden Frauen und der Mann waren vor der Hinrichtung durch diese Worte nicht getröstet gewesen. Sie hatten die ganze Zeit auf die Hände des Scharfrichters Jakob Gilg gestarrt, der auf dem Platz vor den Scheiterhaufen stand, schräg hinter dem Geistlichen. In ihren Augen flackerte die grässliche Angst vor dem Unabwendbaren. Aber sie weinten und jammerten nicht mehr. Sie hatten keine Tränen mehr zu vergießen.

Jakob Gilg wartete mit unbewegter Miene darauf, dass er endlich mit seiner Arbeit beginnen konnte. Gilg, das wussten die Verurteilten, würde sie mit diesen seinen Händen vor dem Verbrennen erdrosseln. Ein Gnadenbeweis des Malefizgerichts[1], weil sie ihre Verbrechen nach langem Leugnen gestanden hatten.

Nur wenige der Appenweirer Bauern, Handwerker und Frauen waren aus freien Stücken zur Richtstätte gekommen, um die drei brennen zu sehen. Und von Urloffen hatte sich gar niemand nach dem nahen Appenweier gewagt, um mitzuerleben, wie das Urteil am 5. November vollstreckt wurde. Hexenverbrennungen lösten in der vorderösterreichischen Ortenau keine Freudenfeste mehr aus. Denn schon öfters hatten in den letzten vierzig Jahren die Scheiterhaufen in der Umgebung der freien Reichsstadt Offenburg gebrannt. Zuletzt vor einigen Wochen in Ortenberg. Dort hatten ein Bewohner Appenweiers, Georg Lurkher, die Witwe des Matthias Preinig aus Rammersweier und die Frau des Georg Metz aus Weier den Feuertod erlitten.

Und einige derer, die sich in früheren Jahren das grausige Schauspiel nicht hatten entgehen lassen wollen, waren inzwischen ebenfalls auf den Scheiterhaufen der Ortenau grausam gestorben. Sie wurden verbrannt, weil ihnen nachgewiesen worden war, die Ernte verdorben oder über das Vieh Unheil gebracht zu haben. Verbrannt, weil sie nach fester Überzeugung des Vogtes auf Burg Ortenberg Nachbarn verhext hatten oder Kinder im Dorf durch ihre Zaubersprüche sterben ließen. Verbrannt, weil sie der Unzucht mit dem Höllenfürsten überführt worden waren. Und sie wurden verbrannt, weil sie diesem immer neue Seelen zugeführt hatten. All diese Zauberer und Hexen hatten ihre schrecklichen Taten mit ihrem Leben gebüßt.

Keiner dieser Hexenmeister und keine der Teufelsanbeterinnen war dem Feuer entgangen, das sie bei lebendigem Leib aufgezehrt hatte. Bis auf zwei Ortenbergerinnen vor drei Jahren, die, verstockt, auf ihrer Unschuld beharrt hatten. Diese hatten ihren Sünden eine weitere Todsünde hinzugefügt. Sie hatten sich, eingekerkert auf der Burg Ortenberg, dort selbst das Leben genommen. Barbara Treyschneizler konnte nach einem Verhör außerhalb des Verlieses, das ohne Fluchtmöglichkeit war, unbemerkt ihre Füße aus den eisernen Ketten lösen. Sie war über den Wehrgang geflüchtet. Als sie auf dem Schimmelturm erkannte, dass sie die Burg Ortenberg nie würde verlassen können, hatte sie sich aus einer Dachluke auf der Burg in den tiefen Burggraben gestürzt. Die andere, Martha Kern, hängte sich verzweifelt am Schauloch des Pulverturms auf, nur zweihundert Fuß von der Richtstätte entfernt. Aber selbst das hatte diese Frauen nicht vor der Verbrennung ihrer Körper gerettet. Man verbrannte, da man die Lebenden nicht den Flammen übergeben konnte, eben ihre toten Leiber auf dem Richtplatz vor der Zugbrücke von Burg Ortenberg. So war dem Gesetz Genüge getan.

Doch ihre Seelen hatten die beiden durch den Frevel des Selbstmordes selbst ins ewige Feuer der Hölle gestoßen. Dies verkündete der Priester auf der Kanzel der Kirche in Ortenberg. Beider Überreste durften nicht in geweihter Erde begraben werden, sondern wurden zusammen mit dem verbrannten Holz des Scheiterhaufens in die träge fließende Kinzig gestreut.

Die jetzt verbrannte Hebamme Brigitta Pfeifer wusste schon bald nach ihrer Verhaftung, dass nichts sie vor dem

Feuer retten würde. Sie war unschuldig; aber niemand glaubte ihr. Sie wusste ebenso, dass ihr Mann kein Hexer war. Aber er war seit vielen Jahren mit ihr verheiratet. Deshalb musste auch er ein Hexer sein.

Als sie in der letzten Nacht vor ihrem Tod zum hundertsten Mal ihr bisheriges Leben durchforstete, konnte sie wie schon die vielen Male zuvor keine Todsünde in ihrem kurzen, mühseligen Dasein finden. Eigentlich hatte sie nur Gutes getan. Sie hatte neben der kleinen Landwirtschaft, die ihr Mann und sie betrieben hatten, den Frauen des Dorfes gegen geringes Entgelt geholfen, ihre Kinder zur Welt zu bringen. Den Ärmsten unter ihnen war sie auch gelegentlich ohne Bezahlung beigestanden. Einfach aus Menschlichkeit.

Freilich, sie hatte den vor Schmerzen schreienden Müttern ab und zu einen Trank aus Gänsefingerkraut gegeben, der die Krämpfe linderte. Manchmal auch einen zuträglichen Sud aus Hirtentäschel oder Kamille. Misstrauisch hatten die Dörfler ihre Heilkunst beobachtet. Doch es war keine Zauberei, das Wissen der Alten über die Heilkraft der Pflanzen anzuwenden. Dennoch, Frauen, die mehr von Heilkunst verstanden als die umherziehenden Medici oder der Stadtphysikus von Offenburg, waren vielen einfältigen Menschen verdächtig.

Dann war eines Tages das Unfassbare geschehen. Als das Kind des Karchers wenige Tage nach der Geburt tot in seiner Wiege lag, hatte dieser sie, Brigitta, für den unerklärbaren Tod des Säuglings verantwortlich gemacht. Es war nicht ihre Schuld, dass der Säugling gestorben war. Doch der Schmerz des verzweifelten Vaters und seiner Frau über den Verlust ihres ersten, lang erwarteten Sohnes war für beide der Auslöser, die Hebamme und ihren Mann des Schadenszaubers zu bezichtigen. Es war für die unglücklichen Eltern der einzige Ausweg gewesen, um nicht an der Güte Gottes und seiner Gerechtigkeit zu zweifeln. Der Vogt in der Burg Ortenberg hatte den Beschuldigungen der Eltern geglaubt. Er hatte sie, die Hebamme, für den Tod des kleinen Jungen verantwortlich gemacht. Brigitta konnte das nicht begreifen. Sie war doch unschuldig.

Zunächst hatte Brigitta nur Todesangst. Im Verhör sagte sie immer nur die Wahrheit, beteuerte immer wieder ihre Unschuld. Doch es half nichts. Keiner glaubte ihr. Die Fragen waren immer die gleichen. Die Schmerzen während der Folter unerträglich. Sie wollte nicht sterben. Jedoch auf dem durch ein Feuer glühend heißen Hexenstuhl im Folterraum hatte Brigitta ihren Widerstand aufgegeben. Als sie sagte, was der Vogt hören wollte, beendete der Nachrichter die Folter. Sie wurde von dem Stuhl, der ihre Haut aufgerissen und ihr Fleisch verbrannt hatte, heruntergehoben und in ihre Zelle getragen. Mit der Zeit wurden die Schmerzen durch Brandwunden, Zerrungen und Verletzungen geringer. Aber sie wusste auch, dass die unwahren Antworten, die sie sich aus Furcht vor weiteren Qualen zusammenreimt hatte, ihren Tod bedeuteten. Ohnmächtige Rachegefühle gegen ihre Peiniger schwirrten ihr durch den Kopf. Was konnte sie denn nur tun? Ja, wenn sie tatsächlich eine Hexe wäre, dachte sie, dann hätte sie geeignete Mittel, es dem heuchlerischen Vogt, dem erbarmungslosen Henker, den gleichgültigen Wächtern, dem klatschsüchtigen Dorf, dem undankbaren Karcher und seiner ebenso ungerechten Frau heimzuzahlen. Aber sie war keine Hexe.

Schließlich beherrschte nur noch ein einziger Gedanke ihr Denken. Wenn sie schon zum Tode auf dem brennenden Scheiterhaufen verurteilt wurde, sollten auch einige vornehme Personen daran glauben müssen. Die, die für die ungerechten Verurteilungen, für die Anordnung der Folter, für unerträgliche Schmerzen und den Tod von Unschuldigen verantwortlich waren. Solche hochgestellte Personen, denen das schreckliche Schicksal einer unschuldig Verurteilten gleichgültig war. Die teure Pasteten aßen und süßen Wein tranken. Die rauschende Feste feierten, während sie in Rauch aufging.

Den Vogt von Ortenberg konnte sie nicht belasten. Eine Behauptung, dass der Vogt ein Hexer sei, hätte jeder angezweifelt. Zu offensichtlich wäre es gewesen, dass eine solche Beschuldigung aus Rache geschah. Bei wem sollte sie ihn auch anzeigen, da der Vogt doch ihr Richter war. Aber die hochgestellten Räte im nahen Offenburg waren genauso für unmenschliches Leid und Schmerzen verantwortlich. Ihnen würde sie versuchen, das wegzunehmen, was sie am meisten liebten. Ihr eigenes Leben und ihre Familien. Vielleicht würden diese unseligen Verleumdungen aufhören, wenn Beschuldigungen, eine Hexe oder ein Zauberer zu sein, plötzlich auch die trafen, die vorher selbst über Leben und Tod entscheiden konnten. Ihr, der Hebamme, würde es nicht mehr helfen. Auch nicht ihrem Mann. Aber vielleicht unzähligen anderen.

„Lieber Gott", betete sie, „ich lade jetzt ungeheure Schuld auf mich. Ich lege falsches Zeugnis ab wider meinen Nächsten. Aber ich kann nicht anders. Wahrscheinlich helfe ich damit vielen anderen zu Unrecht Verurteilten. Vielleicht rette ich mehr arme Seelen, als ich jetzt mit meiner unehrlichen Aussage ins Verderben stürze. Und hoffentlich wird die Schuld, die ich jetzt auf mich lade, dann kleiner. Vergib mir, allmächtiger Gott. Vergib mir, was ich jetzt tue."

So hatte die verzweifelte Hebamme aus Urloffen, die heute mit den beiden anderen Unglücklichen verbrannt worden war, in der hochnotpeinlichen[2] Befragung nur drei Tage vor ihrem Tod noch ein aufschlussreiches Geständnis gemacht. Sie hatte unter schmerzverzerrtem Gesicht, aber mit unbändigem Trotz in den Augen, ausgesagt, dass ausgerechnet im Gerichtsgebäude zu Offenburg, der ›Pfalz‹, die Hexen oft ihre Zusammenkünfte hielten.

„Einmal“, so gestand sie, „bin ich mit dem Teufel auf einem Stecken zu einem guten Festmahl dahin gefahren. Viele stattliche Leute haben da gegessen, getrunken und getanzt, während ich im hintersten Winkel stehen musste, bis sie nach Abschluss des Festes alle ›im Hui‹ davongefahren sind. Erst danach habe ich mich an den Resten der vorher üppigen Tafel laben können.“

Wer die hohen Herren und schmucken Damen jedoch gewesen seien, konnte sie natürlich auch unter der Folter nicht sagen. Sie hatte sich in den Rats- und Zunftkreisen der Stadt Offenburg nie aufgehalten, hatte sie aufmüpfig zu Protokoll gegeben. Und Namen der Ratsmitglieder in Offenburg kannte sie keine. Dies hatte das Gericht eingesehen, nachdem ihr auch unter der furchtbarsten Folter immer noch keine Namen einfielen.

Die Niederschrift dieser entlarvenden Aussage war dem Alten Rat[3] der Stadt Offenburg durch einen Boten des vorderösterreichischen Vogtes auf Burg Ortenberg überbracht worden. In einem zusätzlichen Schreiben hatte der Vogt sein heuchlerisches Bedauern zur Kenntnis gebracht, dass das Hexenunwesen nun sogar im Rat der Stadt Offenburg um sich greife. Unverzügliches Handeln sei geboten, wolle man diese Hexenseuche eindämmen. Auch die Offenburger Zünfte wurden über diese Aussage der Brigitta Pfeifer, der ehemaligen Hebamme von Urloffen, informiert. Sie wurden gebeten, die Augen offen zu halten, um Schadenszauber und Unheil von der Stadt fern zu halten.

1.

„Es ist unglaublich“, wetterte das Mitglied des Jungen Rates, Schmied Silberrad, in der Ratssitzung. Er hielt eine Abschrift des Schreibens in den Händen, das der Vogt auf der verfallenden Burg Ortenberg den Zünften hatte zukommen lassen. „Während die Vorderösterreicher rund um Offenburg herum mit den Hexern und Hexen aufräumen, breitet sich diese Seuche hier in der Stadt immer weiter aus. Nun hält Satan mit seinen Hexen schon in unserem eigenen Gerichtsgebäude Hof. Und der Rat tut nichts.“

„Wir haben in den letzten Jahren vier Hexen hingerichtet. Wollt Ihr… “, entgegnete beunruhigt durch dieses Schreiben der Schultheiß, doch Kaspar Silberrad, der von der Zunft der Schmiede als ihr Vertreter vier Jahre zuvor in den Jungen Rat entsandt worden war, unterbrach die Entgegnung mit höhnischem Gelächter.

„Vier Hexen!“ Verächtlich schüttelte er den Kopf und sah die Mitglieder des Alten Rates erbost an. „In der gleichen Zeit sind allein in diesen winzigen Ortschaften Ortenberg und Appenweier vom vorderösterreichischen Vogt 15 Hexen hingerichtet worden. Und in Freiburg werden zur Zeit so viele Hexen verbrannt, dass jeden Tag ganze Rauchwolken die Stadt verdunkeln. Und gerade hier in Offenburg soll es keine Hexen geben?“ Wieder unterbrach er sich, um seinen Tiraden mehr Gewicht zu geben. „Während Ihr vom Alten Rat Prozesse verhindert oder verschleppt, sterben den Bürgern die Schweine weg, geben die Kühe keine Milch mehr, lahmen die Pferde. Im Wald gibt es keinen Eckerich[4] und die Leute werden diesen Winter wieder hungern. Offenburg ist ein Asyl für Hexen geworden.“ Silberrad wollte seine Anklage beenden und lehnte sich auf seinem Stuhl zurück. Da fiel ihm ein, wie er seine Anklage noch etwas verschärfen konnte. „Selbst die Ratsschreiberin Wyß war eine Hexe. Aber was hat der Rat getan? Er hat sie sogar noch gewarnt, so dass sie zu fliehen vermochte, bevor ihrem Treiben ein Ende gemacht werden konnte."

Heftiger Widerspruch über diese infame Unterstellung wurde vor allem beim Alten Rat laut. Der Alte Rat Laubbach, dessen Frau eine der vier in den letzten Jahren hingerichteten Hexen gewesen war, konnte nicht mehr an sich halten. Vor ungefähr zwei Jahren war seine zarte, zerbrechliche Frau der Hexerei angeklagt worden. Er war fürchterlich aufgebracht gewesen, dass eine überführte Hexe es wagte, die Frau eines Ratsmitgliedes ebenfalls der Hexerei zu bezichtigen. Aber die Anklage selbst hatte er nicht sehr ernst genommen. Immerhin gehörte er zu den Zwölfern, also den zwölf Mitgliedern des Alten Rates. Und die Anklage war so absurd, jeder Gedanke darüber so völlig abwegig, dass seine Frau sicher sehr bald wieder zu Hause sein würde. Die eingefangene Hexe Geiger hatte als eine ihrer Gefährtinnen bei den Zusammenkünften mit Satan seine Frau genannt. Vermutlich, weil sie dachte, dass die angesehene Frau eines Mitglieds des Alten Rates nie angeklagt werden würde. Auch seine Töchter hatte sie der Hexerei beschuldigt. Sicher hatte diese Hexe angenommen, dass der Malefizprozess gegen sie ebenfalls niedergeschlagen werden würde, wenn erst einmal der Rat der Stadt die Familie eines ihrer Mitglieder vom Vorwurf der Hexerei freisprechen würde.

Davon war eigentlich auch Laubbach ausgegangen. Aber womit er nicht gerechnet hatte, war, dass bei seiner Frau so schnell die Folter angewandt werden würde. Als Angehöriger war er in dieser Zeit der Befragung von den Beschlüssen, die seine Frau betrafen, wie auch von den vorausgehenden Beratungen ausgeschlossen gewesen. Als er vom Beschluss des Rates erfuhr, die Folter anzuwenden, war es zu spät zum Eingreifen gewesen. Seine zarte, empfindsame Frau hatte keine Schmerzen ertragen können. Sie hatte schon bei der ersten hochnotpeinlichen Befragung gestanden, eine Hexe zu sein. Er hatte sie nicht mehr retten können.

Seither konnte Laubbach nicht mehr schlafen. Immer noch sah er jede Nacht das anklagende Gesicht seiner Frau vor sich. Ihre Verzweiflung, als sie erkannte, dass er sie sterben ließ. Ihr Unvermögen, zu begreifen, dass er sie nicht in Sicherheit bringen konnte: Er, ein Mitglied des Alten Rates der Stadt Offenburg! Einer der mächtigsten Männer der Stadt konnte doch nicht unfähig sein, seine eigene Frau vor der Hinrichtung zu retten!

Angebunden an den Pfahl auf dem Scheiterhaufen hatte sie ihn nochmals Hilfe erflehend angesehen. Er war unter den Zuschauern auf dem Galgenfeld gewesen, einer der wenigen, die sich nicht an diesem in Offenburg seltenen Schauspiel ergötzten und die Hexe beschimpften und bespuckten.

Nun, in diesem Augenblick, sah er die Todesangst in den Augen seiner Frau wieder wie damals vor sich. Aber er fühlte dieses Mal nicht die lähmende Angst, die ihn vor drei Jahren bewegungsunfähig hatte werden lassen. Er sprang von seinem Stuhl an der Seitenwand des Ratssaales auf und trat vor die Schreibbank von Silberrad auf der anderen Seite des Saales. Allerdings wirkte seine drohende Haltung etwas lächerlich, denn der muskulöse und sehnige Schmied war ihm kräftemäßig haushoch überlegen.

„Ihr wisst, dass meine Frau nur auf falsche Beschuldigung dieser Hexe hin angeklagt wurde." Laubbach ballte die Fäuste. Weiß traten die Knöchel seiner Hand hervor.

Langsam hob Silberrad den mächtigen Schädel und schaute den Alten Rat herausfordernd an. Er genoss die ohnmächtige Wut des Rates Laubbach. „Und warum wurde sie dann hingerichtet?“, zischte er zurück. „Sie hat doch gestanden!“

„Schluss jetzt!“, befahl Schultheiß Stemmle von der Stirnseite des Saales her. „Laubbach, Ihr setzt Euch jetzt wieder. Diese Sache ist vorbei. Ihr macht Eure Ehefrau damit nicht wieder lebendig.“

Stumm anklagend sah Laubbach zum Schultheiß hinüber. Seine Augen brannten. Der Rat unter dem Vorsitz dieses Mannes hatte damals das vernichtende Urteil für seine Frau gefällt. Dann, plötzlich, sanken seine Schultern verzagt herab. Er wusste, Stemmle und der Rat hatten damals keine Möglichkeit zu einem anderen Urteilsspruch gehabt. Stemmle durfte keinen Unterschied machen zwischen alt eingesessenen Patriziern und armen Bauern, reichen Adligen und Not leidenden Knechten. Seine zarte Frau hatte Schmerzen noch nie gut ertragen können. Sie hatte zu schnell gestanden, eine Hexe zu sein.

Nach einem letzten wütenden Blick auf Kaspar Silberrad drehte er sich um. Es hatte keinen Sinn. Der Schultheiß hatte Recht; seine Ehefrau gab ihm keiner wieder. Mit schleppendem Gang kehrte er zu seinem Platz zurück.

„Ihr habt damals doch sowieso alles versucht, die Anklage der Geiger gegen Eure Töchter zu verhindern!“, rief der Schmied Laubbach hinterher, als der sich wieder hinsetzte. „Ich habe es doch mitbekommen, wie Ihr andere Ratsmitglieder auf Eure Seite gezogen habt…“

„Ich sagte, jetzt ist Schluss!“, donnerte der Schultheiß und ließ seine Faust schwer auf die Schreibbank vor sich fallen.

Silberrad stockte und sah rechts und links auf die anderen Mitglieder des Rates. Bei einigen vor allem aus dem jungen Rat bemerkte er auffordernde Blicke. Aber die Mehrzahl der Ratsherren sah in ihre vor ihnen liegenden

Dokumente. Sie wollten mit dem Streit nichts zu tun haben. Und einige wollten auch nicht an den Prozess gegen die Frau des Rats erinnert werden. Vor allem nicht daran, dass Laubbach tatsächlich unerlaubte Mittel angewandt hatte, um eine Anklage gegen seine Kinder zu verhindern und wenigstens seine Töchter zu retten. Denn einzelne Räte hatten heimlich davon profitiert, dass Laubbachs Töchter noch lebten.

Es war bekannt, dass Laubbach und Silberrad sich spinnefeind waren. Obwohl die Ursache des Streites zwischen den beiden Familien nicht mehr zu ermitteln war. Mit der Anschuldigung der Hexerei hatten die Silberrads damals indessen nichts zu tun gehabt. Zumindest nicht sichtbar vor den Augen des Rates.

Kaspar Silberrads Bruder Ruprecht war der Wortführer einer Bewegung, die lautstark vor allem in Zunftstuben und Wirtshäusern forderte, dass endlich mit den Missständen in der Stadt aufgeräumt werden müsse. Viel zu nachsichtig sei der Rat in all den Jahren mit ertappten Missetätern verfahren. Von Jahr zu Jahr sei die Zahl der Vergehen und Verbrechen gestiegen. Hexer und Hexen hätten in Offenburg begonnen, ihr teuflisches Unwesen zu treiben, Schaden unter Mensch und Vieh, am Getreide und im Stadtwald anzurichten – ungestört und unverfolgt.

Als Urheber dieses Übels hatte Ruprecht Silberrad den Alten Rat und bei der mangelhaften Bekämpfung des Hexenunwesens vor allem den Rat Laubbach und den Kirchherrn Rapp ausgemacht. Laubbach bremste nach Ansicht Silberrads die zwingend notwendige Hexenverfolgung, weil seine eigene Familie davon betroffen war. Warum der Pfarrer Rapp sich gegen die erbarmungslose Ausrottung dieser Hexen stellte, war dieser Bewegung unverständlich. Die Kirche war sonst nicht so zimperlich, was die Bekämpfung und Ausrottung der Teufelsanhänger betraf. Denn immer mehr breiteten sich die Hexen im Land aus. Das war deutlich zu erkennen an der fieberhaft steigenden Zahl der Hinrichtungen von Hexen überall außer in Offenburg.

Doch vor den Hexen und Zauberern war der allgemeine Sittenverfall in die Stadt gekommen. Unzucht, Trunksucht, Abkehr von der heiligen Mutter Kirche und ihren Geboten. So erkannte es diese Bewegung. Offenburg machte es Satan leicht, seine Opfer zu finden. Mit hartem Besen zu kehren, das war das Gebot der Stunde. Die Anhänger Satans überall in der Stadt aufzuspüren und vor das Malefizgericht zu stellen. Doch der Rat in Offenburg verschloss die Augen vor diesem Übel. Er tat so, als bemerke er den Sittenverfall nicht. Der Alte Rat tat nichts.

Kaspar Silberrad ahnte, dass er heute keine Mehrheit im Rat zur Verschärfung der Hexenverfolgung und zur Unterstützung seines Bruders Ruprecht bekommen würde. Die Sympathien waren nach dessen Gefühlsausbruch mehrheitlich für Laubbach. Aber er konnte den Boden bereiten für strengere Maßnahmen, wie sie sein Bruder Ruprecht forderte.

„Ich stelle den Antrag, dass die Wächter, Zöllner und Soldaten an den Stadttoren wegen ›Vollsaufens, Schlafens und unfleißigen Wächterdienstes‹ mit Turmstrafe bestraft werden.“ Einer der vier Stettmeister[3] der Stadt hatte den Antrag gestellt, um von dem peinlichen Zwist zwischen Georg Laubbach und Kaspar Silberrad abzulenken. Zustimmendes Gemurmel aus den Reihen der Ratsmitglieder zeigte, dass dieses Problem allseits bekannt war.

„Was genau ist passiert?“ Man hörte die Erleichterung in der Stimme des Schultheiß heraus, dass das Thema des Streits zwischen Laubbach und Silberrad endlich beendet war.

„Bei meiner letzten Kontrolle waren die Wächter am Neutor, am Schwabhauser Tor und am Kinzigtor alle betrunken. Nur der Zöllner am Kinzigtor versah seinen Dienst ordnungsgemäß. Die Soldaten von der Klosterschanze saßen in der ›Sonne‹ und haben ebenfalls gezecht. Der Wirt der Sonne hat nach einigem Zögern zugegeben, dass das nicht das erste Mal gewesen sei."

„Wir müssen ein Exempel statuieren!", forderte Silberrad lautstark. „Das ist ja nicht das erste Mal, dass so etwas in Offenburg passiert. Aber bisher haben alle Ermahnungen nichts genutzt."

Dieses Mal war sogar Georg Laubbach der Meinung Silberrads. Schließlich beschloss der Rat mit einundzwanzig von vierundzwanzig Stimmen für die gesamte Mannschaft, die zur Zeit der Kontrolle Dienst gehabt hatte, eine Haftstrafe von drei Tagen bei Wasser und Brot. Nur der Zöllner am Kinzigtor war von dieser harten Maßnahme ausgeschlossen.

Die Räte Blankenbach, Bader und Hauser enthielten sich der Stimme. Das war kein Wunder. Es war noch keine drei Monate her, dass Jeremias Blankenbach eines Nachts sinnlos betrunken fluchend durch die Gassen gelaufen war und auf die Steine auf der Straße eingehauen hatte, während seine beiden ebenfalls betrunkenen Ratskollegen Bader und Hauser sich darüber so laut belustigten, dass Anwohner einen Stettmeister holten. Der ließ alle drei zur Ausnüchterung in den Kinzigturm bringen.

„Das zeigt, wie weit wir gekommen sind", ergriff Silberrad wieder das Wort. „Indem wir die allgemeinen Sitten verkommen lassen, bereiten wir den Boden für Satan und seine Anhänger. In solch einer Gesellschaft ist es leicht für den Höllenfürsten, Hexen und Zauberer anzuwerben. Wohin soll das alles noch führen? Schon die Jugend ist vollkommen verdorben."

„Da hat Herr Silberrad nicht Unrecht“, meldete sich der Kirchherr und Pfarrer der Hl. Kreuzkirche, Hieremias Rapp, zu Wort.

Der Kirchherr war im Allgemeinen kein Befürworter der rigorosen Anwendung der Folter bei der Hexenverfolgung. Er hatte dies auch schon oft bewiesen, wenngleich er damals die hochnotpeinliche Befragung der Frau des Rates Laubbach und deren Töchter mitgetragen und diese Inquisition mit verantwortet hatte. Er war in gewaltiger Sorge um die Moral seiner Schäfchen, besonders der Jugend. Denn der Kirchherr war gleichzeitig auch Schulherr.

„Ich muss zugeben, dass mir die zunehmende Vernachlässigung des Gottesdienstes, das Fluchen und Gotteslästern großen Kummer macht. Die Jugend treibt sich am Sonntag auf den Straßen herum und tanzt sogar zur Laute, während nur noch die Alten zum Gottesdienst gehen. Die Christenlehre wird nur noch von wenigen Jugendlichen wahrgenommen.“

„Da sind die Eltern und Lehrer schuld“, rief Stettmeister Wöller eifrig. „Ihr, Hochwürden, müsstet als Schulherr die Kinder und die Eltern zur Verantwortung ziehen.“

Doch Kirchherr Rapp wollte das nicht auf sich sitzen lassen.

„Ich glaube, wenn der Rat während der Gottesdienste Märkte in der Stadt erlaubt, ist es kein Wunder, dass Bauern und Städter statt in die Kirche auf den Markt gehen. Auch das ist ein schlechtes Beispiel für die Jugend. Man sollte nicht immer alles auf die Schule schieben“, hob er den Zeigefinger. „Die Erwachsenen leben das schlechte Beispiel vor.“

„Von denen einmal ganz abgesehen, die während der Messe in den Pasteten- und Wirtshäusern schwelgen“, warf Kaspar Silberrad mit einem schnellen Blick auf den

Rat Blankenbach ein, dessen rote Äderchen auf der Nase von häufigem ungezügelten Weingenuss zeugten.

Aber Jeremias Blankenbach schien den Einwurf nicht auf sich zu beziehen, denn auch er steuerte seinen Beitrag zu der allgemeinen Klage über die Sittenlosigkeit der Stadt bei. „Ich glaube, es sollte auch untersagt werden, dass am Sonntag gefischt oder gejagt wird."

„Und wann sollen wir dann jagen? Während der Woche habe ich keine Zeit", sagte Rat Kiefer.

„Es muss ja nicht gerade zur Zeit des Gottesdienstes sein", beruhigte der Kirchherr gütlich. „Wenngleich die Bibel sagt, dass man am siebten Tag ruhen soll."

„Das macht unser Herr Kiefer doch", ließ sich der Junker von Schauenburg vernehmen. „Der bringt doch meistens sowieso nichts von seiner Jagd nach Hause."

Allgemeines Lachen begleitete die Anspielung des Adligen auf die schlechten Jagdergebnisse des Stettmeisters.

„Jetzt wird die ganze Sache wieder ins Lächerliche gezogen", beklagte sich Kaspar Silberrad. „Dabei ist das, was bis jetzt vorgebracht wurde, das kleinste Übel. Die Verderbtheit der Frauen ist es, die zum Himmel schreit. Es sind nicht nur die Witwen, die sich mit Mannsbildern unzüchtig einlassen. Unsere jungen Mädchen sind es auch, die im Jungfrauenkranz zum Altare schreiten, obwohl sie schon vorher gesündigt und sich unzüchtig verhalten haben. Es ist doch fast schon allgemein üblich, dass der göttliche Segen der Ehe erst dann erteilt wird, wenn bereits die Frucht dieser Unzucht gezeugt ist. Und wenn ein Kind dann schon nach sieben Monaten zur Welt kommt, ist seltsamerweise die Mutter jedes Mal vorher die Treppe hinunter gestürzt."

Bedrückt nickte Kirchherr Rapp mit dem Kopf, während über die Gesichter der anderen Räte ein Lächeln huschte. Die meisten wandten den Blick von Silberrad ab und ihren Unterlagen auf ihren schmalen Tischen ähnelnden Schreibbänken zu. Sie kannten den neuerlichen Hass des Kaspar Silberrad auf die Frauen. Seine Frau hatte sich im letzten Jahr von ihm getrennt. Sie hielt es nicht mehr bei ihm aus. Seine Selbstgerechtigkeit, sein Jähzorn, sein Hass hatten sie von ihm fortgetrieben. Nun waren sein Stolz und seine Eitelkeit verletzt. Und es war auch nach einem Jahr Trennung nicht besser geworden. Schon hörte man Gerüchte, dass er seiner Frau sogar ihren Unterhalt vorenthalten würde, obwohl sie nicht geschieden waren. Noch ein zweites Gerücht machte die Runde. Obwohl er seinen Hass auf seine Frau öffentlich versprühte, würde er – so hieß es unter vorgehaltener Hand – doch seine Eitelkeit an einem jungen Mädchen erproben. Aber dies war nicht erwiesen; nur ein Gerücht.

Allerdings war es auch dem Rat Geuß bei diesem Thema nicht sonderlich wohl in seiner Haut. Er fürchtete den beißenden Spott der restlichen Ratsmitglieder. In seiner Ehe stimmte es schon lange nicht mehr. Seine Frau verhielt sich seit Jahren kalt und abweisend. Doch erst vor kurzem hatte ihm ein guter Freund geraten, etwas besser auf seine Gattin aufzupassen. Angeblich hatte sie einen jungen Liebhaber. Er musste dieser Verdächtigung noch intensiver nachgehen, wurde ihm gerade wieder bewusst. Unsicher sah er in die Runde. Aber die anderen beachteten ihn nicht.

„Wer, glaubt Ihr“, fuhr Silberrad mit seiner Anklage fort, „flüstert den Mädchen ins Ohr, dass Unzucht nicht so schlimm ist? Natürlich der Teufel. Und wenn er die Mädchen erst einmal so weit hat, dass sie diesem Ruf folgen, dann treiben sie es auch mit ihm selbst. Nach kurzer Zeit bewegt er sie, ihm weitere Gespielinnen zuzuführen. Und wieder haben wir ein paar Hexen mehr. Und diese verderben dann weitere Jungfrauen. Und so setzt sich das Ganze fort. Und wir tun nichts, nichts, nichts!“

Dieser selbstgerechte Lump, dachte Laubbach. Er verführt doch gerade ein junges Mädchen. Wenn ich ihm das nur nachweisen könnte…

„Wir können nur tätig werden, wenn jemand geschädigt wird und Anklage erhebt“, erinnerte Schultheiß Stemmle.

„Ja, aber das tut kaum einer, da er die Kosten für den Prozess scheut, den der Ankläger selbst bezahlen muss.“

„So ist nun mal das Gesetz“, beschied Schultheiß Stemmle abschließend.

2.

Als Kaspar Silberrad seinem Bruder am Abend verschwörerisch von den vertraulichen Beratungen erzählte, lachte der nur spöttisch. Er hatte noch einen Trumpf im Ärmel. Er würde gegen den Schultheiß und den Alten Rat ein Verfahren vor dem Reichshofrat führen. Die Zünfte würden ihn unterstützen. Denn die Zünfte hörten aufs Maul des Volkes. Und das Volk in Offenburg, noch nicht von zu vielen Hinrichtungen verängstigt oder erschreckt, ergötzte sich an Hexenverbrennungen. Offenburger waren ›Freie Reichsstädter‹, die nichts gemein hatten mit den ›Vorderösterreichischen‹ und deren Hexen. Dennoch hatten die Bürger Offenburgs immer neidisch auf die Rauchfahnen auf dem Hügel der Burg Ortenberg geschielt, wenn für das Volk außerhalb der Stadt wieder eines dieser Schauspiele stattfand, das die Zuschauer so herrlich erregte. Wenn die Schreie der Gequälten das Blut in den Adern gefrieren ließ. Wenn die Erkenntnis schaudern machte, dass diese Menschen auf den brennenden Holzscheiten, mit denen die Umstehenden gesprochen, gelacht, in der Kirche gebetet hatten, sich dem Teufel hingegeben hatten. Wenn die Zuschauer ein heiliger Schau-

der ergriff, dass Satan wieder Gefolgsleute oder treue Anhängerinnen verloren hatte. Wenn selbst der Priester erleichtert war, dass das sündige Fleisch verbrannte, denn damit waren für den Herrn Seelen gerettet worden.
Die Offenburger hatten diese Attraktionen, die ja gleichzeitig eine grandiose, Seelen rettende Wirkung hatten, in ihrer Stadt seit Menschengedenken nur viermal erleben dürfen. Sie mussten nach Ortenberg pilgern, um solch ein Spektakel zu erleben. Aber dies war nicht so interessant, denn die dort Verurteilten kannte niemand aus Offenburg.

So setzte Ruprecht Silberrad ein Schreiben an den Reichshofrat auf, *das mit der Execution Justitiae gegen etlichen hochverschreiten Zauberischen weibs Persohnen, sehr langsamb oder gar nichtt procediret werden will, die Statt Offenburg vonn denn benachbartten, bei welchem viel dergleichen Teüffels weyber hingericht ..., nit allein als ob es gleichsam ein asylum der Hexerey, beschreyet, sonder dass söllich Zaubersche Laster nitt gestrafft, und außgereutet (werde, so dass) der eusserste schaden gemeiner Statt ... an verderbung des Lieben getraidts, Leüth (und) Vieh (zu beklagen sei).*

Tatsächlich sandte wenige Wochen später Kaiser Rudolf II. eine dreiköpfige Kommission unter Vorsitz des Landvogtes des Unterelsass, Friedrich von Fürstenberg, nach Offenburg. Nach Abschluss seiner nicht sehr umfangreichen Untersuchungen sprach der zu den Zünften. Er beteuerte, dass er zwar nicht daran zweifle, dass der ehrenwerte Rat den Hexen ernstlich nachsetze, dennoch habe er den edlen Herren der Stadt Offenburg sicherheitshalber befohlen, der Hexerei verdächtige Personen unverzüglich zu verfolgen und nach der von Kaiser Karl V. verhängten Halsgerichtsordnung[1] zu bestrafen, um nicht wieder gutzumachenden Schaden und Unheil zu verhüten. Der Bericht darüber würde unverzüglich nach

Prag an den kaiserlichen Hof gesandt. Unterzeichnet hatten neben Friedrich Graf von Fürstenberg und Heiligenberg auch die Subdelegierten Hanß Georg Egeloff von Zell, Doctor Melchior Johner und Mattheus Hoffmann.

Rudolf II. billigte die Anordnung der Kommission und drohte der Stadt Offenburg für den Fall, dass sie gegen die Anordnungen verstoßen sollte, seine *schwere ungnad und straff, darzu (ein Bußgeld) Nemblich dreissig Marck löttigs Gollts* an.

Ruprecht Silberrad jubelte. Er hatte erreicht, was er wollte. Schneller, als es zu erwarten war. Der Alte Rat wurde endlich gezwungen, etwas gegen die zunehmende Ausbreitung der Hexen in der Stadt zu unternehmen. Jetzt musste nur noch erreicht werden, dass die für die Ankläger teuren Prozesse verbilligt wurden. Dann hätten Hexen in der Stadt kaum noch eine Möglichkeit, ihr teuflisches Werk auszuüben.

„Ich stelle den Antrag“, sagte sein Bruder Kaspar in der nächsten Ratssitzung, dass nicht mehr der um das Wohl der Gemeinschaft besorgte Ankläger einer Hexe den Prozess bezahlen muss, sondern dass der Rat sich ›von Obrigkeit her‹ der Sache annimmt.“

Allgemeine Entrüstung, zum Teil Fassungslosigkeit machte sich unter den Mitgliedern des Alten Rates breit. Wie sollte das bei den stets leeren Kassen der Stadt bezahlt werden?

„Denkt daran, dass der Kommissar des Kaisers befohlen hat, sich mehr um die Bekämpfung des Hexenunwesens zu kümmern“, erinnerte Kaspar Silberrad. „Oder seid ihr bereit, fünfzehn Pfund Gold an den Kaiser zu zahlen?“

„Wieso soll die Stadtkasse diese Prozesse und die damit verbundenen weiteren Kosten bezahlen?“, maulte der Ratsschreiber, der wie immer die Sitzung protokollierte, halblaut vor sich hin.

Obwohl Silberrad ihn normalerweise keiner Antwort gewürdigt hätte, heute tat er es. „Ich habe alles genauestens überlegt“, lehnte er sich selbstgefällig in seinem gepolsterten Stuhl zurück. „Die gesamten Kosten des Prozesses, das Essen und die Getränke für Richter und Kirchherr bei der Beschlussfassung, das Essen für den Scharfrichter während seiner Arbeit, die Kosten für das eventuelle Vorladen von Fürbittern sowie die Kosten für die Verpflegung der Delinquenten während der Untersuchungshaft und die Unkosten, die durch das Abstellen der Wachen entstehen, müssen die Angehörigen übernehmen. Ebenso die Kosten für die Bezahlung des Scharfrichters für seine Tätigkeit am Hinrichtungstag und die Kosten für das Essen der Richter und des Pfarrers am gleichen Tag.“

Dieser die Stadtkasse schonende Vorschlag wurde nach kurzer Beratung wegen der sonst drohenden Strafen allgemein gebilligt.

So erließen *die edlen, ehrenfesten Fürsichtigen und Weisen Herrn Schultheiß, Meister und Rat der heiligen Reichsstadt* an die Zünfte ein Edikt, mit dem sie ihre bisherige nachgiebige und vorsichtige Verfahrensweise verteidigten.

Wesmaßen etliche sorgfältige Bürger an gehaltener Exekutive unterschiedlicher Weibspersonen wegen geübter Zauberei und Hexenwerks noch nicht ersättigt, sondern einen Ehrbaren Rat ferner zu bewegen gesinnt sind, so verwies der Rat darauf, dass er in der Vergangenheit weder leichtsinnig noch parteiisch vorgegangen sei. Dennoch hätten gewisse Unruhestifter nicht aufgehört, Unruhe und Zwietracht zu säen. Falls nun irgendein Bürger jemanden der Hexerei oder Zauberei anklage und dafür Beweise erbringe, so werde *der Rat sich der Sache von Obrigkeit her annehmen.* Der Rat würde in Zukunft die Kosten des Gerichtsverfahrens übernehmen. Somit würde das bisherige Anklageverfahren in ein Untersuchungsverfahren von Amts wegen überführt.

Die Mitglieder des Alten Rates hofften damit, die Unruhe unter der Bevölkerung, die Aufwiegelung der Bürger durch die Männer um Kaspar und Ruprecht Silberrad aufhalten zu können. Es war eine der krassesten Fehleinschätzungen, wie sich später herausstellen sollte. Denn die Folge war, dass die Verantwortung, die der Einzelne vorher bei einer Klage übernehmen musste, wie auch die finanzielle Belastung, die ihn vielleicht vor einer leichtfertigen Verdächtigung abgehalten hätte, nun der ungezügelten Anprangerung Tür und Tor öffnete.

Das Edikt wurde den Zünften übergeben und in den Zunftstuben heftig diskutiert.

Jakob Fiegenbach, von der Zunft der Rebleute, übernahm in der Zunftstube das Wort. „Der Rat will uns Sand in die Augen streuen. Wenn er von Amts wegen den Anzeigen nachgeht, kann niemand mehr das Ergebnis überprüfen. Er ist keinem Ankläger mehr über seine Ermittlungen Rechenschaft schuldig."

„Ich weiß nicht, ob wir wegen dem bisschen Schadenszauber, der in den vergangenen Jahren aufgetreten ist, dieses Edikt ablehnen sollten", meinte bedächtig Zunftmeister Specht.

„Es ist nicht nur die Gefährdung für das Vieh und die Reben. Unsere Kinder sind auch in Todesgefahr. Und jede Hexe, die ihr Unwesen treibt, bringt dem Satan unzählige neue Opfer. Wir müssen uns selbst darum kümmern, dass diese Pest der Verbreitung von Hexen und Zauberern nicht weiter zunimmt."

„Aber wenn wir das Edikt ablehnen, kostet uns das Geld", rief ein Zunftmitglied dazwischen. „Lasst das doch den Rat selbst machen."

„Und mit welchem Ergebnis? Bisher hat er nur wenige Hexen in Offenburg gefasst. Dabei gibt es hier mehr als genug davon. Ihr könnt mich einen Schelm oder Dieb nennen, wenn ich Euch nicht innerhalb von vierzehn Tage eine Hexe bringe, die ihre Missetaten gestehen wird. Und zwar auf meine Kosten", setzte Fiegenbach hitzig dagegen. Er leerte seinen Krug Wein, ohne ihn ein einziges Mal abzusetzen.

3.

„Ich erhebe Anklage gegen Christine Rockenbach, Frau des ehemaligen Wirtes Rockenbach und Witwe des Romann Köpfer", sagte Jakob Fiegenbach am Morgen des 24. November vor dem versammelten Rat. Er war mit einem Freund, dem Thomas Dreier, zur Klage erschienen. Nun stand er in der Mitte des Ratssaales, direkt unter dem runden schmiedeeisernen Leuchter. Links von ihnen saßen die Mitglieder des Alten, rechts von ihnen die des Jungen Rates in gepolsterten Stühlen entlang der Saalwand. Vor den beiden Klägern an der Stirnseite des Saales saß in der Mitte der Schultheiß, waren auch die Sitze für Syndikus, Ratsschreiber und die beiden Kirchherrn.

„Was habt Ihr der Frau vorzuwerfen?", fragte Schultheiß Stemmle. Noch glaubte er, dass es sich um eine Bagatelle handelte, etwa um eine nicht einwandfreie Rechnung. Auch die anderen Ratsmitglieder waren an diesem frühen Morgen noch mit anderen Dingen beschäftigt und hörten nur mit einem Ohr zu. Doch der nächste Satz ließ sie aufhorchen.

„Ich klage Christine Rockenbach der Hexerei und des Schadenszaubers an meinem Freund Thomas Dreier an."

„Was?", richtete sich Stemmle ungläubig in seinem mit Armlehnen versehenen Sitz auf. „Welche Beweise habt Ihr?"

„Sie hat meinem Freund vor ungefähr vier Jahren in einem Glas einen Wein gegeben, vor dem es ihm gegraust hat. Der Wein sah aus, als wenn er aus Alaun[5] wäre."

„Warum habt Ihr ihn dann getrunken?", wandte sich Stemmle kopfschüttelnd direkt an Dreier.

Thomas Dreier wirkte unsicher. Er trat von einem Bein aufs andere. „Sie hat mich überredet. Sie hat behauptet, auf das Aussehen eines Weines käme es nicht an. Nur auf das, was er bewirkt."

Einige der Räte lachten belustigt auf.

„Woher hatte sie den Wein denn?"

„Aus einem Zinnkrug, der auf dem Tisch stand."

„Und was hat er bewirkt?"

„Mir wurde bald darauf furchtbar übel."

Wieder lachten die Mitglieder des Rates. Auch Stemmle konnte sich ein Schmunzeln nicht verkneifen.

Fiegenbach aber warf ein: „Das war vor vier Jahren. Sein Leibweh ist er aber bis heute nicht los."

Stemmle wurde ungeduldig. „Mag sein, dass der Wein damals schlecht war. Aber wie kommt Ihr zu der Behauptung, dass die Frau vom Rockenbach eine Hexe ist und den Wein so verhext hat, dass ihr heute noch Leibweh habt?"

„Sie hat mit dem Satan zu tun."

„Jetzt lasst Euch doch nicht alle Würmer zur Nase raus ziehen", entgegnete Stemmle erbost. „Wieso hat sie mit dem Satan zu tun?"

Dreier wand sich und blickte Hilfe suchend Fiegenbach an.

„Das hat mit mir zu tun", gab der zu. „Ich habe einmal, als ich ein wenig zu viel getrunken hatte, zu ihr gesagt, ich hätte etwas teuflisch Gutes in meiner Hose. Ob sie das nicht einmal probieren wolle."

Angeekelt hob Kirchherr Rapp seinen Kopf und sah zu Fiegenbach hin.

„Und?“, fragte Stemmle ungerührt.

„Sie hat gelacht und gesagt, das glaube sie nicht. Sie wüsste, wie gut ausstaffiert der Teufel sei. Der sei mit einem wie mir nicht zu vergleichen.“

Einige der Räte schmunzelten, trotz des Ernstes der Lage für die Rockenbach.

„Ich glaube nicht, dass das für eine Anklage reicht“, meinte Stemmle. „Aber wir werden uns morgen beraten.“

„Es gibt noch einen weiteren Grund“, nahm Fiegenbach das Gespräch ungefragt nochmals auf. „Die Rockenbach wurde jedes Mal seltsam still, wenn in ihrer Stube das Gespräch auf eine verurteilte Hexe kam. Als ich sie einmal fragte, ob sie denn dazu gar nichts zu sagen hätte, meinte sie, wir würden uns ja genug das Maul darüber zerreißen. Da müsste sie nicht auch noch ihren Beitrag dazu geben. Dabei hat sie sonst über alles gespottet.“

„Ja, ja, ist gut“, entgegnete Schultheiß Stemmle ungehalten, weil Fiegenbach allmählich dem Rat die Zeit stahl. „Ihr könnt jetzt gehen, wenn Ihr nicht noch weitere Anklagepunkte habt.“

Doch am nächsten Morgen standen der Schuster Sprengler und seine Frau ebenfalls mitten im Saal vor dem Rat der Stadt.

„Wir möchten die Christine Rockenbach der Hexerei anklagen.“

„Hat Euch Fiegenbach geschickt?“

„Er hat uns nur gesagt, wir sollen dem Rat erzählen, was diese Hexe uns angetan hat.“

„Noch ist sie der Hexerei nicht überführt“, meinte Stemmle. „Was habt Ihr vorzubringen?“

Frau Sprengler nahm das Wort. „Diese He…, ich meine, die Christine, hat unserem Kind die Milch verdorben. Außerdem hat sie den Kleinen geblendet.“

„Und? Wie hat sie das angestellt?"

„Eines schönen Tages kam ich mit dem Kleinen an ihrer Wirtsstube vorbei. Weil mein Mann noch nicht zu Hause war, wollte ich nur kurz schauen, ob er wieder in der Wirtschaft sitzt. Er war aber nicht dort. Die Christine brachte gerade Wein an den Stammtisch und schenkte ein. Als sie mich in der Türe sah, fragte sie, ob denn der Kleine auch schon Wein trinken könne. Ich habe ihr nichts geantwortet, denn ich wollte ja nur sehen, ob mein Mann da ist und bin sofort wieder gegangen. Am gleichen Abend hat mein Kind die Milch, die es getrunken hat, erbrochen. Am nächsten Tag auch. Und anschließend wollte mein Junge nie mehr Milch trinken. Aber das hat Christine nicht genügt. Ein halbes Jahr später wurde er auch noch blind.[6] Obwohl ich nie mehr in ihrer Wirtsstube war. Und mein Mann auch nicht, nachdem er das mit dem Dreier erfahren hatte. Wahrscheinlich war das die Rache, weil er nicht mehr kam und sie hat gedacht, er kommt nicht mehr, weil ich es ihm verboten hätte."

„Ich will, dass die Klage schriftlich eingereicht wird. Sagt das auch dem Fiegenbach", beschied der Schultheiß. „Ist jemand vom Rat anderer Ansicht?"

Aber alle Räte waren einverstanden. Dies war ein Fall, der nicht so leicht zu entscheiden war. Zu viele Fragen waren offen. Es war möglich, dass man in diesem Fall erst ein Rechtsgutachten aus Straßburg einholen musste. Da war es ratsam, dass man die Anklagepunkte direkt durch die Kläger formulieren ließ. Schließlich ging es um ein Menschenleben.

Fiegenbach und seine Genossen zögerten nicht lange. Ruprecht Silberrad hatte sich erboten, die Anklageschrift zu formulieren. Allerdings durfte niemand wissen, dass er in dieser Sache seine Finger im Spiel hatte. Er blieb im Hintergrund.

Eine Woche später entschied der Rat nach langer Diskussion, ein Malefizverfahren gegen Christine Rockenbach zu eröffnen. Noch am gleichen Tag holte ein Trupp von sechs Häschern, angeführt von zwei Wächtern des Kinzigturms, die ahnungslose Frau aus ihrem Haus. Jeder der sechs bekam für dieses ›Einfangen‹ zwei Batzen[7]. Sie brachten Christine Rockenbach gefesselt in eine Zelle des Klosterturms.

4.

Christine Rockenbach, an den Händen gefesselt, saß auf dem schon halb verfaulten Stroh in ihrer Zelle und weinte. Morgen sollte die hochnotpeinliche Befragung durchgeführt werden. Gerade war der Meister, wie man den Scharfrichter auch nannte, wieder gegangen. Er hatte Christine die Folterwerkzeuge im Verhörraum des Klosterturms gezeigt und erklärt, wie man sie anwenden würde, wenn sie sich weigerte, ein Geständnis abzulegen. So, wie es im Verfahren für Hexenprozesse vorgeschrieben war; im Hexenhammer, dem Werk des Dominikaners Krämer aus Schlettstadt, der sich Institoris genannt hatte.

Nun war außer ihr nur noch der Kirchherr, Hieremias Rapp, in der muffigen Zelle. Er hatte sich von einem der beiden Gefangenenwärter einen niederen Hocker bringen lassen und saß ihr gerade gegenüber. Es war ein stattlicher Mann. Mit seinen jetzt achtundvierzig Jahren hatte er viel erreicht. Er war Mitglied des immer noch existierenden Straßburger Domkapitels, obwohl sich der Straßburger Bischof Karl von Lothringen nach Molsheim geflüchtet hatte, nachdem die Reformation auch Straßburg gewonnen hatte. Seit einem Jahr hatten die abtrünnigen Evangelischen sogar einen Gegenbischof ernannt, den sechzehnjährigen Sohn des Kurfürsten von Brandenburg, der gerade in Straßburg studierte. Nun war Hieremias Rapp Verhandlungsführer der katholischen Seite, um den untragbaren Zustand der Doppelbesetzung des Bischofsstuhls zu beenden. Aber in erster Linie fühlte er sich für seine Schäfchen in Offenburg zuständig. Und Offenburg war katholisch. Ohne Ausnahme. Keiner, der dem katholischen Glauben nicht angehörte, bekam das Bürgerrecht in der freien Reichsstadt.

Mit leiser, mitfühlender Stimme redete er auf Christine Rockenbach ein. „Erforsche dein Gewissen, Tochter. Sag die Wahrheit."

Rapp wartete geduldig, bis das heftige Schluchzen aufgehört hatte und die Tränen der Frau versiegt waren. Gedankenverloren strich er über seinen im Stil der Zeit kurz geschnittenen Kinnbart.

Erst vor kurzem hatte er eine Neuauflage des ›Hexenhammer‹ für seine umfangreiche Bibliothek gekauft. In diesem umfangreichen Werk war auch beschrieben, woran man eine Hexe erkannte. Dennoch war er im Zweifel. War dies eine Hexe? Von der Schlagfertigkeit, für die Christine bekannt war, war nichts mehr übrig. Vor ihm saß ein Häufchen Elend.

Andererseits wogen die Argumente der Ankläger, besonders der Sprenglers, schwer. Wieso war die Milch plötzlich schlecht? Weshalb hatte sich das Kind geweigert, andere Milch zu trinken? Warum war es blind geworden? Das war nicht zu erklären. Da konnte nur der Teufel seine Hand im Spiel gehabt haben. Dieses Kind war vorher kerngesund gewesen. Irgendetwas, das fühlte er, stimmte mit der Frau nicht.

„Ich bin unschuldig, Hochwürden." Fast flüsternd kamen die Worte. Ängstlich sah Christine Rockenbach den Priester aus rot geweinten Augen an. Sie wischte sich mit dem Ärmel ihres Kleides über die Augen, um die Tränen abzuwischen.

Der Kirchherr seufzte. „Gehen wir die Anklagepunkte nochmals durch. Hast du den Dreier mit dem Wein vergiftet?“

„Nein.“ Entschieden, laut, überzeugt klang die Stimme.

„Aber er hat ihn doch nicht trinken wollen, weil er so seltsam nach Alaun schmeckte. Du, Tochter, hast ihn überredet.“

„Es war Wein, der schon einen Tag im Zinnkrug[7] stand. Wenn er zu lange da drin ist, wird der Geschmack immer schlechter. Normalerweise hätte ich ihn am Tag zuvor wieder ins Fass zurückgeschüttet. Aber ich hatte es vollkommen vergessen. Ich habe das Glas dem Dreier für drei Pfennige statt für sieben gegeben. Er hat doch sowieso nie genug Geld, aber immer Durst.“

„Hm“, legte der Kirchherr seine Stirn in Falten. „Aber es geht ihm heute noch schlecht, nach vier Jahren.“

„Ich bin aber daran nicht schuld.“

„Lassen wir das vorerst mal beiseite.“ Diese andere Sache, deren sie angeklagt war, erschien ihm wichtiger. „Wie erklärst du dir die Blindheit des Kindes der Sprenglers?“

„Ich kann es mir nicht erklären. Ich habe das Kind noch nie richtig gesehen. Nur einmal in unserer Gaststube. Aber nur von weitem. Ich tue doch niemand etwas. Erst recht nicht einem Kind.“

„Erst nach deiner Frage, ob das Kind auch Wein wolle, hat es die Milch nicht mehr trinken können und immer wieder ausgespuckt. Kommt dir das nicht seltsam vor?“

„Ja, schon. Aber es war doch ein Scherz.“

Dem Kirchherrn Rapp kam ein abenteuerlicher Gedanke. Vielleicht hatte Satan der Christine Rockenbach einen Gefallen tun wollen, ohne dass sie es wusste. Dann aber müsste sie mit ihm in Verbindung stehen.

„Hast du dich je mit dem Teufel eingelassen?“, fragte er streng. Jegliches Mitgefühl, jede Sanftheit war aus seinem Gesicht geschwunden. Ernst, mit zusammengezogenen Brauen, saß er vor ihr auf dem niederen Hocker und sah auf sie herab.

Erschrocken blickte ihn die Frau an. „Was meint Ihr mit ›eingelassen‹?"

„Ich meine, ob der Teufel bei dir gelegen hat! Ob du Unzucht mit ihm getrieben hast!"

„Nein!", rief sie entsetzt. „Hochwürden, ich bin doch keine Hexe. Nie würde ich unseren Herrn Jesus so verleugnen."

„Aber du hast dem Fiegenbach gesagt, du wüsstest, wie der Teufel ausstaffiert sei."

Christine starrte den Pfarrer aus weit aufgerissenen Augen an. „Das soll ich gesagt haben?" Aber noch während sie den Kopf schüttelte, fiel ihr die Szene wieder ein. Ohne es zu merken, verzog sich ihr Gesicht zu einem Grinsen. „Doch, das habe ich gesagt. Aber nur, weil er mit seinem Gemächt so angegeben hat, als er betrunken war. Das war doch nicht ernst gemeint. Ich schwöre bei der Jungfrau..."

„Halt!", rief Hieremias Rapp. „Schwöre nicht leichtfertig, Weib."

„Aber Ihr glaubt mir sonst nicht." Christines Gesicht hatte wieder den verzweifelten Ausdruck vom Beginn der Vernehmung angenommen.

Ernst sah ihr der Pfarrherr in die Augen, als versuche er, die Wahrheit zu ergründen. Lange schwieg er. Christine traten wieder die Tränen in die Augen. Wie konnte sie ihn nur überzeugen? Es war alles so unwirklich. So ganz ohne Vernunft. Das Ganze war – teuflisch.

„Hast du je bei einem anderen Mann außer deinen beiden Ehemännern gelegen?"

Christine schwieg. Sie senkte den Kopf. Aber ihr Gesicht begann, sich rot zu verfärben. Selbst im unzulänglichen Licht in der Zelle war dies zu sehen. Ein Funkeln trat in Pfarrer Rapps Augen. Er hatte eine schwere Verfehlung gefunden, etwas, was Christine vom Pfad der Tugend abgebracht und in die Arme Satans getrieben hatte. Unzucht. Augenblicklich war ihm der Fall klar. Danach hatte Beelzebub es leicht gehabt, sich der Seele dieser Frau zu bemächtigen. Fast hätte er vor Freude aufgeschrien, dass er die Lösung gefunden hatte. Beelzebub hatte der Rockenbach ein Zeichen gegeben. Dadurch, dass sie eine Todsünde begangen hatte, war er an ihre unsterbliche Seele herangekommen. Und mit diesen Zeichen wollte er ihr zeigen, welche Macht sie nun über missliebige Personen hatte. Sie war schuldig. Eine Hexe, obwohl es ihr gar nicht bewusst war.

„Wer war es gewesen, bei dem du gelegen hast?", fragte der Pfarrer nochmals drängend.

Christine schwieg weiter. Sie senkte schamhaft den Kopf, um dem Kirchherrn nicht in die Augen sehen zu müssen.

„Um Gottes Willen, Weib. Du musst die Wahrheit sagen. Wer war es?"

„Der Prediger Zander." Leise, fast unhörbar hatte sie gesprochen. Doch Rapp hatte den Namen ›Zander‹ deutlich erkannt.

„Wer?" Der Kirchherr war wie vor den Kopf geschlagen. „Ein Priester? Ein Pfarrer unserer Gemeinde?"

Rapp schwieg eine kurze Weile. Dann sagte er traurig: „Warum tust du das? Warum fügst du deiner Todsünde noch eine weitere hinzu?"

Christine gab, völlig entmutigt, ihren Widerstand auf. Mit monotoner Stimme begann sie zu erzählen.

„Es war der Prediger. Er hatte Wein bestellt. Ich sollte ihn in seine Wohnung bringen, damit die Leute in den Gassen es nicht bemerken sollten. Ich bringe auch vielen Patriziern den Wein ins Haus, damit sie nicht in den

Wirtshäusern neben dem einfachen Volk sitzen müssen. Ich dachte mir nichts dabei. Als er mich bedrängte, habe ich mich zuerst gewehrt. Aber dann hat er das Zehnfache für den Wein bezahlt. Und er hat mir noch drei Gulden extra versprochen, wenn ich ihm zu Willen sei. Da habe ich ihn halt gelassen."

Hieremias Rapp sah sie forschend an und schüttelte den Kopf. „Und dir kam nie der Gedanke, dass es Satan in der Gestalt des Predigers war, der dich verführt hat?"

Christine sah zweifelnd zum Kirchherrn hoch.

„Um Gottes willen, Christine Rockenbach. Die Unzucht mit dem Teufel ist schon schlimm genug. Wenn du aber jetzt noch einen Diener Gottes fälschlich beschuldigst, ist dir die Hölle sicher. Es war sicher kein Pfarrer, mit dem du dich abgegeben hast. Kein Priester würde seine unsterbliche Seele so leichtfertig aufs Spiel setzen. Das war der Teufel. Der Teufel in Gestalt eines Pfarrers. Aber", seufzte Pfarrer Hieremias Rapp erleichtert, „ich bin froh, dass du endlich gestanden hast, dass du mit dem Teufel Unzucht hattest. So erklären sich auch die anderen Taten, die Satan gewiss ohne dein Wissen getan hat, um dich noch fester an ihn zu binden."

Eine leise Hoffnung schwang in der Frage Christines mit: „Darf ich wieder nach Hause, wenn ich das vor dem Schultheiß gestehe, Hochwürden?"

Rapp zuckte bedauernd mit den Schultern. „Ich weiß es nicht. Ich werde auf deiner Seite stehen, wenn du niemanden falsch beschuldigst. Ich werde im Rat für dich sprechen. Und ich werde jeden Tag für dich beten, dass du wieder frei kommst. Wenn du aber den Prediger Zander beschuldigst, werde ich deine Verstocktheit bezeugen. Sei klug. Nie wieder darf die Behauptung, ein Pfarrer hätte dich verführt, über deine Lippen kommen. Denn der Verführer war wahrhaftig der Teufel in der Gestalt eines Geistlichen."

Hieremias Rapp erhob sich von dem niedrigen Hocker. Sachte strich er Christine Rockenbach über die Haare. „Ich bin nun dein einziger Freund, Christine Rockenbach. Nicht nur dein Beichtvater und Seelsorger. Und als der bin ich froh, dass deine Seele durch dieses Geständnis gerettet ist und nicht der ewigen Verdammnis anheim fällt."

5.

„Ihr habt Euch mit dem Teufel eingelassen?", fragte einer der Stettmeister, die Christine Rockenbach im Beisein des Nachrichters und des Schultheiß verhörten, am nächsten Tag.

„Ja", sagte Christine zaudernd.

„Und er hat Euch gesagt, dass er der Teufel sei?"

Christine zögerte, überlegte, was sie sagen sollte. „Natürlich nicht."

„Wie hat er sich dann genannt?"

„Er nannte sich … " Christine überlegte. Das Schimpfwort für Priester war ›Pfaffe‹. So würde sich ein Teufel nennen, wenn er in der Gestalt eines Priesters erscheinen würde. Und sie musste, was den Namen des Predigers betraf, stumm bleiben. Sie musste einen anderen Namen für ›Zander‹ finden.

„Jetzt weiß ich es wieder." Sie sah dem Stettmeister furchtlos in die Augen. „Er nannte sich Stummpfäfflin."

„Und warum habt Ihr Ehebruch mit diesem ›Stummpfäfflin‹ begangen, wenn Ihr nicht einmal so richtig seinen Namen wisst?"

„Er hat mir Geld gegeben."

„Wie viel?"

„Eine ganze Schürze voll Gulden."

„Und wo habt Ihr das Geld?"

„Es war kein Geld."
„Wieso ist eine Schürze voller Gulden kein Geld?"
„Als ich wieder zu Hause war, habe ich die Schürze aufgemacht. Es waren nur Scherben darin."
„Was habt Ihr mit den Scherben gemacht?"
„Ich habe sie in die Abfallgrube geworfen."
„Ist das, was Ihr uns erzählt habt, die Wahrheit, Christine Rockenbach?", fragte Schultheiß Stemmle.

Christine wagte nicht, den Schultheiß anzusehen. Sie blickte auf den Boden des Raumes und nickte mehrmals. Es musste so sein. Hochwürden hatte es ihr erklärt. Sie hatte nur ein bisschen gelogen. Denn wer würde mit dem Teufel für den Preis von drei Gulden und etwas überteuertem Wein Unzucht treiben!

„Ich möchte eine Antwort haben, Christine Rockenbach", sagte Stemmle noch einmal. „Ich muss wissen, ob Ihr uns alles erzählt habt. Und – " dehnte er den Satz, „ob es die Wahrheit ist".

„Ja", sagte sie leise, jedoch verständlich. Nun sah sie hoch, sah den Schultheiß an. Etwas wie Auflehnung glomm in ihren Augen. Fast war sie wieder die Christine, die man kannte.

So hatte Christine Rockenbach vor dem Schultheiß und Mitgliedern des Rates ›sinc tortura et extra locum torturae‹, also ohne Folter und außerhalb des Folterraumes, gestanden, Unzucht mit dem Teufel getrieben zu haben.

Sie hatte mit diesem Geständnis ihr Todesurteil heraufbeschworen. Dieses ›Ja‹ brachte sie auf den Scheiterhaufen. Aber nun ging es um die anderen Verbrechen und die Frage, wen sie noch in die Fänge Satans getrieben hatte.

Doch diese Geständnisse konnten nur durch die Folter erreicht werden. Freiwillig gestand die frühere Wirtin nichts mehr.

Am nächsten Tag wurde sie in den Folterraum gebracht. Im Gegensatz zur Ausstattung in Ortenberg hatte man in Offenburg nur wenige Folterinstrumente.

An der Wand hingen Daumenschrauben, ein mit rostigen Nägeln gespicktes Fußbrett, auf dem die Delinquenten barfuß stehen mussten und ein paar Zangen, mit denen man Brustwarzen, Nasen oder Ohren abzwicken konnte. Weiter hinten hing noch ein ›gespickter Hase‹. Er erinnerte an eine Heugabel mit zwei Zinken. Allerdings verlief quer an der Spitze der Zinken ein drehbares, rundes Stück Holz, das wie ein Nudelholz aussah, jedoch mit Nägeln gespickt war. Mit diesem Instrument riss man an die Wand gefesselten Gefangenen das Fleisch vom Rücken.

An der seitlichen Wand war eine Esse mit einem Abzug, um Foltergeräte zu erhitzen. In der Mitte des Raumes hing von der Decke das gebräuchlichste Folterinstrument der freien Reichsstadt Offenburg. Es war ein einfaches Seil, das in einer Umlenkrolle an der Decke hing. Auf dem Boden standen neben dem Seil einige Gewichte aus Stein und Eisen, die man den Opfern an die Füße binden konnte, bevor sie am Seil hochgezogen wurden. Ferner war an der Seitenwand noch ein Haken für das Seil angebracht, damit der Scharfrichter nicht die gesamte Zeit das Gewicht des Delinquenten halten musste, solange der ›aufgezogen‹ war. Und vorne an der Stirnseite des Raumes stand eine Streckbank. Ein Folterinstrument, das nirgends fehlte. Gegenüber war an der Wand das Podest mit dem Tisch, an dem Schultheiß und vier Stettmeister bei Verhören saßen. Daneben stand ein kleines Stehpult für den Stadtschreiber, der die Verhöre protokollierte.

„Das hier sind die Daumenschrauben, die ich dir schon gezeigt hatte“, wies Hardlein auf ein Folterinstrument, das er jetzt von der Wand nahm. „Die legen wir dir an und schrauben sie dann langsam zu. Zuerst werden die Knochen knacken und zermalmt werden. Bald darauf wird dir die Haut platzen. Das Blut schießt aus deinen Fingern."

„Willst du gestehen, dass du das Kind der Sprenglers geblendet hast?", fragte einer der Stettmeister. „Wenn du gestehst, brauchen wir dir die Schrauben nicht anzulegen."

Heftig schüttelte Christine den Kopf. „Nein, ich habe alles gesagt. Es gibt sonst nichts zu gestehen. Ich habe mit dem Kind nichts zu tun."

Der Schultheiß gab dem Meister durch ein Kopfnicken zu verstehen, dass er mit seiner grausigen Arbeit beginnen könne. Der packte den linken Arm Christines und klemmte ihn zwischen seinen Hüften und seinem Ellenbogen ein. Dann zwängte er den Daumen in die Öffnung des eisernen Gestells. Langsam drehte er an der Schraube und der eiserne Stift bohrte sich in das Fleisch des Daumens.

Christine schrie auf.

„Willst du gestehen?"

„Was denn, um Gottes willen? Ich habe damit doch nichts zu tun! ", heulte Christine.

Ein kurzes Nicken des Schultheiß, der die Frage gestellt hatte, zum Nachrichter und der zog die Schraube weiter an.

Wieder schrie die gequälte Frau gellend auf.

„Willst du gestehen?"

Christine sagte nichts. Mit angstgeweiteten Augen betrachtete sie das Marterinstrument. Blut rauschte in ihren Ohren. Sie hörte die immer gleiche Frage nur undeutlich.

Auf ein weiteres Nicken Stemmles drehte der Meister erneut an der Schraube. Ein leichtes Knacken, das jedoch in einen entsetzlichen Schmerzensschrei überging, zeigte an, dass der Knochen des Daumens zertrümmert worden war und die Knochensplitter sich in das Fleisch gebohrt hatten.

In den Mienen der vier Stettmeister zeigte sich Mitgefühl, das jedoch gleich wieder einer undurchdringlichen Maske wich. Nur das Gesicht Hardleins war unbeweglich geblieben. Er hatte diesen Schrei schon so viele Male gehört.

Schultheiß Stemmle verabscheute im tiefsten Innern die Tortur. Aber was sollte er machen? Das hier gehörte zu seinen Pflichten. Er musste schlucken, bevor er wieder fragte.

Christine schüttelte nur hilflos den Kopf.

Hardlein wartete einen weiteren Befehl nicht ab. Er zog Christine die zwei Schritte zum eichenen Tisch, auf dem neben einer rußenden, schwach leuchtenden Laterne ein Hammer bereit lag. Sanft legte er die Hand Christines auf den Tisch. Dann nahm er den bereit liegenden Hammer und schlug auf die Daumenschraube.

Blut spritzte aus dem aufgebrochenen Fleisch. Christine schrie kurz und gellend auf. Sie sah auf die blutende Masse, die ihr linker Daumen gewesen war. Fahle Blässe breitete sich auf ihrem Gesicht aus, bevor sie in Ohnmacht fiel.

Der Scharfrichter ließ sie zu Boden gleiten.

„Für heute ist es genug!“, entschied Stemmle und die vier Stettmeister nickten. „Verbindet ihr den Daumen, dass sie nicht zu viel Blut verliert“, wandte sich der Schultheiß an den Henker. „Dann bringt sie in ihre Zelle. Ihr“, wandte er sich nun an den Ratsschreiber, der dies alles mit gesenktem Kopf an seinem Stehpult protokolliert hatte, „werdet die Wachen holen, damit sie dem Nachrichter helfen. Wir setzen die hochnotpeinliche Befragung morgen früh um neun Uhr fort.“

6.

Christine Rockenbach erwachte von einem dumpfen Schmerz in ihrer linken Hand. Es war dunkel um sie herum. Diffuses Licht kam aus einem schmalen Schlitz irgendwo hoch oben im Raum. Wo war sie? Ihre Augen suchten die Düsternis zu durchdringen. Als sie sich bewegte, raschelte das Stroh, auf dem sie lag. Ein Halm stach in ihr Ohr.

Jetzt fiel es ihr wieder ein. Sie war im Verlies des Klosterturms. Ihre linke Hand war mit einem schmutzigen Tuch verbunden. Nun wurde auch der Schmerz in ihrem linken Daumen stärker. Mit der rechten Hand tastete sie den Verband ab. Er war klebrig vom Blut, das durch den Stoff gedrungen war. Kalt strich die Kette, mit der sie an die Wand gefesselt war, über ihren rechten Oberarm.

Mit aller Macht überfielen sie die Erinnerungen an die Qualen, die der Scharfrichter ihr bereitet hatte. Wann war das gewesen? Gestern? Heute? Es konnte noch nicht lange her sein, da das Blut auf dem Verband noch nicht getrocknet war.

Was war geschehen? Nun sah sie die Geschehnisse wieder klar vor sich. Einer vom Jungen Rat hatte sie bezichtigt, für die Erblindung eines Jungen verantwortlich zu sein. Sie hatte es bestritten. Was sollte sie denn sonst tun? Sie war doch unschuldig. Dann hatte man sie gequält. Wie lange wohl? Christine überlegte. Sie wusste nicht, wie sie wieder in diese Zelle gekommen war. Sie hatte das Ende der Qualen also nicht mehr bewusst erlebt. Gott sei Dank war sie ohnmächtig geworden. Wahrscheinlich hatten sie dann von ihr abgelassen. Aber für wie lange? Wann würden sie wiederkommen? Wo war ihr Mann? Warum stand er ihr nicht bei? Dann wurde ihr wieder bewusst, dass sie dem Pfarrer gestanden hatte, sich dem Prediger hingegeben zu haben. Aber es war ja nicht der Prediger gewesen. Es war Satan. Egal, ob Prediger oder Satan. Ihr Mann würde nichts mehr von ihr wissen wollen. Sie hatte ihn betrogen. Sie war froh, ihm nicht unter die Augen treten zu müssen. Aber was waren diese seelischen Schmerzen gegen die körperlichen!

Eiskalte Angst legte sich wie eine Klammer um ihren Brustkorb. Sie konnte diese Schmerzen nicht nochmals aushalten. Sie würde gestehen. Alles, was sie wollten. Es hatte so weh getan, als der Henker diese Daumenschraube anzog.

Aber sie wollte doch auch nicht sterben. Die Angst, tot zu sein, wurde übermächtig. Tränen rannen ihr über die Wangen, während sie leise in der Dunkelheit flüsterte: „Lasst mich doch leben!“ Doch niemand konnte dieses Flehen hören. Auch Gott hörte es nicht. Er hatte sie vergessen. Sie war allein in ihrer Todesangst. Dann schwanden ihr erneut die Sinne.

Frühzeitig am nächsten Morgen hatten sich die vier Stettmeister vor dem Klosterturm versammelt. Gemeinsam mit Schultheiß Stemmle, der kurz danach eingetroffen war, erstiegen sie die hölzerne Treppe, die zum Stockwerk mit den winzigen Zellen und dem größeren Verhörraum führte. Der Stadtschreiber war schon eingetroffen und spitzte gerade mit einem Messer seinen Gänsekiel, als die fünf eintraten und sich auf die niedere Empore mit den Stühlen begaben, die den Amtspersonen vorbehalten waren. Sie warteten auf den Nachrichter.

„Lasst schon einmal die Rockenbach herführen“, befahl Stettmeister Wöller dem Stadtschreiber Berschi.

Aller Augen richteten sich auf das arme Weib, das kurze Zeit später hereingeführt wurde. Die vorher so lebenslustige Christine Rockenbach sah fürchterlich aus. Bleich, ungewaschen, mit dunklen Ringen unter den tief liegenden Augen war sie nur noch ein Zerrbild der Frau, die man bisher gekannt hatte. Unstet, ängstlich flackernd war der Blick, den sie auf die Männer warf, die ihren Tod beschließen konnten. Es war ihr nicht bewusst, dass ihr Tod bereits beschlossene Sache war. Sie hatte die Unzucht mit Satan zugegeben. Sie war eine Hexe. Sie war schuldig. Es musste nur noch nach weiteren Hexen gesucht werden, die sie dem Satan zugeführt hatte. Es war eigentlich auch völlig unwichtig, dass sie das Kind der Sprenglers geblendet hatte. Der Rat suchte nur noch den Grund, warum sie es getan hatte.

Christine forschte nach einem Zeichen des Erbarmens in den Augen der Stettmeister und des Schultheiß. Doch den Männern war unwohl. Sie wichen dem Blick der Frau aus.

Schließlich räusperte sich Rat Kiefer. „Christine Rockenbach", richtete er das Wort an sie, „hast du uns jetzt etwas zu sagen?"

Christine sah ihn an, flehend. „Ich bin keine Hexe. Glaubt mir doch."

„Warum willst du nicht gestehen, dass du das Kind geblendet hast?"

„Ich habe damit nichts zu tun. Das hat auch Hochwürden Rapp gesagt."

„Der Kirchherr?", fragte Wöller ungläubig.

„Ja."

„Der Kirchherr hat gesagt, dass du das Kind nicht geblendet hast?", fragte Stemmle nochmals nach.

„Ja. Er sagte, dass der Teufel das ohne mein Wissen getan hat. Weil ich ihm einen Gefallen getan habe."

„Was meinte er mit ›das‹?"

„Alles. Das Leibweh von dem Dreier, dass das Kind keine Milch mehr getrunken hat und dass es schließlich blind wurde."

Die Stettmeister sahen einander an. Dann sagte Stemmle zum Stadtschreiber Berschi: „Lasst sie durch die Wache wieder in die Zelle bringen. Der Meister ist sowieso noch nicht da. Wir werden zuerst mit dem Rat Rapp reden müssen."

Hieremias Rapp bestätigte eine Stunde später, was Christine gesagt hatte, und erklärte den anderen Mitgliedern des Rates, was er vermutete: Dass Christine an der Blendung und an dem Leibweh wahrscheinlich unschuldig sei. Er glaube, dass der Teufel die Rockenbach durch diesen Schadenszauber an sich binden wollte. Sie habe das aber nicht erkannt. So habe sie selbst nicht gewusst, welche Macht sie über andere habe. Deshalb hätte es in den letzten vier Jahren auch keinen weiteren Schadenszauber von der Rockenbach gegeben.

Die Stettmeister zweifelten, als sie sich auf dem Rückweg vom Klosterturm auf der Gasse unterhielten. Ihr Blick haftete dabei auf dem Boden, um nicht in Kot und Abfall zu treten, der sich seit dem letzten Regen angesammelt hatte.

„Ein Teufel, der sich nicht zu erkennen gibt?", sinnierte Jakob Kiefer laut. „Der einen Schadenszauber selbst verursacht, nur, weil sich die Rockenbach ihm hingegeben hatte? Das ist kaum zu glauben."

„Andererseits hat die Rockenbach keinen Grund gehabt, dem Kind zu schaden", gab Kaspar Wöller zu bedenken. „Und warum sollte sie dem Dreier Leibweh anzaubern, wenn der ihr den verdorbenen Wein trinkt und dafür auch noch bezahlt?"

„Ja, das ergibt alles keinen Sinn", meinte der dritte Stettmeister, Gabriel Riedinger. „Aber wir sollten auf jeden Fall sicher gehen, dass sie Satan nicht noch weitere Frauen als Hexen zugeführt hat."

„Es kommt noch etwas dazu", gab Franz Sorg zu bedenken. „Christine Rockenbach weiß inzwischen, dass sie diese Macht hat. Wir können auf keinen Fall zulassen, dass sie diese schreckliche Gabe des Teufels benutzt."

„Dazu kommt sie doch sowieso nicht mehr“, schüttelte Schultheiß Stemmle den Kopf. „Habt Ihr vergessen, dass sie Satan beigelegen hat? Ihr Körper muss brennen. Wir können nur noch ihre Seele vor dem Feuer der Hölle retten.“

Stemmle entschied, die hochnotpeinliche Befragung fortzuführen, wenn der Nachrichter inzwischen endlich eingetroffen sein sollte.

In der Zwischenzeit hatte Christine Rockenbach wieder Hoffnung geschöpft. Sie hatte in ihrer Zelle gehört, dass der Scharfrichter mit den Wachen gesprochen hatte, aber man hatte sie nicht geholt. Der Kirchherr hatte sie gerettet. Ganz, wie er es versprochen hatte. Schultheiß und Stettmeister waren weg.

„Ich danke dir, Gott. Danke. Entschuldige, wenn ich nicht knie. Aber ich kann nicht. Ich bin gefesselt.“

In diesem Augenblick wurde ihr kindliches Gebet unterbrochen. Die Zellentür quietschte in den Angeln. „Es geht weiter“, brummte der Wächter, als er ihre Fesseln von der Wand löste.

„Wen hast du Satan zugeführt“, wollte Rat Kiefer nur eine Minute später wissen.

„Ich verstehe nicht, was Ihr meint“, murmelte die Gefangene niedergeschlagen und verzweifelt.

„Ich will wissen, wen du noch dazu gebracht hast, sich Satan hinzugeben.“

Christine schüttelte den Kopf. „Niemand.“

„Zieht sie auf!“, befahl Stemmle. Er hatte genug an diesem Vormittag. Er wollte nach Hause. Wenn die Rockenbach nicht gestehen wollte, hatte sie sich die Schmerzen selbst zuzuschreiben.

Hardlein band ihre Arme an den Ellbogen hinter dem Körper an einem Ende des Seiles zusammen, das von der Decke herunterhing. Brutal zog er die Schlinge zusammen, bevor er sie verknotete. Ein Ächzen Christines zeigte ihm an, dass der Strick jetzt fest genug saß. Die Fessel lief in einer Rolle an der Decke und das andere Ende hing hinter der Angeklagten ebenfalls lose herunter. Am freien Seilende waren einige Schlaufen, die in einen Haken an der Wand eingehängt werden konnten. Damit brauchte der Nachrichter das Seil nicht die ganze Zeit zu halten, wenn er sie hochzog. Christine war nicht sehr groß. Er konnte gleich die erste Schlaufe zum Festzurren benutzen.

Mit einem Ruck wurde Christine an den Ellbogen hinter ihrem Körper hochgerissen. Die Armgelenke kugelten aus der Pfanne der Schulter. Eine Sehne riss. Auch Muskeln in der Schulter, die das Gewicht des Körpers nicht mehr tragen konnten, rissen ein. Ein tierischer Schrei ließ Ratsmitglieder und Ratsschreiber zusammenzucken.

Christines Gesicht war vor Schmerz bis zur Unkenntlichkeit verzerrt. Ihre Beine zuckten, als wollten sie den Schmerzen entkommen, aber dadurch riefen sie erneute Schmerzen hervor. Nun hing die Frau ganz still. Nur ihr Körper pendelte vor und zurück.

„Ich“, wimmerte Christine, „gestehe.“ Nur undeutlich waren die Worte zu verstehen. „Alles, was Ihr wollt!“

„Gott sei Dank“, flüsterte Ratsschreiber Berschi vor sich hin.

„Lasst sie runter“, befahl Stemmle dem Scharfrichter und der ließ das Seil herab, bis Christine Rockenbach wieder Boden unter den Füßen hatte. Sie konnte sich jedoch nicht mehr aufrichten. Die Arme waren verdreht, jede Bewegung verursachte ungeheure Schmerzen.

„Wir kommen heute Nachmittag wieder. Dann kannst du uns in deiner Zelle berichten, was du zu gestehen hast.“

Damit verließen der Schultheiß und die Stettmeister den Folterraum im Klosterturm.

Drei Stunden später wurde die Befragung der Hexe in ihrer Zelle fortgesetzt. Sieben Personen hatten sich in den engen Raum gezwängt, in dem die Hexe auf halb verfaultem Stroh am Boden kauerte. Die verdrehten Arme ließen eine andere Körperstellung nicht zu. Es roch nach Exkrementen und Moder. Eine mitgebrachte Lampe erhellte den Raum nur unvollständig und ließ die Schatten der Anwesenden auf den Wänden tanzen.

Die Ratsmitglieder wollten diese Sache rasch beenden. Deshalb fragte Schultheiß Stemmle auch nur kurz zusammengefasst: „Willst du alle dir zur Last gelegten Verbrechen gestehen?"

Doch Christine Rockenbach hatte sich mittlerweile etwas von den Schmerzen erholt. So erwiderte sie standhaft: „Nein."

Stemmle hatte so etwas bereits erwartet. Wahrscheinlich hatte der Kirchherr Recht gehabt mit seiner Vermutung. Er ging also nicht näher auf das Leibweh, die Milch und die Blendung ein.

Doch da war immer noch die Sache der Unzucht mit Satan und der Verführung anderer Frauen, sich mit Beelzebub abzugeben. Hexen hatten zu jeder Zeit weitere Opfer für den Höllenfürsten gesucht. Damit sorgten sie dafür, dass Satan sein Reich auf dieser Welt immer weiter ausdehnen konnte. Zum Dank stattete er die ihm Verfallenen mit diesen teuflischen Fähigkeiten aus. Und deshalb führten die Hexen ihm mit Freuden neue Opfer zu. Der Schultheiß glaubte nicht, dass die Hexe, die vor ihm kauerte, eine Ausnahme war.

„Wer waren deine Genossinnen?"

„Niemand."

„Christine Rockenbach. Nenne uns Namen, sonst ziehen wir dich erneut am Seil auf!"

„Ich habe keine Genossinnen. Ich bin doch keine Hexe. Hochwürden hat doch selbst gesagt…"

Der Schultheiß wurde ungeduldig. „Meine Geduld ist zu Ende“, fuhr er die Frau an. „Vor drei Stunden hast du gesagt, du willst gestehen. Was wolltest du gestehen?“

„Ich wollte nur, dass die Schmerzen aufhören. Ich kann doch nichts gestehen, das ich nicht gemacht habe.“

„Wir werden sehen!“, knurrte Stemmle.

„Morgen früh fahren wir mit der hochnotpeinlichen Befragung fort“, sagte er zum Scharfrichter. „Und hängt ihr dann gleich einige Gewichte an.“ Ohne Christine noch einmal anzusehen, zwängte er sich an den vier Stettmeistern vorbei zur Tür der Zelle. Vor der eichenen Zellentür hatte der Wächter dem Verhör zugehorcht.

„Ihr werdet ihr beim Essen helfen müssen. Sie wird ihre Arme nicht gebrauchen können. Aber sie muss essen, damit sie nicht vor Hunger schon der Befragung ohnmächtig wird“, befahl er diesem. Dann ging er die steile Stiege hinunter. Stettmeister und Scharfrichter folgten ihm.

Als Christine Rockenbach am nächsten Morgen die Stimmen und Schritte des Scharfrichters und der Ratsmitglieder hörte, war sie immer noch entschlossen, den Qualen zu trotzen. Auch nach der Drohung Stemmles vom Vortag. So mussten der Schultheiß und die vier Stettmeister erkennen, dass nur die weitere Folter die Wahrheit ans Licht bringen würde.

Bevor der Scharfrichter ihre hinter dem Rücken zusammengebundenen Arme wieder am Seil hochzog, befahl Stemmle nochmals: „Hängt ihr alle Gewichte an die Füße.“

„Alle?“, fragte der Nachrichter erstaunt.

Stemmle nickte, ohne Christine Rockenbach anzusehen. Tausend Gedanken schwirrten in seinem Kopf. „Sie ist eine Hexe. Sie hat schon vor der Folter zugegeben, Unzucht mit Satan getrieben zu haben. Sie darf mir nicht Leid tun, denn sie hat die Folter verdient. Ich muss zuerst an meine Stadt denken. Ich habe einen Eid geleistet, Schaden von Offenburg abzuwenden, also habe ich keine Wahl. Mit aller Kraft muss ich verhindern, dass das Hexenunwesen sich genauso in der Stadt ausbreitet, wie in der Ortenau rings um die freie Reichsstadt. Das ist sogar ein Befehl des Kaisers. Zu wichtig ist es, zu wissen, wen sie dem Teufel zugeführt hat, als dass ich Mitleid zeigen könnte. Denn nur wenn ich alles weiß, kann ich das Übel ausrotten und größeren Schaden verhindern. Christine Rockenbach hat sich selbst schon überführt. Nur durch das Feuer kann ihre Seele noch gerettet werden. Aber sie hat sicher noch andere Frauen dem Satan zugeführt. Und diese müssen auch brennen."

Alle vier Gewichte unterschiedlicher Schwere hingen jetzt an einem Eisenring, der an ihre zusammengebundenen Füße gehängt war. Über achtzig Pfund. Ein wenig Erbarmen zeigte Hardlein. Er zog sie nicht ruckartig hoch, sondern langsam.

„Seid nicht zu sacht mit ihr", rief Rat Kiefer ihm zu.

„Wenn ich zu schnell ziehe, verliert sie das Bewusstsein", erklärte der Nachrichter erbost darüber, dass sich jemand in sein Geschäft einmischte.

Seine Worte waren jedoch nicht zu hören. Das Geheul der Christine Rockenbach übertönte seinen Einwand. Dennoch wartete Stemmle einige wenige Minuten, bevor er dem Nachrichter mit der Hand das Zeichen gab, Christine wieder zu Boden zu lassen.

Stemmle trat an die Hexe heran. „Wer sind deine Genossinnen?"

Christine sah ihn aus irren Augen an. Sie war fast wahnsinnig vor Schmerzen. Sie erkannte den Fragenden nur an seiner Stimme, denn vor ihren Augen erschien das Gesicht Stemmles nur noch undeutlich.

Nochmals wiederholte der Schultheiß die Frage: „Wer hat sonst noch Unzucht mit dem Teufel getrieben?"

Der Scharfrichter zog kurz an dem Seil.

„Die Margarete“, stöhnte Christine.

Schultheiß Stemmle gab dem Nachrichter ein Zeichen und der löste die Gewichte und danach das Seil, mit dem Christine Rockenbach hochgezogen worden war. Der Nachrichter schleppte Christine in ihre Zelle zurück. Nun war die Forderung des Malleus Maleficarum, des Hexenhammers, erfüllt. Das weitere Geständnis erfolgte außerhalb der Folterkammer.

„Welche Margarete?“, fragte Stemmle, nachdem die Hexe wieder in ihrer Zelle lag. Die vier Stettmeister als Zeugen und der Ratsschreiber waren ihm gefolgt.

„Margarete Wannemacher.“ Ein anderer Name war Christine nicht eingefallen. Aber aus Angst, der Scharfrichter würde das Seil wieder anziehen, hatte sie den erstbesten Namen genannt, der ihr einfiel. Sie hatte die Frau belastet, von der ihre Freundin sagte, dass sie eine Hexe sei.

„Wann war das?“

„Ich weiß es nicht mehr.“ Doch beim Gedanken, dass sie wieder am Seil hochgezogen wurde, überkam sie schreckliche Angst. „Wartet, ich glaube, es war kurz bevor der Dreier sein Leibweh bekam.“

„Wer war sonst noch dabei?“

„Sonst noch?“ Christine geriet in Panik. Ihr fiel im Augenblick nur noch der Name ihrer Freundin ein. Aber den konnte sie doch nicht nennen. Die hatte genauso wenig mit Hexen zu tun wie sie selbst.

„Sonst war niemand dabei.“ Ängstlich sah sie den Schultheiß vor sich an. Lieber Gott, lass ihn nicht weiter fragen, betete sie in Gedanken. Sonst ziehe ich meine Freundin auch noch ins Unglück. Aber mir fällt kein anderer Name ein.

Fast erleichtert atmete sie auf, als die nächste Frage kam: „Erzähl mir, wie ihr es mit dem Satan getrieben habt. War die Wannenmacher dabei, als du bei ihm gelegen hast?"

„Nein."

„Warst du dabei, als sie es mit ihm getrieben hat?"

„Natürlich nicht", antwortete sie entsetzt.

„Woher weißt du dann, dass die Wannenmacher mit dem Teufel Unzucht getrieben hat?"

Christine erschauerte. Sie war dem Schultheiß auf den Leim gegangen. Nun wollte er weitere Namen. Denn nur der konnte behaupten, dass Margarete Wannenmacher Unzucht mit dem Teufel getrieben hatte, der es gesehen hatte. Wenn es aber jemand gesehen hatte, musste dieser Jemand selbst dabei gewesen sein.

„Ich gebe zu, ich war doch dabei, als er auf ihr lag."

„Also doch. Lüge mich nie wieder an", zischte Stemmle. Dann beruhigte er sich wieder. „Und was hast du dabei gemacht?", fragte der Schultheiß, der seine Erregung kaum unterdrücken konnte.

Lüg mich nie wieder an, hatte er gesagt. Aber er wollte doch nur Lügen hören. Wenn ich die Wahrheit sage, lässt er mich weiter foltern. Ich habe doch keine Wahl, außer zu lügen. Leise sagte sie: „Ich musste seinen Arsch küssen, während er sie begattete."

„Und weiter?"

„Dann hat er sich auf mich gelegt und die Wannenmacher musste seinen Hintern lecken."

„Was hast du gefühlt, als er auf dir lag?"

„Nur Kälte."

„Was heißt das?"

„Seine – ", sie zögerte „Standarte war kalt wie ein Eggenzahn."

Der Schultheiß und die vier Stettmeister sahen sich an. Dann wandte sich Stemmle wieder an die Delinquentin. „Du hast uns jetzt eine weitere Hexe genannt. Ich bin überzeugt, dass du noch weitere kennst."

Christine zuckte zusammen. Es würde nie enden. Sie müsste noch eine Lüge und noch eine erzählen. Jeder Namen, den sie nannte, würde weitere Frauen ins Verderben reißen. Sie würde unendliche Schuld auf sich laden.

„Es ist alles nicht wahr, was ich gesagt habe“, schüttelte sie rebellisch den Kopf.

„Was?“ Verständnislos sah der Schultheiß sie an. Auch die vier Stettmeister blickten überrascht auf. Der Stadtschreiber hatte aufgehört zu schreiben.

„Ich bin keine Hexe. Ich habe nie bei Beelzebub gelegen. Und was ich über die Margarete Wannenmacher gesagt habe, habe ich mir ausgedacht.“ Erleichtert atmete Christine aus. Ihre Seele war wieder rein.

„Du weißt, dass wir dich wieder am Seil aufziehen?“

„Ja. Und wenn ich es vor Schmerzen nicht mehr aushalte, werde ich gestehen und später, wenn die Schmerzen nachlassen, widerrufen. Immer wieder. Ich bin keine Hexe.“ Trotzig sah sie ihren Henker an. Den Schultheiß würdigte sie keines Blickes mehr.

„Wir gehen.“ Stemmle wandte sich um. Die Ratsmitglieder folgten ihm. Auf der Straße vor dem Klosterturm befahl Stemmle: „Wir beraten uns in einer halben Stunde in meinem Zimmer in der Kanzlei, was wir dem Rat für das weitere Vorgehen vorschlagen.“ Er wandte sich an Rat Kiefer: „In der Zwischenzeit lasst Ihr die Wannenmacher einfangen. Mal sehen, was die vorzubringen hat.“

Noch während er durch den Rundbogen des Tores unter den hohen Erkern des Ratshauses schritt, war er durcheinander. Wie konnte die Frau angesichts der Qualen an dem Strick so halsstarrig sein? Hatte Satan sie schmerzunempfindlich gemacht und spielte sie ihre Schmerzen nur vor? Vielleicht würde die hochnotpeinliche Befragung der Wannenmacher Licht in das Dunkel bringen.

Noch am gleichen Tag begannen sie mit der Befragung der Wannenmacher. Aber auch die leugnete, eine Hexe zu sein. Selbst unter der Folter.

„Wir sollten uns juristischen Rat holen“, sagte Rat Laubbach in der Ratssitzung, in der über das weitere Schicksal der Christine Rockenbach beraten wurde. „Meine Frau…“

„Hört mir mit Eurer Frau auf!“, unterbrach ihn der Schmied Kaspar Silberrad sofort mit dröhnender Stimme. „Eure ganze Familie gehört …“

„Ihr seid jetzt ruhig!“, fuhr Stemmle dazwischen. „Wir haben jetzt anderes zu tun, als uns euren Streit anzuhören.“

Das Murren Silberrads überhörte er. „Ich finde auch, dass wir uns Rat bei dem Rechtsgelehrten Dr. Hartlieb in Straßburg holen sollten. Ich unterstütze den Antrag Laubbachs. Was meint Ihr dazu, Hochwürden?“, fragte er. Auch der Kirchherr war für die Einschaltung des in Hexenprozessen bewanderten Gelehrten. „Wenn die Christine Rockenbach immer wieder bestreitet, eine Hexe zu sein, können wir sie nicht verurteilen. Das verbietet unsere Rechtsordnung, die ein Schuldgeständnis voraussetzt.“

Nun meldete sich außerdem der Syndikus zu Wort, der zu dieser Ratssitzung hinzu gebeten worden war. „Wie wir ohne das Geständnis weiter verfahren sollen, kann nur ein Rechtsgelehrter entscheiden, der sich mit dem Hexenunwesen auskennt. Sollten wir uns geirrt haben und Christine Rockenbach ist keine Hexe, kommen wir mit dem Reichskammergericht oder dem Reichsgerichtshof in Konflikt, wenn nicht alles rechtlich abgesichert ist.“

„Wir sollten abstimmen“, entschied der Schultheiß.

Noch einmal meldete sich der Schmied zu Wort. „Ich meine, wenn wir uns einen Hexenstuhl bauen lassen würden, wie ihn der Vogt in Ortenberg hat, bräuchten wir keinen Rechtsgelehrten, der uns nur Geld kostet. Bisher haben in Ortenberg alle Hexen und Hexer ihre Schuld gestanden. Ich bin sogar bereit, das Eisen und die Nägel umsonst zu stellen."

Zustimmung erfolgte auf diesen Vorschlag vor allem vom Jungen Rat. Der Hexenstuhl war das Folterinstrument in Ortenberg, bei dessen Anwendung bisher alle Hexen gestanden hatten. Es war ein Stuhl aus Eisen, den abgestumpfte Nägel auf Sitzfläche, Rückenlehne und Armauflage zu einem grausamen Folterinstrument machten. Diese Nägel drangen ins Fleisch der darauf festgezurrten Opfer und verursachten qualvolle Schmerzen an Rücken, Gesäß und Genitalien. Gesteigert wurden diese Qualen durch ein Feuer, das man unter dem Stuhl entfachte und das das Eisen und die darauf befestigten Nägel erhitzte. Niemand hatte bisher lange dieser Folter widerstanden, ohne dem Vogt seine Missetaten zu gestehen.

„Auch hierüber stelle ich den Antrag, zu entscheiden", beendete Silberrad sein Anliegen.

Der Rat entschied sich für beides. Zum einen wurde Dr. Hartlieb eingeschaltet, denn bis zur Fertigstellung des Hexenstuhls würde eine zu lange Zeit vergehen. Zum anderen sollte Silberrad sein Zunftmitglied Hacker mit dem Bau dieses Instrumentes zur Wahrheitsfindung beauftragen. Silberrad sollte die Kosten für das Material, die Stadt Offenburg die für die Herstellung tragen.

Bereits eine Woche später konnte der Ratsschreiber vor den Ratsmitgliedern das Gutachten des Dr. Hartlieb verlesen.

Ich glaube, schrieb Hartlieb, *dass die Angaben der Rockenbach über die Wannenmacher zu wankelmütig sind. Wie ich selbst weiß, sind solche Angaben zu unbegründet, als dass man die Wannenmacher verurteilen kann. Sollten sich noch sonstige gewichtigere Anzeichen ergeben, so könne man sie ein bis zwei Mal foltern und, gestehe sie auch dann nichts, der Stadt verweisen.* Was nun die Rockenbach selbst betreffe, *so sollte man ihr das Leben kündigen. Dies umso mehr, als wenn solches geschehen, der böse Feind weiche und die Angeklagte sich dann freue, die Wahrheit zu sagen.*[9]

„Soweit zu dem Schreiben des Dr. Hartlieb", sagte Stemmle. „Ich schlage daher vor, dass wir Christine Rockenbach wegen Hexerei zum Tode verurteilen. Es könnte ja sein, dass, wie unser Kirchherr vermutet, sie gar nicht wusste, welch teuflische Kräfte sie entfesseln kann. Dennoch hat sie nun einmal diese Macht und hat sie ausgeübt. Wie gesagt, vielleicht ohne Absicht. Aber sie hat mit Hilfe Satans ein Kind blind gemacht und dem Dreier auf Jahre hinweg den Magen verdorben. Daran gibt es nichts zu deuteln. Satan hat sie fest in seinen Klauen. Wenn er jedoch merkt, dass er seine Gespielin verliert, wird er vielleicht weichen. Dann kann Christine Rockenbach die Wahrheit ungehemmt und freudig sagen und ihre Seele retten. Was nun die zweite Verdächtige anbelangt, so bin ich der Meinung, wir sollten hier ebenfalls auf den Rat des Dr. Hartlieb hören. Die Margarete Wannenmacher sollten wir laufen lassen."

Beim Jungen Rat erhob sich Widerspruch. „Wir werden nicht zulassen, dass diese Margarete Wannenmacher so einfach davon kommt, bevor nicht restlos geklärt ist, dass sie keine Hexe ist."

Einige der Mitglieder des Alten Rates sprachen sich dafür aus, dass man glaubwürdige Zeugen aus der Umgebung der Angeklagten befrage. Denn sich nur auf die Anzeige einer einzelnen Hexe zu stützen, die zudem ihre Aussage widerrufen habe, sei nicht gerecht.

Schließlich einigte man sich darauf, Margarete weiter zu foltern. Sollte sie zugeben, eine Hexe zu sein, würde sie brennen. Ihre Verwandten bekämen aber Gelegenheit, ihren guten Ruf zu beweisen. Würde sich herausstellen, dass dieser untadelig sei und Margarete zu diesem Zeitpunkt noch immer nicht gestanden haben, könnte man sie vorsichtshalber der Stadt verweisen.

7.

Viele Offenburger waren zum Marktplatz vor dem Rathaus gekommen, als der Karren mit Christine vor der Pfalz eintraf. Das geschäftige Treiben auf diesem Fleischmarkt war Sensationslust und unverhohlener Neugierde gewichen. Mit großen Augen beobachteten die Umstehenden jede Regung der Unglückseligen, weideten sich am Unglück der ehemaligen Wirtin. Nachdem das Johlen der Menge nachgelassen hatte, wurde die Anklage gegen Christine Rockenbach verlesen und das Urteil verkündet. Diese Offenburger wollten nicht Abschied nehmen, sie wollten sehen, wie die Hexe brannte. Die Hexe, die ihnen Jahre zuvor den Wein gebracht und mit ihnen gescherzt hatte. Ein Schauer lief ihnen über den Rücken, wenn sie daran dachten, welches Glück sie gehabt hatten, dass Christine Rockenbach ihnen keinen Schaden zugefügt hatte. Sie hörten mit heiligem Grauen den Urteilsspruch des peinlichen Malefizgerichts.

„Wir erkennen mit einhelligem Urteil zu Recht“, las Stettmeister Sorg vor, „dass die Beklagte Christine Rockenbach dem Thomas Dreier Leibweh angehext, dem Kind der Sprenglers die Milch verdorben und dieses Kind später geblendet hat und unter Verleugnung Gottes des Allmächtigen und aller Heiligen mit Satan Unzucht geübt hat. Wir überantworten die Verurteilte dem Nachrichter an die Hand, damit sie von demselbigen auf dem Karren zum Galgenfeld gebracht werde. Sie soll mit dem heutigen Tag mit Feuer vom Leben zum Tod gerichtet werden. Ihr Leib, Fleisch, Blut und Gebein sollen zu Pulver und Asche verbrannt werden. Ihr schändlicher Tod, Ihre Pein und ihre Marter sei Jung und Alt erschreckendes Exempel und abscheuliches Schauspiel. Gott verzeihe ihrer armen Seele."

Der Stettmeister hatte geendet. Christine war während der Verlesung ihrer Missetaten und dem Urteilsspruch weiter an die Leiterstangen des Wagens festgebunden geblieben. Sie sah nur verwirrt um sich. Ihr Blick war inhaltslos und trübe. Das grölende Volk auf dem Platz vor der Pfalz schien sie nicht zu stören. Ihr Geist weigerte sich, das Geschehen um sie herum zu erfassen und keinen der Gaffenden schien sie zu erkennen. Niemand hätte in dem armseligen, verletzt blutenden, gehetzt auf die Menge blickenden Häufchen Mensch die lebenslustige Wirtin Christine Rockenbach erkannt, die früher sogar Ratsherren verspottete, wenn diese zu viel getrunken hatten.

„Schellen, Schellen, Sechser! Alte, alte Hexe!", riefen Erwachsene und Kinder, als sich der Karren von der Pfalz aus in nördliche Richtung in Gang setzte. Es war der Ruf, der das schmachvolle Einkerkern der Hexen beschrieb: Das Ausrufen der Missetaten, die der Hexe zur Last gelegt wurden. Das Bekanntgeben weiterer Gespielinnen und Zauberer Satans, die die Teufelsanbeterin beim Verhör genannt hatte. Schließlich das gewaltsame Eindringen in deren Häuser und Einfangen durch sechs Bürger der Stadt, die dafür Geld bekamen.

Das Volk, in Feststimmung, folgte dem Wagen, auf dem Christine im Büßerhemd zum Neutor hinaus und am städtischen Gutleut–Haus vorbei bis zum Galgenfeld gefahren wurde. Niemand verbot den Kindern ihren Spaß, die Verurteilte mit Steinen oder Pferdedung zu bewerfen.

Nun, am 13. Dezember des Jahres 1600, neun Tage

nach ihrer Verhaftung, brannte Christine Rockenbach, weil sie sich mit Satan, der sich ›Stummpfäfflin‹ nannte, eingelassen hatte. Sie verbrannte bei lebendigem Leib. Die Gnade, vor dem Verbrennen erdrosselt zu werden, hatte sie sich nicht verdient. Denn bis zuletzt hatte sie sich geweigert zuzugeben, dass sie das Kind der Sprenglers geblendet habe. Nur der Kirchherr, Hieremias Rapp, war überzeugt, dass sie in diesem Punkt die Wahrheit gesagt hatte. Er hatte Christine noch die Absolution von ihren Sünden erteilt.

Es war ein heller, klarer, kalter Wintertag, als die Flammen erst zögernd das Reisig und dann die Holzscheite entzündeten. Niemand hörte, wie die Gefangene verzweifelt stammelte: „Lasst mich doch leben!", während sie mit irrem Blick auf die Flammen starrte, die immer höher schlugen und als Erstes ihr Büßerhemd entzündeten. Denn die Umstehenden johlten. Immer wieder erklang höhnisch der Ruf „Schellen, Schellen, Sechser..."

Lange stand eine dunkle Rauchsäule im Norden vor der Stadt. Auch noch, als die Bürger von Offenburg mit zufriedenen Gesichtern wieder durch das Neutor zurück geströmt waren. Heute hatte man dem Teufel endlich wieder einmal eine Niederlage bereitet.

Am 15. Januar 1601 entließ man Margarete Wannenmacher gegen den Widerstand großer Teile des Jungen Rates und gegen den Willen einer beträchtlichen Anzahl Bürger der freien Reichstadt aus dem Klosterturm. Margarete Wannenmacher musste einen heiligen Eid ablegen, nie wieder in ihrem Leben die freie Reichsstadt Offenburg zu betreten.

8.

Georg Laubbach hatte überall in den Schenken der Stadt durch Vertraute verbreiten lassen, dass Kaspar Silberrad seiner Frau, die sich von ihm getrennt hatte, den ihr zustehenden Anteil aus dem beträchtlichen Vermögen der Familie vorenthalten würde. Allein das Barvermögen des Schmiedes schätzte man auf zweitausend Gulden. Überall auf den Straßen erzählten sich nun die Leute hinter vorgehaltener Hand, die ehemals so hochmütige Frau würde darben und sei nahe daran, betteln zu müssen. Die Bäcker-Else würde ihr manchmal etwas Brot zustecken. Kaspar jedoch verprasse mit einer heimlichen Geliebten das Vermögen seiner ehemaligen Frau. Da jedoch niemand wisse, wer dieses heimliche Liebchen sei, müsse Silberrad zur Rechenschaft gezogen werden. Rechtschaffene Freundinnen bedrängten die Verlassene und endlich erstattete Catharina Silberrad Anzeige gegen ihren Mann, den Dieb ihres Vermögens.

Außerdem, so verbreitete sich schnell das Gerücht, hätten beide Silberrads bei manchen Aufträgen minderwertigen Stahl verarbeitet. So hätten sie ihre gutgläubigen Kunden betrogen. Ebenso wurde in den gleichen Schenken gemunkelt, dass das Hexenunwesen in der Stadt nicht endgültig ausgerottet sei. Die Rockenbach hätte nicht nur die Wannenmacher als weitere Hexe genannt, sondern auch noch die ledigen Töchter Laubbachs und dessen Älteste, die Bäcker-Else. Deren Mutter hätte alle drei Töchter lange vor ihrem unrühmlichen Tod gelehrt, wie man Unwetter mache und mit Schadenszauber sogar kleine Kinder umbringe.

„Die Alte ist ja Gott sei Dank tot; aber die drei Töchter könnten immer noch Unheil über Offenburg bringen“, wusste Helene Stehlin, die Bäckersfrau. „Seit der Gwinner mit der Else verheiratet ist, geht sein Geschäft viel besser. Ich will mich ja nicht beklagen. Unser Geschäft läuft auch nicht schlecht. Aber das geht doch nicht mit rechten Dingen zu, dass sich der Gwinner schon wieder ein Stück Reben in Weierbach kaufen kann. Natürlich alles über einen Strohmann. Mein Mann weiß das vom Silberrad, der im Jungen Rat sitzt. O Gott", tat sie erschrocken, „das darf ich ja gar nicht sagen. Bitte sag es auf keinen Fall weiter", beschwor sie ihre Nachbarin.

„Ich möchte tot umfallen, wenn auch nur ein Wort davon über meine Lippen kommt", schwor diese. Heimlich kreuzte sie aber den rechten Zeige- und Mittelfinger. Man konnte ja nie wissen.

Immer wildere Gerüche gingen in den folgenden Monaten um. Im Waldgebiet an den sieben Linden oder an der Laubenlinde sollte wieder eine Trauung von Hexen mit dem Teufel stattgefunden haben. Den Lorenz Weidemann hatte eine schwarze Katze angefallen und einer Kuh der Witwe des Johann Winkelmann sollte eine Hexe ins Maul geblasen haben, so dass sie tot umfiel. Zwei große Steine seien daraufhin in der Blase der toten Kuh gefunden worden.

„Habt ihr gehört, der Jakob König soll sein buckliges Dienstmädchen geschwängert haben. Eine Bucklige! Wenn das mit rechten Dingen zugegangen ist. Keiner macht doch eine Bucklige dick, wenn die ihn nicht vorher verhext hat."

„Die Strafe hat er schon bekommen", wusste aber eine der Angesprochenen. „Der Rat hat bestimmt, dass er sie heiraten muss. Und er muss fünf Pfund Strafe zahlen, weil er sie entehrt hat."

„Ha. Entehrt!" Das Abwinken mit der linken Hand zeigte die verächtliche Geste. „Eine Bucklige. Jetzt hat die Hexe doch erreicht, was sie wollte. Jetzt ist sie versorgt."

Mehr und mehr wurden die Vorgänge in Offenburg auch in den umliegenden Gemeinden und Städtchen bekannt. Der Kaplan Senftling von Gengenbach regte sich über die verfallenden Sitten in Offenburg so auf, dass er im dortigen Engel etwas zu viel trank und beschloss, den Offenburgern einmal tüchtig die Meinung zu sagen. Schon die Soldaten am Kinzigtor waren ihm zu lasch und er sagte es ihnen lauthals. Er wankte vor das Ratshaus, hob den Blick zu den etwas schaukelnden Erkern und schimpfte den Schultheiß, den er dahinter vermutete, volltönend einen Dummkopf. Immer lauter wurde er, die Bürger blieben neugierig stehen und lachten. Das machte den Kaplan in seinem heiligen Zorn noch wütender. Erbost, weil schließlich statt des Schultheiß nur der Ratsknecht vor der Kanzlei erschien, schlug er diesem unters Kinn, fluchte tausend Sakramente und beschimpfte jeden, der ihm begegnete. Es war nicht schwer, ausfindig zu machen, wer die Urheber der ursprünglichen Gerüchte waren, die Offenburg in zwei Lager spaltete. Dieses Gezänk hatte die Kluft zwischen den Hexensuchern und Bewunderern der Silberrads und den eher vorurteilsfreien Anhängern Laubbachs in der Stadt vertieft. Die Fehde hatte sich in den letzten Monaten so bedrohlich für den Frieden in der Stadt ausgeweitet, dass der Rat im Juli jeder der beiden Familien Silberrad und Laubbach eine Buße von fünfundzwanzig Pfund auferlegt hatte.

„Jetzt muss endgültig Schluss gemacht werden mit diesen Laubbachs“, tobte Kaspar Silberrad. „Ich lasse mir mein Geschäft nicht kaputt machen.“

Kaspar Silberrad saß in der guten Stube seines Hauses im Norden der Stadt. Nur sein Bruder Ruprecht war anwesend. Der Ratsherr wollte keine Zeugen bei seinem Gespräch mit dem Führer der Bewegungspartei haben.

„Jetzt sei mal nicht so laut. Das hilft uns im Augenblick nicht weiter“, maßregelte ihn dieser.

Aus der Schmiede im Erdgeschoss hörte man nun die hellen Klänge, wenn die wuchtigen Hämmer der Gesellen auf das rot glühende Eisen trafen und dieses zu Hufeisen, Nägeln, Eisenbändern oder Werkzeug formten.

„Wir müssen etwas unternehmen. Dringend!“, forderte Kaspar, nun weniger laut.

Ruprecht schenkte sich von dem verdünnten Wein in sein reich verziertes Glas nach. Dann lehnte er sich wieder in seinem Sitz zurück. „Es geht nur über die Töchter“, sagte er nachdenklich.

Kaspar schaute ihn fragend an. Er hatte sein Glas, das vor ihm stand, noch nicht einmal angerührt.

„Ich kann mir nicht vorstellen, dass die Mutter ihre drei Töchter nicht in ihre Geheimnisse eingeweiht hat“, nahm Ruprecht seine Überlegungen wieder auf. „Wenn sie es aber getan hat, so sind wir in Gefahr. Als vor drei Jahren meine Tochter im Kindbett starb, war ich überzeugt, dass die alte Laubbach das Kind im Mutterleib verhext hatte. Inzwischen bin ich mir nicht mehr sicher.“

„Gibt es irgendwelche Beweise, die wir vorbringen können?“, fragte Kaspar hoffnungsvoll.

„Nein“, schüttelte Ruprecht den Kopf. „Nur die Aussage der Geiger, die vor drei Jahren nicht nur die alte Laubbach, sondern auch ihre drei Töchter als Komplizinnen bezeichnet hat.“

„Der alte Laubbach hat es aber damals geschafft, dass die Klage fallen gelassen wurde“, resignierte Kaspar. „Das bringt uns nicht weiter.“

„Vielleicht doch“, sinnierte Ruprecht. „Wir müssen die Klage nur erweitern. Ich habe mit dem Bäcker Stehlin gesprochen. Er ist bereit zu bezeugen, dass die Helene Laubbach ihm ein Kind blind gemacht und getötet und seinen jüngsten Sohn verdorben hat. Wenn der das Kind vor dem Rat vorzeigt, macht das bestimmt Eindruck. Es sieht aus, als sei es schon uralt. Dabei ist es gerade mal zwei Jahre alt. Seine Muskeln sind verkümmert. Es kann immer noch nicht laufen und wird es wahrscheinlich nie können. Bisher hat seine Frau es mehr oder weniger vor den Nachbarn versteckt."

„Und die Laubbachs haben es verhext?"

Ein böses Lächeln flog über Ruprechts Gesicht. „Stehlin wird es bezeugen."

„Ich weiß, er ist dein Freund", zweifelte Kaspar. „Aber ist nicht Laubbachs Helene die beste Freundin seiner ältesten Tochter?"

„Genau deswegen wird der Rat uns glauben, dass die alte Laubbach ihre Töchter in ihre teuflische Kunst eingeweiht hat. Wenn selbst der Vater ihrer ehemals besten Freundin Helene anklagt."

„Wieso ehemals?"

„Lienhard hat während des Prozesses gegen die Laubbach seiner Tochter den weiteren Umgang mit Laubbachs Tochter verboten. Er hatte Angst, dass auch seine Tochter in dieses Gerichtsverfahren hineingezogen wird."

„Ja", wiegte Kaspar sein mächtiges Haupt. „Das wird auch dem Malefizgericht verständlich sein, dass man seiner Tochter verbietet, mit einer der Hexerei Beschuldigten befreundet zu sein." Er überlegte kurz. „Aber was nützt es ihm, wenn er die Helene jetzt beschuldigt? Er bringt sich in Gefahr. Der alte Laubbach wird genauso versuchen, ihn zu vernichten, wie er es bei uns versucht. Wieso sollte er so etwas denn riskieren?"

„Wegen der Bäcker-Else", meinte Ruprecht verschlagen. Er nahm einen tiefen Schluck aus seinem Glas und rülpste. „Die Bäcker-Else nimmt ihm immer mehr von seiner Kundschaft. Du weißt ja selbst, wie sie das macht. Deine Catharina wurde ja auch von ihr versorgt. Nun strömen immer mehr Leute zur Else und kaufen ihr Brot dort. Ihr Mann, der Gwinner, wird immer reicher. Auf Kosten von Stehlin."

Kaspar nickte und drehte gedankenverloren das Glas zwischen den Fingern. „Du meinst, wenn wir die beiden ledigen Töchter auf den Scheiterhaufen bringen, dass wir dann gleich die ganze Sippe erledigt haben?"

„Stehlin geht davon aus, dass dann aus lauter Angst vor der Hexerei der Laubbachs niemand mehr bei dem Gwinner sein Brot holt."

„Das wäre dann auch die Rache dafür, dass diese Else meine ehemalige Frau versorgt hat", meinte Kaspar nachdenklich.

„Lass den Stehlin holen", befahl Ruprecht. „Wir sprechen jetzt nochmal alles durch."

9.

„Niemand kann behaupten, dass meine Kinder zu wenig zu essen bekamen", tönte kurze Zeit später Lienhard Stehlin. „Als Kinder eines Bäckers hatten die immer genügend Brot. Und wenn man sich jetzt meinen Jungen ansieht! Die Muskeln sind geschrumpft, er besteht nur noch aus Haut und Knochen. Selbst sein Kopf sieht aus wie ein Totenschädel mit faltiger Haut darum."[9]

„Du bist bereit, die Helene anzuklagen, dass sie deinen Buben verhext hat?", fragte Ruprecht nochmals nach.

„Nicht nur das", meinte Stehlin wichtigtuerisch. „Sie hat mir auch noch ein weiteres Kind blind gemacht. Und danach ist es gestorben."

„Ich weiß", schaltete sich jetzt Kaspar in das Gespräch ein. „Aber wie kommt Ihr zu der Annahme, dass die Helene Euer Kind getötet hat?"

„Es ist in der gleichen Nacht blind geworden, als die Helene bei uns war."

„Wieso war die bei Euch zu Hause?"

„Ihr wisst doch, wie die jungen Mädchen sind, wenn sie miteinander befreundet sind. Mal will die eine bei der anderen übernachten und dann ist es wieder umgekehrt. Ich weiß es noch ganz genau.“ Stehlin tat, als ob er nachdenken müsse. „Es war vor drei Jahren. An jenem Tag war die Helene Laubbach in Gengenbach gewesen und kam abends zu meiner Tochter. Was sie dort gemacht hat, weiß ich auch nicht. Auf jeden Fall hat meine Tochter gebettelt, dass Helene über Nacht bleiben dürfe. Sie hätten sich so viel zu erzählen. Ich habe daraufhin eine Magd zu den Laubbachs geschickt und Helene bekam von ihren Eltern die Erlaubnis, über Nacht bei uns zu bleiben. Und genau in dieser Nacht habe ich bemerkt, wie irgendetwas heimlich in unser Haus gekommen ist. Ich bin nach kurzer Zeit aufgestanden und habe überall nachgesehen, aber ich habe nichts Ungewöhnliches finden können. Am nächsten Morgen hat unser Kind geschrien, dass es so dunkel sei und es nur noch Schatten erkennen würde. Ich war viel zu entsetzt, um zu denken, dass Helene Satan ins Haus geholt haben könne. Sie war ja auch schon wieder gegangen. Erst später wurde mir klar, dass nur durch Helene mein Kind getötet und mein zweites verkrüppelt wurde.“ Noch einmal wiederholte er, überzeugend und laut: „Es kann nur die Helene gewesen sein. Er warf einen schnellen Blick auf Ruprecht. „Du weißt schon, die Geiger hatte damals außer der Mutter auch die Töchter Laubbachs als Hexen angegeben.“

Kaspar Silberrad hatte während des Redeschwalls des Bäckers sein Kinn in die linke Hand gestützt und Lienhard Stehlin unentwegt grüblerisch angesehen. Jetzt strich er sich nachdenklich mit Zeigefinger und Daumen übers Kinn. Langsam nahm er die Hand vom Gesicht und legte seinen Unterarm zurück auf die Armlehne. Er sah kurz zu seinem Bruder hinüber und murmelte: „So könnte es gehen!“

„Stehlin, jetzt trinkt erst mal!“, schenkte er seinem Gast ein Glas des verdünnten Weines ein.

Am siebten September klagte Ruprecht Silberrad Adelheid und Helene Laubbach vor dem Rat der Stadt Offenburg der Hexerei an. Es war eine Klage auf ›Leib und Leben‹.

„Diese Hexen haben vor drei Jahren mein Kind getötet, im Kindbett“, klagte er. „Und zwar zusammen mit ihrer Mutter, die ihre gerechte Strafe schon erhalten hat.“

Georg Laubbach sprang entsetzt auf.

Aber Stemmle ließ ihn erst gar nicht zu Wort kommen. „Die Räte Laubbach und Silberrad werden wegen Befangenheit an den weiteren Sitzungen des Rates nicht teilnehmen, bis über die Klage entschieden ist. Ich muss beide bitten, die Pfalz zu verlassen. Sie werden rechtzeitig wieder zu den Sitzungen gebeten werden, sobald das Verfahren abgeschlossen ist.“

Kaspar Silberrad verließ unverzüglich, Laubbach zögernd den Ratssaal. Aber der Ratsherr wusste, es war die übliche Vorgehensweise. Denn wie sollte er vorurteilsfrei über das Schicksal seiner beiden ledigen Töchter urteilen können?

Vor dem Ratssaal sah er den Bäcker Lienhard Stehlin mit seiner Frau. Diese trug auf dem Arm ein Kind, das wie ein Greis aussah. Tief liegende, traurige Augen über einem faltigen Gesicht sahen müde zu ihm herüber. Dieses Kind, glaubte Laubbach zu wissen, hatte nicht mehr lange zu leben.

Stehlin und seine Frau drehten sich erschreckt um, als sie das Mitglied des Alten Rates sahen. Mit deren Tochter hat meine Helene früher gespielt, dachte Georg. Damals, als meine Frau noch lebte. Jetzt sieht es so aus, als ob diese zwei auch meine Kinder auf den Scheiterhaufen bringen wollen.

In der Zwischenzeit war die Anhörung des Klägers im Sitzungsraum des Rates weitergegangen. Ruprecht Silberrad verlangte Verfolgung der Klage von Amts wegen, wie es der Rat ein Jahr zuvor beschlossen hatte.

„Dennoch wollen wir eine schriftliche Klage von Euch haben“, sagte gerade Stemmle, der Schultheiß.

„Das werde ich nicht tun“, antwortete Ruprecht. „Der Rat ist verpflichtet, von sich aus einem Verdacht nachzugehen und Klage zu erheben, wenn er von dem Verdacht eines Schadenszaubers hört.“

„Ihr meint, von einem ausreichenden Verdacht“, konterte Stemmle. „Und ob der Verdacht ausreichend ist, werden wir beurteilen können, wenn Ihr Eure Klage schriftlich eingereicht habt.“

„Wieso soll ich die Klage schriftlich einreichen, wenn schon ein ausreichender Verdacht besteht?“

„Wie meint Ihr das?“, fragte Stemmle nach.

„Fragt doch die Stettmeister, die beim Verhör der Geiger als Zeugen anwesend waren. Die können alle bestätigen, dass die Geiger nicht nur die alte Laubbach, sondern auch ihre Töchter als Hexengespielinnen angegeben hat. Zusammen mit meiner Klage heute wird das ja wohl genügen. Zudem gibt es noch weitere Kläger.“

Stemmle entließ Ruprecht Silberrad. Er sollte die Entscheidung des Rates abwarten. Dann holte der Ratsschreiber den Kläger Lienhard Stehlin und seine Frau Helene, die vor dem Rat die Anschuldigungen gegen Helene Laubbach genauso wiederholten, wie im Hause des Kaspar Silberrad besprochen. Die Mitglieder des Rates hatten immer wieder verstohlen auf das missgestaltete Kind geblickt. Stehlin wusste, es war richtig, dieses Kind zur Klage mitzubringen. Nur so konnte sich der Rat ein Bild davon machen, welches Unglück seine Frau und ihn getroffen hatte. Dennoch zeigten sich die Ratsmitglieder mit der Anklage nicht ganz zufrieden.

„Eines verstehe ich nicht ganz“, fragte nach der Klage der Rat Kiefer. „Ihr habt ausgeführt, dass Ihr des Nachts, als die kleine Laubbach in Eurem Haus geschlafen hat, etwas gehört habt. So, als ob noch jemand ins Haus gekommen sei.“

„Das ist richtig. Das war, als sie vorher in Gengenbach gewesen war.“

„Und Ihr habt nichts Verdächtiges gefunden!“

„Ja. Ich habe alle Räume durchsucht.“

„Auch das Zimmer Eurer Tochter?“

„Ja, ich habe auch dort hineingeschaut. Aber die beiden lagen im Bett und schliefen.“

„Kann es sein, dass Ihr das nur geträumt habt?“

„Nein, ich war wach.“

„Und was habt Ihr dann genau gehört?“

„Zuerst ging die Tür, obwohl die vorher abgeschlossen war. Dann rauschte es im Haus und polterte.“

„Und dann?“

„Dann bin ich aufgestanden und habe nachgesehen.“

Jakob Kiefer wandte sich an Helene Stehlin. „Und Ihr habt dieses Poltern auch gehört?“

„Nein, ich habe einen so tiefen Schlaf.“

Stemmle entließ nun auch diese beiden Kläger mit dem Hinweis, dass zunächst darüber entschieden werden würde, ob von Amts wegen das Malefizverfahren gegen Helene Laubbach eingeleitet würde. Sie sollten aber, wenn sie nochmals vor den Rat geladen würden, ihr Kind zu Hause lassen. Jedes der Ratsmitglieder hätte es ja nun gesehen.

Eine Woche später wurden zunächst die beiden Töchter des Rates Laubbach verhört. Georg Laubbach durfte sie vor den Rat begleiten, da besonders Adelheid mit ihren sechzehn Jahren große Angst hatte. Aber auch ihre ältere Schwester Helene wirkte trotz ihrer achtzehn Jahre eingeschüchtert und hilflos.

Einer der Stettmeister verlas die Anschuldigung, die der Ratsschreiber mitgeschrieben hatte. Dann durften die Mädchen dazu Stellung nehmen. Die beiden schienen die Tragweite der Beschuldigungen begriffen zu haben. Doch sie waren unfähig, sich selbst zu verteidigen. Helene stammelte nur, dass sie keine Hexe sei und Adelheid fing an, hemmungslos zu weinen. Georg Laubbach ergriff für die beiden das Wort und keines der Ratsmitglieder hinderte ihn. Er erklärte, dass dies eine Beschuldigung der ganzen Familie Laubbach sei. Die Mutter der beiden sei schon in einem unfairen Prozess verurteilt und zu Unrecht hingerichtet worden. Nun würde dieser Verbrecher Silberrad versuchen, die gesamte Familie, die in Offenburg hoch geachtet sei, auszulöschen. Dies unter den Augen des Rates, dem er selbst unschätzbare Dienste erwiesen habe. Er forderte, dass Ruprecht Silberrad seine Anklage schriftlich einreiche, damit er gegen diese vorgehen und Silberrad zur Verantwortung ziehen könne. Wenn der Rat von Amts wegen das Verfahren gegen seine Töchter eröffnen würde, sei ihm die Möglichkeit, sich angemessen gegen diesen Verleumder zu wehren, genommen. Laubbach bat auch, dass seine beiden minderjährigen Töchter bis zur Entscheidung über die Klage im elterlichen Haus bleiben dürften. Dem stimmte der Rat sofort zu, forderte aber von Rat Laubbach eine stattliche Summe als Kaution.

Am ersten Oktober erschien vor dem Hohen Rat Jakob Hugg. Er war wegen Ehebruchs angeklagt. Hugg leugnete seine Verfehlung nicht. Er gab an, dass seine Frau ihm öfter ihre ehelichen Pflichten verweigere. So habe er sein Bett eben mit einer Magd geteilt. Die Magd gab auf Befragen an, dass ihr Herr des Nachts in ihre Kammer gekommen sei. Sie habe sich gewehrt, aber gegen die rohe Gewalt des Herrn habe sie nichts ausrichten können.

Die Magd brauchte Offenburg nicht zu verlassen.

Gegen Jakob Hugg wurden fünf Tage Haft und eine Rutenstrafe verhängt.

„Da dieses Verfahren so schnell abgeschlossen werden konnte, schlage ich vor, dass wir heute noch darüber beraten, ob eine schriftliche Klage des Ruprecht Silberrad und des Lienhard Stehlin gegen Helene und Adelheid Laubbach notwendig ist.“ Stemmle wandte sich an die beiden Räte Laubbach und Kaspar Silberrad. „Ich muss beide bitten, die Ratssitzung zu verlassen, damit wir darüber beraten können.“

Laubbach stand auf und verließ den Saal. Er wollte nicht zusammen mit Silberrad an der Türe zusammentreffen.

Silberrad beeilte sich nicht. Nachdem Laubbach den Saal verlassen hatte, wandte er sich nochmals an Stemmle. „Ich möchte den Rat warnen. Wenn ihr meinen Bruder zwingt, schriftliche Klage einzureichen, so wird Ruprecht seine Anhänger mobilisieren. Er hat es satt, dass der Rat sich nicht an die Weisung des Kaisers hält. Es gibt genügend Unzufriedene in der Stadt, die nur darauf warten, dass der Rat diesen Fehler begeht. Dann aber wird das ein Feuer geben, das nicht so leicht mehr zu löschen ist.“

Mit diesen Worten verließ Kaspar den Sitzungssaal.

Die Mitglieder des Rates waren zunächst sprachlos. Ruprecht Silberrad versuchte, über seinen Bruder Kaspar dem Rat zu drohen. Alle Augen richteten sich auf Stemmle, den Schultheiß. Wie würde er diese offene Drohung hinnehmen? Was würde er sagen, um diese unglaubliche Erpressung zu beantworten?

Stemmles Gesicht war vor Wut purpurrot angelaufen. Aber seine Stimme klang ruhig und fest, als er sagte: „Ich glaube, wir trennen die Anklage des Stehlin zunächst von der Anklage des Ruprecht Silberrad ab. Denn die Anklage des Stehlin richtet sich nur gegen Helene Laubbach. Die des Silberrad aber gegen Adelheid und Helene. Die Klage Stehlins beraten wir später."

Alle Ratsmitglieder stimmten zu. Nur Rat Rues, ein offener Anhänger der harten Linie der Silberrads, enthielt sich der Stimme.

„Ich glaube nicht, dass wir uns erpressen lassen können", eröffnete Stemmle die Diskussion über den zukünftigen Beschluss. Aber es gab keine Diskussion. Alle, bis auf Rues, waren sich einig, dass es auf die Drohung Kaspar Silberrads nur eine Antwort geben konnte. Die Antwort, die ein Knecht der Stadt am nächsten Tag in einem versiegelten Umschlag an Ruprecht übergab.

›Aus erheblichen Gründen‹, las dieser, sei es geboten, dass der Kläger Ruprecht Silberrad seine Klage gegen Leib und Leben der Helene Laubbach schriftlich beim Hohen Rat der Stadt Offenburg einreiche.

10.

Marie ächzte zwischen den Landen[10] des zweirädrigen Karrens. Er war beladen mit den von ihrem Mann gewebten Stoffen, die sie in den größeren Bauernhöfen und kleinen Weilern östlich von Offenburg hatte verkaufen wollen. Sie stemmte die nackten Füße fest gegen den Feldweg, denn der noch halb beladene Karren drohte auf dem abschüssigen Weg immer schneller zu werden.

Es waren keine guten Tage zum Verkaufen gewesen. Das Wetter war zu schön, viele der Bauersfrauen auf den Feldern gewesen. Es war nicht die Zeit, Kleider zu nähen. Und viele der Stoffe, die sie den Bauern in Albersbach, Zell, Weierbach und Fessenbach hatte verkaufen wollen, lagen noch unverkauft auf dem Wagen. Albersbach, das von diesen kleinen Orten am höchsten im Vorgebirge des Schwarzwaldes lag, war die letzte Station auf ihrer

Verkaufsfahrt gewesen. Sie hatte gehofft, dass dann der Karren schon fast leer und das Hinaufziehen der Last zum Ort damit leichter sein würde.

Obwohl die Sonne an diesem Oktobertag noch einmal mit ihren wärmenden Strahlen die Trauben zuckerte und Haselnüsse, Wildäpfel und andere Früchte an Bäumen und Sträuchern reifen ließ, war die Luft schwül und drückend. Rechts und links des Weges waren die Hänge des Schwarzwaldes dicht bestanden mit Rebstöcken, voll mit golden gefärbten Trauben. Links von ihr über den Reben leuchtete in kurzer Entfernung ein Buchenwald in den bunten Farben des Herbstes. Bald würde das Laub fallen und später würde der herabfallende Eckerich ein Festmahl für die Schweine geben. Hoffentlich würde der Winter nicht allzu lange werden. Marie zwang sich, nicht an diese Zeit zu denken, sondern die schöne Herbstzeit mit ihren leuchtenden Farben, Blumen und Früchten zu bewundern. Dies hellte ihre Stimmung, die sich für einen Augenblick verdüstert hatte, wieder auf.

Sie drehte sich nach ihrer Mutter um. Diese versuchte, an den seitlichen Leiterstangen den Wagen auf dem abfallenden Feldweg mit abzubremsen. Auf der vom Regen ausgewaschenen, mit tiefen Löchern durchzogenen Gasse war der schwer in der Spur zu halten. Aber Marie merkte, ihre Mutter war so müde, dass sie sich nur noch mitziehen ließ. Nun hatten sie Albersbach hinter sich gelassen. Nochmals warf sie einen besorgten Blick auf ihre Mutter. Es wäre besser, ihr eine kurze Pause zu gönnen. Wieder trat sie in ein tiefes Loch auf dem Feldweg und stolperte fast.

„Verfluchte Löcher“, schimpfte sie leise vor sich hin.

Sie sah erneut nach vorn. Vor ihr in der Ebene lag die befestigte Stadt Offenburg. In der Ferne konnte man links vom Offenburger Kinzigturm bereits den Kirchturm von Schutterwald sehen. Auch einzelne Häuser des

Ortes waren schon auszumachen. Noch etwa fünf Meilen, dann waren sie zu Hause.

Marie stemmte sich nochmals fest gegen das Gewicht des Karrens und brachte den zum Stehen. Dann bückte sie sich und ließ den Wagen mit den Landen auf dem seitlichen Rain aufliegen.

„Wir machen eine Rast." Behände stieg sie aus den Landen des Wagens und fasste ihre Mutter unterstützend unter den Ellbogen. „Setzt Euch an den Rain."

Eva Vetter ließ sich stöhnend nieder. „Ich merke, dass ich älter werde. Meine Beine wollen nicht mehr so recht. Und mein Rücken schmerzt auch von Tag zu Tag mehr." Sie zog die Schulterblätter zurück und verzog dabei vor Schmerz das Gesicht.

„Habt Ihr Durst?", fragte die Tochter.

Bevor Eva antworten konnte, hatte Marie eine reife Traube von einer Rebe gerissen und hielt sie ihrer Mutter hin. „Esst. Das erfrischt."

Dankbar griff Eva nach der Traube. Während sich beide am Rain ausruhten, dachte Marie an frühere Zeiten.

Das Leben hatte ihr nichts geschenkt. Ihren Vater hatte sie nie gekannt. Angeblich war er verstorben, als sie kaum auf der Welt war. Ihre Mutter war arm und war mit ihr von Hof zu Hof gezogen, um für einige Wochen oder Tage ihre Arbeitskraft anzubieten. Sie hatten für ihre Mithilfe im Stall oder auf den Feldern ihr Essen und einige Vorräte erhalten.

Als Marie alt genug war, um für sich selbst sorgen zu können, war sie allein losgezogen. Sie war hübsch. Mit ihrem freundlichen Wesen hatte sie es leicht gehabt, immer wieder Arbeit zu finden. Selbst wenn sie einmal auf einem Hof fortgeschickt wurde, weil keine Arbeit da war oder die Bäuerin in ihr eine Rivalin sah, war sie weiter freundlich und fröhlich gewesen.

Unwillkürlich seufzte Marie leise. Es war eine schöne, vergangene Zeit. Sie war zwar arm, aber frei gewesen. Wenn es ihr irgendwo nicht mehr gefiel, war sie einfach weiter gezogen. Doch dann hatte sie sich eines Tages in einem der Orte verliebt – in den schüchternsten und ärmsten Kerl in Schutterwald.

Marie schaute zu ihrer Mutter hinüber. Aber die war noch damit beschäftigt, die Beeren von der Traube zu klauben und diese in ihrem inzwischen fast zahnlosen Mund zwischen Zunge und Gaumen zu zerdrücken. Eva tat dies langsam und genüsslich.

Wieder wanderte der Blick Maries über die von Mauern und Türmen umgebene Stadt Offenburg hinüber nach Schutterwald. Er blieb am Kirchturm des Fleckens haften, in dem sie jetzt seit fast drei Jahren wohnte. Dann suchten ihre Augen am Ortsrand das winzige Haus zu erkennen, das ihrem Mann gehörte. Sie fand es nicht. Weiter ließ sie ihre Blicke schweifen. Links von ihnen lag Ortenberg in einer Senke. Von hier aus konnte man es nicht sehen. Selbst die gefürchtete Burg des Ortenauer Burgvogts war hinter einem Ausläufer des Berges verborgen. Halb rechts im Tal war eine bewaldete Anhöhe. Marie erschauerte, als sie die hoch aufragenden Linden auf der höchsten Stelle dieses Hügels sah. Es gab dort eine Lichtung. Überall in der Umgebung war bekannt, dass es diese Lichtung mit den sieben Linden war, auf der die Hexen Hochzeit feierten. Mit Satan und weiteren Gespielinnen. Und da, etwas näher zu ihr, bildeten weitere Linden eine Laube. Die Laubenlinde. Der zweite Platz für die Orgien mit Hexen, Zauberern und Satan. Niemand traute sich bei Nacht in dieses Gebiet. Nicht einmal während des Tages, dachte Marie, würde ich da durchgehen. Ihr Blick schweifte weiter in die Ferne. Drüben am Horizont sah man die Vogesen. Und davor den Kirchturm des Münsters von Straßburg wie eine Nadel. Es musste eine gewaltige Kirche sein. Dort wollte sie irgendwann einmal hin. In diese große Stadt. Sie hatte von einer Frau gehört, dass die so groß sei, so viele Gassen hätte, dass man sich darin verlaufen könne. Dort könnte man leicht seine Stoffe loswerden. Als sie ihrem Mann einmal vorgeschlagen hatte, die Waren dort in der Stadt zu verkaufen, hatte der sie ausgelacht. Die Zünfte in Straßburg würden das schon verhindern. Sie solle lieber auf den Bauernhöfen mehr verkaufen. Ihre Gedanken kehrten zurück in die Gegenwart. Noch zwei oder drei Stunden. Dann würde sie sich wieder das Jammern ihres Mannes anhören müssen, weil sie so wenig verkauft hatten.

Von ihrem Verliebtsein vor drei Jahren war nichts mehr geblieben. Ganz allmählich hatte sie die Achtung vor ihrem Mann verloren. Inzwischen hasste sie seine Unterwürfigkeit vor seinen Kunden, sein Kuschen vor den Bauern, sein Flehen, ihm doch etwas von seiner Ware abzunehmen, damit sie den Winter überstehen könnten. Sie, die früher so Stolze, wurde vom Krämer als Letzte bedient. Denn an ›Vetters‹ war nicht so viel zu verdienen wie an den reicheren Bauersfrauen. Bei Prozessionen musste sie sich genauso hinten einreihen wie sie in der Kirche zuhinterst bei den Tagelöhnern knien musste. Sie waren im Ort so wenig geachtet, dass sie an der Kirchweih vor zwei Jahren vom Tisch vertrieben worden waren, weil für die reicheren Bauern zu wenig Platz war. Ihr Mann hatte seinen Platz ohne Protest verlassen. Er hatte Angst gehabt, Kunden zu verlieren. Nur ihre Mutter hatte aufbegehrt. „Mit einem richtigen Mann wäre uns das nicht passiert“, hatte sie gesagt.

Selbst das Häuschen mit dem winzigen Garten war für drei Personen zu klein. Hoffentlich würde sie nicht noch mit Kindern gesegnet. Sie wusste nicht, wo sie ihre Mutter dann würde unterbringen können.

Ein Schatten fiel auf den Feldweg. Erschrocken drehte sie sich im Sitzen um. Hinter den beiden Frauen stand, drohend und mit bösartig zusammengezogenen Augenbrauen, der Offenburger Ölmüller Weyd, dem anscheinend das Rebstück gehörte.

„Hab ich euch Diebinnen endlich erwischt."

Er packte Evas Handgelenk und entriss der alten Frau die fast aufgezehrte Traube. Angewidert warf er sie hinter sich zwischen die Rebstöcke.

Marie war aufgesprungen. „Lasst meine Mutter in Ruhe."

„Das könnte euch so passen", presste der Ölmüller zwischen den Zähnen hervor, während er die nur zaghaft widerstrebende Eva Vetter am Arm hochzog, bis die alte Frau stand. Dann zerrte er sie zu der hilflos dastehenden Marie und packte auch diese mit festem Griff am Handgelenk.

„Ihr kommt jetzt beide mit."

„Lasst mich los. Mein Wagen…"

„Vielleicht hast du Glück und es sind nicht noch mehr Diebe unterwegs", höhnte der Müller. „Jedenfalls werden wir jetzt erstmal gemeinsam nach Offenburg gehen. Mal sehen, was der Stettmeister zu euch Galgenvögeln sagt."

„Lasst mich los", wehrte sich Marie und versuchte, der Umklammerung ihres Armgelenks zu entkommen. Auch Eva versuchte, sich zu befreien. Aber gegen den eisernen Griff des kräftigen Müllers hatten die Frauen keine Chance.

Der Ölmüller zerrte beide an den Handgelenken hinter sich her. Während Eva sich schnell in ihr Schicksal ergeben hatte, wehrte sich Marie ungestüm. Aber es nützte ihr nichts. Auch wenn sie sich noch so wand und drehte. Unbeirrt schleppte Weyd die Frauen hinter sich her. Es ging auf dem gleichen Weg weiter, den sie in Albersbach eingeschlagen hatten. Nur unten in der Ebene, da, wo das

Offenburger Vieh graste, schlug der Ölmüller den Weg zur Schwabhauser Befestigung ein und zerrte sie zum Stadttor. Dort übergab er sie den Torwachen, um einen der Stettmeister zu suchen. Einer dieser Wachsoldaten brachte die beiden Frauen in den Klosterturm.

Während beide an einem Strick gefesselt rechts und links des Wachsoldaten gingen, senkte Eva Vetter den Kopf. Sie schämte sich. Nie hatte sie sich etwas Schlimmes zuschulden kommen lassen.

Und nun ging sie wie eine Verbrecherin entlang des vom Kot unzähliger Tiere verschmutzten Weges. Es war der Weg, den morgens und abends der städtische Viehhirte ging, der die Kühe, Schafe und Ziegen auf die Weiden östlich der Stadt trieb. Am Viehbrunnen gingen sie entlang des Baches weiter Richtung Kloster. Leute, die ihnen entgegenkamen, traten zur Seite, blieben stehen und starrten sie neugierig an. Sie hörte deren gedämpftes Getuschel hinter sich. Hoffentlich war niemand von den Schutterwälder Bürgern in der Stadt.

Ihre Tochter Marie hatte ihren Widerstand gegen die Festnahme aufgegeben und ging aufrecht und ohne Furcht. Trotzig sah sie den Entgegenkommenden in die Augen. Nie hatte sie zuvor gestohlen. Dass sie der durstigen Mutter eine Traube von einer Rebe gerissen hatte, war Tochterliebe. Es hingen so viele Trauben in den Rebhügeln. Die Vögel pickten ungestört Beeren ab und auch die durstigen Wespen nahmen einen Schluck aus der aufgestochenen Frucht. Da konnte es nicht so schlimm sein, einer alten Frau eine Traube von einem Rebstock abzureißen. Wenn das ein Verbrechen sein sollte?

Kurze Zeit später hatten die Drei den hoch aufragenden Klosterturm hinter dem Kloster erreicht. Dunkle Wolken waren inzwischen am Himmel aufgezogen und ein böiger Wind trieb Staub und Heu durch die Gassen. Die Vorbeieilenden kniffen die Lider zusammen, denn die aufgewirbelten Staubkörner ließen die Augen tränen. Die Schritte der Fußgänger beschleunigten sich. Jeder wollte ins Trockene kommen, bevor der Regen kam. Die schwülheiße Luft wurde böiger, kühler. Das Gewitter nahte. Marie dachte an ihren Karren, der unbewacht am Ortsrand von Albersbach stand. Die graue Plane würde den Gewitterregen zwar etwas abhalten, aber wenn es schütten würde, könnten die Stoffe im Wagen leiden. Sie wurde wütend. Alles wegen einer einzigen Traube. Hätte sie ihre Mutter vor drei Tagen zu Hause gelassen, wäre sie jetzt schon fast in Schutterwald. Wahrscheinlich hätte sie auch mehr verkauft als mit der alten Frau, wegen der sie nur langsam von Hof zu Hof kam. Der Teufel sollte ihre Mutter und diesen elenden Offenburger holen, der sie beide den Wachen übergeben hatte.

Im Klosterturm wurden Mutter und Tochter zusammen in eine Zelle gesperrt. Marie setzte sich trotzig in eine Ecke.

„Ob sie uns an den Pranger stellen?“, fragte Eva Vetter ängstlich ihre Tochter.

„Wegen einer Traube? Jetzt macht Euch nicht lächerlich“, entgegnete Marie kurz. Sie war noch immer ärgerlich, dass das, was sie ihrer Mutter Gutes tun wollte, sie beide in den Kerker gebracht hatte. Insgeheim gab sie Eva die Schuld. Sie selbst hatte ja nicht einmal eine einzige Beere gegessen.

„Wenn die uns die ›Geige‹ um den Hals legen, das überlebe ich nicht“, jammerte die Alte weiter. „Diese Schande!“

„Jetzt hört endlich auf zu jammern“, fauchte Marie. „Dass unser Wagen noch direkt am Weg bei Albersbach steht, ist tausendmal schlimmer.“

„An den habe ich gar nicht mehr gedacht“, gab Eva erschrocken zu. „Wenn da jemand die Stoffe raus nimmt“, meinte sie weinerlich.

Marie sah zu dem kleinen vergitterten Fenster hoch, aus dem ein wenig Tageslicht einfiel. Es war ohne Glas und die dicken Regentropfen, die auf dem Absatz aus Sandstein zerplatzten, sprühten zum Teil in die Zelle oder liefen in zwei Rinnsalen an der Wand herunter in das sowieso schon feuchte Stroh.

„Auch wenn niemand die Stoffe stiehlt, bei dem verdammten Regen werden die im Wagen auch nicht besser", meinte sie verdrießlich. Sie stand auf. Die Ketten an ihren Armen hinderten sie nicht, bis zur Tür zu kommen. Sie waren lang genug. Mit beiden Fäusten hämmerte sie gegen die Tür. Ein Wächter schlurfte herbei und öffnete mit einem Schlüssel die eichene Zellentür. Quietschend wurden die eisernen Bolzen aus den Halterungen gezogen.

„Könnt Ihr diesem kleinlichen Offenburger, der uns hierher gebracht hat, nicht einen Boten senden? Wir bezahlen diese verdammte Traube. Wir müssen hier raus. Unsere Stoffe verderben bei diesem Wetter."

Der Wärter lachte bösartig. „Ihr glaubt, der reiche Ölmüller Weyd kommt, wenn zwei abgerissene Frauen ihn rufen? Noch dazu bei diesem scheußlichen Wetter da draußen? Seid froh, dass ihr zurzeit hier seid und nicht vor der Pfalz am Pranger steht. Und jetzt gebt endlich Ruhe. Morgen wird man sich um euch kümmern."

Für beide wurde es eine schlaflose Nacht. Während sich Marie wegen ihrer Stoffe sorgte und sich fragte, was wohl ihr Mann machen würde, der sie heute wieder erwartet hatte, dachte Eva an die Schande, im Gefängnis zu sitzen. Es würde nicht lange dauern, bis alle in Schutterwald es wüssten. Vielleicht würde man sie am Morgen dazu noch an den Pranger beim Metzgerbrunnen stellen. Die Stunden dehnten sich. Es schien endlos her zu sein, dass sie den Nachtwächter um Mitternacht mit seinem Singsang gehört hatte. Nur Mäuse oder Ratten hörte sie gelegentlich im Stroh rascheln. Sie wagte nicht, ihre

Tochter anzusprechen, die wegen der Traube so böse war. Dabei hatte Marie die doch von selbst abgebrochen und ihr gegeben. Sie, Eva, hatte sie nicht geheißen.

Marie jedoch wollte mit ihrer Mutter auch nicht reden. Sie wusste, dass die Alte nicht schlief, denn sonst hätte sie geschnarcht. Aber es gab nichts zu bereden.

Irgendwann kam der Wächter und brachte beiden einen irdenen Teller mit einer dunklen gebrannten Brotsuppe. Lange, bevor es draußen langsam hell wurde.

11.

Der heftige Hagel, der die vollen Rebstöcke in Zell, Weierbach, Albersbach und Fessenbach am Abend so kurz vor der Traubenlese vernichtet hatte, war das Gespräch des Tages bei der Ratssitzung. Es waren Hagelkörner gefallen, groß wie Taubeneier. Sie hatten die Blätter der Reben durchschlagen und die reifen Beeren an den Trauben aufplatzen lassen. Die Ernte war fast völlig vernichtet. Der Wein würde im nächsten Jahr wieder teurer werden. Auch die Einnahmen der Stadt aus der Genehmigung, die Schweine in die stadteigenen Wälder treiben zu dürfen, würden in diesem Jahr gering ausfallen. Es gab wenig Eckerich[11] an den Bäumen. Deshalb würden die Bürger nur jeweils die beiden Schweine in die Wälder treiben, für die sie nichts bezahlen mussten. Die restlichen Tiere würden sie wahrscheinlich schlachten. Denn ohne Eckerich überlebten diese Haustiere den Winter nicht. Der Stadt standen sehr viel geringere Einnahmen bevor, als Schultheiß und Rat erwartet hatten. Ein Ausgleich des Haushalts durch höhere Zölle oder Steuern schien unabwendbar.

So wurden erst spät die Beratungen darüber aufgenommen, was man mit den beiden abgerissenen Frauen tun sollte, die dem Ölmüller Weyd eine Traube gestohlen hatten.

„Wenn wir nicht endlich etwas dafür tun, das Eigentum unserer Bürger zu schützen, brauchen wir uns nicht zu wundern, dass immer mehr Bettler und fahrendes Volk den Weg nach Offenburg finden. Selbst die Zahl der Zigeuner in der Umgebung nimmt ständig zu“, meinte Rat Rues. „Die bedienen sich ganz ungeniert an den Trauben der Rebstöcke. Das ist schon zu einer richtigen Plage geworden.“

„Die beiden aufgegriffenen Frauen gehören nicht zum fahrenden Volk“, wandte Stettmeister Kiefer ein. „Bei der Befragung durch die Wachen haben sie angegeben, dass sie aus Schutterwald kommen. Der Mann der Jüngeren ist dort Weber.“

„Dann sollte man sie dem Vogt übergeben“, meinte das Ratsmitglied Pfau, das aus der Zunft der Weber in den Rat entsandt worden war. „Der ist für die Schutterwälder zuständig.“

„Nein, sie haben den Ölmüller aus Offenburg geschädigt, deshalb müssen sie in Offenburg bestraft werden“, meldete sich das Ratsmitglied aus der Zunft der Rebleute zu Wort, der Ratsherr Straub.

„Sie haben uns alle geschädigt“, warf Rat Rues ein, ein Befürworter der harten Linie der Silberrads.

Die Köpfe der Ratsmitglieder wandten sich ihm erstaunt zu.

„Wieso uns alle?“, fragte Schulheiß Stemmle verständnislos.

„Es sind nicht bloß Traubendiebinnen“, erläuterte Rues. „Habt ihr vergessen, was gestern geschah, nachdem die beiden in den Turm verbracht worden waren?“

„Ihr meint den Hagel?“, fragte eines der Ratsmitglieder.

„Das ist doch abwegig“, meinte der Kirchherr Rapp.

„So, meint Ihr? Weshalb wurden die Reben nicht auch in Rammersweier, Ortenberg, Gengenbach oder Oberkirch verhagelt? Nein, nur in Fessenbach, Zell, Weierbach und Albersbach. Da, wo wir Offenburger unsere Reben haben."

„Ja. Und?", fragte Stemmle.

„Die beiden Frauen haben einen Schadenszauber verursacht. Sie wollten sich rächen, dass wir sie festgesetzt haben. Ich klage sie der Hexerei an", rief Rat Rues selbstbewusst, völlig von seinem Verdacht überzeugt.

Der Schultheiß schüttelte den Kopf. „Wir können sie nicht anklagen. Ich bin der gleichen Ansicht wie der Rat Pfau. Sie unterstehen der Zuständigkeit des Landvogts."

Aufgebracht und laut kam dem Antragsteller nicht unerwartet Kaspar Silberrad zu Hilfe. „Und wem untersteht das fahrende Volk in unserer Stadt? Oder die Zigeuner? Oder Bettler? Die kommen auch von irgendwoher und niemand fragt, woher. Die bestrafen wir auch in Offenburg, wenn sie sich hier eines Verbrechens schuldig gemacht haben. Tatsächlich handelt es sich um unsere, der Offenburger Bürger, Reben. Deshalb müssen die beiden Schutterwälderinnen auch in Offenburg bestraft werden. Wir können deren Verurteilung nicht dem Ortenauer Vogt überlassen. Denn die Ortenauer sind doch froh, wenn unsere Reben verderben. Dann werden sie ihren Wein besser los."

Zustimmendes Gemurmel der Ratsmitglieder unterstützte seine Mutmaßung.

Stemmle machte einen letzten Versuch, einen unnötigen Hexenprozess von Offenburg abzuwenden. „Heute Vormittag haben wir alle geklagt, dass die Einnahmen der Stadt sinken. Da sollen wir uns noch die Kosten für einen Hexenprozess auf den Hals laden?"

„Die Kosten für das Verfahren holen wir uns von den Angehörigen", meinte Silberrad.

„Euch ist es gleich, ob Ihr Menschenleben vernichtet“, giftete Laubbach in Richtung zu Silberrad. Hauptsache, Ihr habt Euren Malefizprozess!“

„Sollen wir zusehen, wie Offenburg von Hexen zugrunde gerichtet wird? Mir ist klar, dass Ihr ein Interesse daran habt, diese Zauberinnen zu schonen. Es könnte sich ja sonst vielleicht noch herausstellen, dass sie Eure Töchter sehr gut kennen. Denkt an die Aussage der Hexe aus Urloffen vor einem Jahr.“ Höhnisch sah Kaspar Silberrad den gramgebeugten Laubbach an. Dieser hatte sich wütend von seinem Sitz erhoben und wollte sich auf Silberrad stürzen. Doch zwei besonnene Ratsmitglieder neben ihm waren ebenfalls von ihren Sitzen aufgesprungen und hielten ihn fest. „Das bringt doch nichts“, raunte ihm einer ins Ohr. „Merkt Ihr nicht, dass Euch Silberrad nur reizen will, damit Ihr etwas Unüberlegtes tut?“

Das Gesicht Stemmles wurde hart. „Ich warne Euch, Silberrad. Ich warne Euch zum letzten Mal. Solltet Ihr nochmals die Beratungen zu einem Forum Eures Hasses machen, werde ich den Antrag stellen, dass Ihr wegen Missachtung des gesamten Rates zu zehn Pfund Strafe verurteilt werdet und die Ratsversammlung verlassen müsst.“

Silberrad stand auf. Verschlagen grinsend sah er den Schultheiß kurz an und verließ wortlos den Saal.

„Gibt es zu dem Problem mit den beiden Schutterwälderinnen noch Wortmeldungen?“, fuhr Stemmle fort, nachdem Silberrad die Türe hinter sich zugeknallt hatte.

Der Ratsschreiber neben dem Schultheiß meldete sich zu Wort. „Wenn die zwei keine Hexen sind, bleiben wir auf den Kosten sitzen. Und selbst wenn, soll der Weber, der Mann der Jüngeren, nicht gerade mit Reichtümern gesegnet sein. Da ist nichts zu holen.“

„Zumindest hat er ein kleines Häuschen, das wir pfänden könnten“, warf Rat Kiefer ein.

„Wenn wir nichts gegen die zwei unternehmen und nicht jeden Verdacht ausräumen, dass die beiden Hexen sind, werden wir an den Kaiser Strafe zahlen müssen", meldete sich listig Rat Rues nochmals zu Wort. „Glaubt bloß nicht, dass Ruprecht Silberrad sich die Gelegenheit entgehen lässt, Euch beim Kaiser anzuschwärzen. Immerhin hat der mit schwerer Strafe gedroht, wenn der Rat der Stadt Offenburg nicht alles unternimmt, um die Hexenpest zu bekämpfen."

Stemmle erkannte die Hinterlist, aber die Ereignisse der letzten Minuten hatten ihn überrollt. Er gab sich geschlagen. „Kommen wir zur Abstimmung!", resignierte er. Gegen die Erweiterung der Anklage stimmten von den verbliebenen dreiundzwanzig nur sechs Räte, darunter die beiden Kirchherrn und Laubbach.

Die vier Stettmeister unter dem Vorsitz des Rates Jakob Kiefer sollten die Befragung leiten, bestimmte Stemmle. Er selber hatte dazu keine Zeit. Er musste mit einigen Räten weiter beraten, was nun zu tun sei, nachdem zwei wichtige Einnahmequellen der Stadt – die Trauben und der Eckerich – in diesem Jahr ausfielen.

Die Ratssitzung war beendet. Die Stettmeister ließen den Scharfrichter Hardlein holen. Gemeinsam mit ihm gingen sie zum Klosterturm, um die beiden Frauen zur Anklage, der freien Reichsstadt Offenburg mit einem Hagelzauber geschadet zu haben, zu hören.

Die Holzstiegen des Klosterturms ächzten unter dem Gewicht der fünf Männer, die hintereinander die Stufen erklommen, bevor sie vor der mit breiten Eisenbändern beschlagenen Eichentür Halt machten. Der Wärter holte den Schlüssel aus der Tasche, um die Türe zu öffnen.

Drinnen flüsterte Eva Vetter mit bangem Herzklopfen: „Jetzt werden sie uns an den Marktplatz stellen, mit der ›Geige‹ um Kopf und Hände. Ich halte diese Schande nicht aus."

„Seid still, Mutter! Doch nicht wegen einer einzigen Traube." Marie Vetter war ruhiger als ihre Mutter. Was hatten sie denn Böses getan?

Als die eisernen Bolzen an der Tür zurückgezogen wurden, erhoben sich die beiden Frauen von ihrem Lager in dem schon halb verrotteten Stroh. Die Ketten klirrten hell. Aber es waren nicht nur der Gefängniswärter und ein Stettmeister, die in die Zelle drängten. Dass gleich alle vier Stettmeister gekommen waren, verhieß nichts Gutes. Doch noch einer trat durch die Tür, den niemand in seiner Nachbarschaft haben wollte und der deshalb außerhalb der Gesellschaft und der Stadtmauer mit seiner Familie allein lebte. Der Offenburger Scharfrichter Hardlein. Seine Anwesenheit machte den beiden Frauen Angst. Nun wussten sie, es würde eine Bestrafung geben. Wegen einer einzigen Traube von einem Weinstock, der voll gehangen hatte wie schon seit Jahren nicht mehr.

Kiefer ergriff das Wort. „Ihr gebt zu, dass ihr gestern den Ölmüller Weyd geschädigt habt, indem ihr Trauben von seinem Rebberg gestohlen habt?"

Während Eva nur nickte, sagte Marie Vetter trotzig: „Es war nur eine Traube. Mehr nicht."

„Wie viele Trauben es waren, ist unerheblich", meinte ein Zweiter, Stettmeister Franz Sorg. „Ihr habt gestohlen."

Marie sagte nichts mehr. Es hatte keinen Sinn, darüber zu streiten, ob eine Traube schon Diebstahl war oder nicht. Sie hatte gegen diese Männer keine Chance.

Wieder richtete Jakob Kiefer das Wort an die Frauen: „Was mich viel mehr interessiert, ist, was ihr getan habt, nachdem ihr im Klosterturm festgesetzt worden seid."

Verständnislos fragte Marie: „Was sollen wir getan haben?"

„Wart ihr nicht wütend, dass ihr in den Turm verbracht wurdet?"

Misstrauisch sah Marie ihn an. Worauf wollte er hinaus? „Natürlich“, sagte sie zögernd.

„Und da habt ihr gedacht, jetzt zeigen wir es den Offenburgern einmal“, klang wieder Kiefers Stimme.

„Ich verstehe nicht, was Ihr meint!“ Marie schaute den Stettmeister verständnislos an. Ihre Mutter sah abwesend zu Boden. Sie schien zu überlegen, wie sie mit dieser Schande in Schutterwald weiter leben konnte.

„Ich meine, ihr habt überlegt, wie ihr es den Offenburgern heimzahlen könnt. Und da habt ihr es in den Offenburger Rebbergen hageln lassen.“

Marie sah den Stettmeister verblüfft an. Dann lachte sie. „Für einen Wetterzauber braucht man doch einen Hafen, um das Wetter kochen zu lassen. Seht Ihr hier einen?“

„Jetzt habe ich dich, Hexe!“, triumphierte Jakob Kiefer. „Jetzt hast du selbst zugegeben, dass du weißt, wie man einen Wetterzauber macht.“

Marie erschrak. „Das weiß doch jeder, dass Hexen das Wetter in einem Hafen kochen“, meinte sie nun kleinlauter. „Deshalb muss ich doch keine Hexe sein.“

„Genau das werden wir herausfinden“, meinte Stettmeister Riedinger, während Kiefer nur zufrieden lächelte.

Gebunden wurden die beiden Frauen nun in den Kinzigturm gebracht. Dort wurde jede in eine eigene, kleine Zelle gesperrt. Somit konnte die Mutter vielleicht gegen die Tochter ausgespielt werden.

12.

Marie erschauerte. Der dumpfe Schmerz in ihrer rechten Schulter wurde in kurzen Abständen immer wieder von einem zweiten Schmerz überlagert, der sich wie der Stich eines Stiletts in ihre Schulter bohrte. Ihr Arm fühlte sich lahm an. Mit der linken Hand tastete sie nach der Stelle an der Schulter, an der sie die Quelle ihres Leids vermutete. Tief bohrten sich die Fingernägel der linken Hand in die Haut der ausgekugelten Schulter. Nun überlagerte ein anderer Schmerz, ein hellerer, das dumpfe Gefühl. Diese Marter, die sie sich nun selbst zufügte, ließ sie ihre Schmerzen in der unbrauchbaren Schulter leichter ertragen. Besonders, wenn sie den Druck auf den Oberarm verringerte. Sie tastete weiter und drückte auf jede Stelle, die durch den neuen, hellen Schmerz Linderung versprach. Marie bemerkte, dass bis zum seitlichen Brustansatz jedes Einbohren der Finger in das heiße Fleisch diese dumpfe, wahnsinnig machende Empfindung linderte. Sie konnte die Intensität der Schmerzen durch wechselnden Fingerdruck steuern.

Aber bald erlahmte ihre Hand. Der Daumen, mit einem schmutzigen Lappen notdürftig verbunden, fühlte sich wieder an, als würde er platzen. Sie bemerkte, dass der Schorf unter dem Verband wieder aufgebrochen war. Ein dünnes Rinnsal von frischem, klebrigem Blut lief über das Handgelenk. Ermattet legte sie die linke Hand wieder in das verrottete Stroh.

Marie dachte an die zahllosen Gefangenen, deren Blut durch das Stroh auf den Boden getropft und in den Ritzen zwischen den Steinen getrocknet war; genau wie ihr Blut jetzt in die Ritzen sickerte und trocknete. Es hatte sich nun vermischt mit den Exkrementen anderer Gefangener, die, verzweifelt oder bewusstlos, ihr Wasser nicht mehr zurückgehalten hatten oder aus Angst ihren Kot auf Stroh und Boden zurückgelassen hatten. All das hatte sich vermischt mit Tränen der Verzweiflung. Marie ekelte sich, wenn sie den Boden der Zelle betrachtete.

Sie brauchte nicht auf das Atmen des Wärters zu hören, vor dem sie sich fürchtete. Jakob, der sich in einer

Ecke der Zelle am Abend zuvor frisches Stroh aufgeschichtet hatte, schnarchte laut mit einer nervtötenden Regelmäßigkeit.

Die Ereignisse des vergangenen Tages zogen an Marie vorüber. Die Verlegung in den Hexenturm, das Entsetzen, als Meister Hardlein ihrer Mutter und ihr die Folterinstrumente gezeigt und deren Wirkungsweise erklärt hatte, die gütliche Befragung durch die Stettmeister und danach die hochnotpeinliche. Sie dachte an die Schmerzen, als ihr, kaum dass man ihre Mutter in deren Zelle gebracht hatte, die Daumenschrauben angelegt hatte.

Ihr Wille, die Wahrheit zu sagen, war gebrochen worden, als Hardlein sie mit gebundenen Armen am Seil hochgezogen hatte. Sie hatte gebettelt und gefleht, sich fast die Seele vor Schmerz aus dem Leib geschrien. Doch dann hatte Hardlein sie wieder herunter gelassen. Als sie mit ihren nackten Füßen auf dem Steinboden stand und glaubte, die Qualen hätten geendet, hatte dieser Satan sie plötzlich nochmals ruckartig hochgezogen. Dabei war ihr rechtes Schultergelenk ausgekugelt worden.

Dann hatten die Stettmeister ihr Bedenkzeit gegeben. Sie würden am nächsten Morgen wiederkommen, hatte einer von ihnen gesagt. Sie solle sich gut überlegen, ob dieses Leugnen die Schmerzen wert wäre, die sie sonst noch ertragen müsse. Die Wahrheit käme doch ans Licht.

Nun achtete sie auf das Schnarchen des Wärters. Er hatte ihr abends noch einen Krug Wein gebracht. Nur misstrauisch hatte sie ihn angenommen und tatsächlich hatte Jakob danach versucht, sie sich gefügig zu machen. Als Marie jedoch unverzüglich anfing, lauthals zu schreien, hatte er von ihr abgelassen. Sein ärgerliches Murren über ihre mangelnde Dankbarkeit hatte sie erleichtert. Denn es hatte gezeigt, dass er sie nicht mit roher Gewalt nehmen wollte. Jakob hatte sich eine Gabel frisches Stroh geholt und war kurz nach seiner missglückten Eroberung betrunken in einer Ecke der Zelle in tiefen Schlaf gesunken. Wo der zweite Wärter des Kinzigturms war, wusste sie nicht.

Sie war nun schon zwei lange Tage verschollen. Marie verstand nicht, warum ihr Mann noch nicht nach ihr suchte. Er musste sie doch vermissen. Und wenn nicht sie und ihre Mutter, dann doch das Geld, das sie in einem Lederbeutel unter ihrem Unterkleid trug. Es war nicht viel, denn sie hatten ja nur wenig von ihren Stoffen verkauft. Weder der Scharfrichter noch der Wärter hatten den Beutel gefunden. Bislang hatte sie ihre Kleider nicht ausziehen müssen. Aber Marie hatte gehört, dass man bei Frauen nach Hexenmalen suchte. Nach einer dritten Brustwarze, womit ein Kind Satans gestillt werden könne. In Schutterwald hatte man mit Entsetzen davon gesprochen, dass Satans Kinder bereits überall in der Ortenau lebten. Geboren und aufgezogen von Hexen, die sich dem Höllenfürsten hingegeben hatten. Kinder Satans, die versuchen würden, später einmal die Welt zu beherrschen.

Maries Gedanken kehrten zurück zum Nächstliegenden. Wenn Scharfrichter oder Wächter das Geld im Beutel finden würden, wäre es weg. Ihr Blick irrte durch das Halbdunkel. Es gab keine Möglichkeit, kein Versteck. In die Ritzen zwischen den Steinen passte der lederne Beutel nicht. Die Münzen einzeln in die Ritzen zu stecken, war auch nicht ratsam. Vielleicht waren diese Ritzen tief und die Münzen verschwanden darin. Wohin nur sollte sie mit dem Beutel?

Nochmals warf sie einen Blick auf den schlafenden Wächter. Dann fasste sie mit der linken Hand unter ihren Rock und löste mühsam den Beutel von ihrem Bauch. Hastig verdeckte sie ihn mit dem nassen Stroh. Schnell setzte sie sich auf ihren Schatz, damit auch die Mäuse und Ratten nicht an das Leder heran kamen. Nur leise klirrten dabei ihre Ketten.

Wieder dachte sie an ihren Mann. Es war keine Liebe mehr zwischen ihnen. Die war im harten Kampf ums nackte Überleben gestorben. Aber sie hatten sich in den drei Jahren aneinander gewöhnt. Nachdem sie nun nicht nach Hause gekommen war, hatte sie geglaubt, dass sie ihm fehlen, dass er nach ihr suchen und dem Rat versichern würde, dass sie keine Hexe sei. Schutterwald war nicht einmal eine Wegstunde entfernt. Er musste doch inzwischen wissen, was geschehen war. Nach drei Tagen hatte sie sonst immer ihre Verkaufsfahrten beendet und war wieder zurückgekehrt in ihre elende Hütte. Fünf Nächte war sie nicht mehr zu Hause gewesen. Warum suchte er sie nicht? Sie machte doch immer die gleichen Verkaufsreisen. Jeder kannte sie in der Umgebung.

Wieder und wieder waren es die gleichen bangen Fragen. Warum holte ihr Mann sie beide denn nicht aus dem Hexenturm heraus? Er musste doch nur zum Vogt nach Ortenberg gehen, wenn er wusste, dass die Offenburger seine Frau eingekerkert hatten. Die Schutterwälder unterstanden doch dem Vogt, nicht der Stadt. Nur der Vogt durfte über sie richten. Der würde sie wegen einer Traube, die einem Offenburger gehörte, nicht verurteilen. Wo war ihr Mann? Wut, Enttäuschung und Resignation wechselten.

Die Sonne war inzwischen wieder aufgegangen. Sie starrte nach oben zu dem Lichtstrahl, der durch die kleine Maueröffnung zwischen den Quadern des Turmes fiel. Abermals war ein Tag angebrochen. Bald würden die Stettmeister wieder mit dem Scharfrichter kommen. Würde sie die Schmerzen aushalten können oder müsste sie lügen, um der Folter zu entgehen? Was konnte sie denn nur retten?

Fast war sie erleichtert, als sie Schritte hörte. Doch im

gleichen Augenblick überfiel sie wieder tiefste Verzweiflung und Angst.

Der zweite Wächter betrat die Zelle. Er trat seinem Gefährten brutal gegen das Bein. „Jetzt wach schon auf, Jakob“, hörte sie ihn murren. „Du besoffenes Schwein bringst uns noch in Teufels Küche.“

Grunzend erhob sich Jakob vom Stroh und folgte dem zweiten Wärter schlaftrunken.

Marie starrte auf das trockene Stroh, auf dem der Wächter geschlafen hatte. Mit der linken Hand sich abstützend, kroch sie zur Ecke. Dort klaubte sie das trockene Stroh zusammen und verteilte es nun auf ihrem Patz. Wieder und wieder stöhnte sie leicht auf, wenn eine unbewusste Bewegung die Schmerzen in ihrer ausgekugelten rechten Schulter aufleben ließ. Prüfend wanderte der Blick über das verteilte Stroh. Nun war auch ihr Beutel besser vor Entdeckung geschützt.

Als ein Wächter sie zur Befragung durch die Stettmeister abholte, hatte sich Marie wieder gefasst. Den Beutel mit den Münzen musste sie unbewacht zurücklassen.

13.

„Habt Ihr heute etwas zu gestehen?“, begann Rat Kiefer seine Befragung. Die drei anderen Stettmeister saßen rechts und links von ihm auf der niederen Empore. Und Scharfrichter Hardlein stand in kurzer Entfernung von ihr neben dem Tisch mit den Daumenschrauben. Drei Fackeln an den Wänden erhellten die trotz des Tageslichtes düstere Kammer.

„Ich habe keinen Wetterzauber gemacht. Meine Mutter auch nicht.“ Leise, aber beschwörend war Maries Antwort.

„Kann Eure Mutter das denn, einen Wetterzauber machen?“, fragte der Stettmeister listig.

„Nein, das habe ich nicht gesagt.“

„Marie Vetter“, sagte Kiefer geduldig, während er die Finger wie zum Beten verschränkte. „Irgendjemand hat den Hagel doch gemacht. Wenn Ihr es nicht wart, muss es Eure Mutter gewesen sein. Wer sonst in Offenburg hätte ein Interesse daran, die Weinernte zu zerstören?“

„Das weiß ich nicht. Aber ich weiß, dass ich keine Hexe bin.“ Marie blickte auf seine Hände. Ihr fiel auf, wie er immer wieder mit dem linken Daumen über den rechten Zeigefinger rieb.

„Jetzt überlegt“, hörte sie seine ruhige Stimme. „Die Offenburger werden wohl kaum ihre eigenen Rebberge mit einem Wetterzauber vernichten. Wer hatte gestern eine solche Wut auf den reichen Ölmüller, dass er so etwas tun würde?“

Kiefer gab die Antwort selbst. „Eure Mutter und Ihr. Also“, folgerte er, „muss eine von Euch beiden eine Hexe sein. Und wenn Ihr keine seid, muss es Eure Mutter sein.“

Marie war verwirrt. Das klang so folgerichtig. Doch sie hatte keine Zeit zu überlegen. Denn schon sprach Kiefer weiter.

„Vielleicht wisst Ihr das gar nicht. Vielleicht hat sie den Zauber heimlich gemacht. Ist Euch nie etwas Ungewöhnliches an ihr aufgefallen?“

„Ungewöhnliches?“ Nun sah ihm Marie in die Augen.

„Ja. Macht sie etwas, was seltsam ist?“

„Sie spricht manchmal nachts, obwohl niemand bei ihr ist.“

„Na, da haben wir doch schon etwas“, meinte Jakob Kiefer jovial.

Er lehnte sich zurück. Nun waren seine Hände über

seinem Wams gefaltet. „Sie könnte sich dabei mit dem Teufel unterhalten haben."

Mit einer kurzen Geste wischte er einen möglichen Einwand beiseite. „Mit wem soll sie denn sonst sprechen, wenn niemand zu sehen ist? Keiner kann seinen Körper vor Sterblichen verbergen. Nur Engel und Teufel."

Er hielt kurz inne, als würde er überlegen. „Ich glaube nicht, dass Eure Mutter mit einem Engel reden würde, ohne es Euch zu sagen. Seht Ihr", fügte er gemütlich hinzu „vielleicht brauchen wir Euch gar nicht unter der Folter befragen."

Marie lächelte verlegen. Der Ratsherr war ein umgänglicher Mann. So ganz anders, als sie ihn vom Tag zuvor in Erinnerung hatte.

„Sicher ist Euch noch mehr an Eurer Mutter aufgefallen. Sie lebt doch bei Euch und Eurem Mann." Der Stettmeister fragte wie nebensächlich, wie jemand, der die Antwort schon kennt, sie aber eben noch einmal hören will. „Wie ist das Verhältnis zwischen den beiden. Ist sie denn mit ihrem Schwiegersohn einverstanden?"

Marie schüttelte leicht den Kopf. „Er ist zu arm. Er hat auch öfter Streit mit ihr. Sie hat einmal gesagt, dass sie mir hätte einen besseren Mann besorgen können."

„Aber Ihr habt natürlich abgelehnt, weil Ihr Euren Mann liebt!"

Marie fasste Vertrauen zu Kiefer. Ihm konnte sie alles sagen. Er war nicht für ihre Qualen verantwortlich gewesen. Er hatte nicht den Befehl an den Scharfrichter gegeben, sie am Strick aufzuziehen. So konnte sie Kiefer auch Persönlicheres anvertrauen. „Na, ja", sagte sie zögerlich. Eine kleine Röte überzog ihr Gesicht. „Eigentlich ist es mit der Liebe nicht mehr so weit her. Er denkt immer nur an das schlecht gehende Geschäft und behauptet, ich würde zu wenig tun, um die Stoffe zu verkaufen."

„Das heißt, wenn einer käme, der reicher wäre, würdet

Ihr Euren Mann verlassen?" Lauernd war jetzt die Frage gewesen.

Irritiert sah Marie zu ihm hin. „Das habe ich nicht gesagt", widersprach sie sofort. „Ich habe auch meiner Mutter schon gesagt, dass mein Mann schon recht ist." Erklärend fügte sie hinzu: „Das war nach einem Streit, den Mutter mit ihm hatte."

„Ihr habt also zu Eurem Mann gehalten." Nun war der Tonfall wieder beruhigend. „Das ist gut. Und was hat Eure Mutter zu Eurem Eintreten für Euren Mann gesagt?"

„Sie hat mich geschlagen."

„Sie hat Euch geschlagen?", wunderte sich Kiefer. Aber er ging auf diese Aussage nicht weiter ein, sondern kam auf das eheliche Verhalten zwischen Joseph und Marie zurück. „Ihr habt vorhin gesagt, dass es mit der Liebe Eures Mannes zu Euch nicht mehr so weit her sei. Doch wie sieht es mit Eurer Liebe aus. Erfüllt Ihr Eure ehelichen Pflichten, wie es sich für ein Eheweib gehört?"

Marie sah den Ratsherrn des Jungen Rates an. Sie wurde nun puterrot. Die anderen Stettmeister sahen in ihre Papiere. Doch Kiefer sah sie nur an; er wartete auf eine Antwort. Bisher war ihr der Ratsherr sympathisch gewesen. Aber was ging ihn das jetzt an. Sie war verunsichert. Nochmals sah sie zum Stettmeister. Der schien auf einer Antwort zu bestehen. Seine Finger waren nun nicht mehr verschränkt. Er trommelte mit der linken Hand ungeduldig auf den Tisch, während er sie unentwegt ansah.

„Seit zwei Jahren", stotterte sie. Dann brach sie den Satz ab.

„Ich höre!"

„Seit zwei Jahren habe ich eine Abneigung gegen meinen Mann." Mit hochrotem Kopf presste sie den Satz heraus. Sie sah verlegen zu Boden.

„Seit zwei Jahren erfüllt Ihr Eure ehelichen Pflichten nicht mehr?“

„Doch.“ Marie hielt den Blick gesenkt. „Ich lass ihn halt. Aber ich habe eine Abneigung gegen ihn. Ich achte ihn nicht mehr.“

„Zwei Jahre“, wiederholte Kiefer bedächtig die Aussage. „Wieso wisst Ihr so genau, dass es zwei Jahre her ist?“

„Weil wir auf der Kirchweih vor zwei Jahren vom Tisch auf dem Festplatz vertrieben wurden, denn für die reicheren Bauern war kein Platz mehr. Und mein Mann hat den Tisch geräumt. Demütig und unterwürfig.“

„Eure Mutter war dabei?“

„Ja.“

„Was hat sie gemacht? Hat sie den Tisch auch verlassen?“

„Ja. Und sie hat mir danach Wein eingeschenkt, damit ich mich wieder beruhige. Ich war so zornig, dass sich Joseph das gefallen ließ, dass ich sofort nach Hause wollte. “

„Und seit Euch die Mutter den Wein eingeschenkt hat, habt Ihr eine Abneigung gegen Euren Mann?“

„Ja“, sagte Marie leise. „Seit diesem Tag habe ich ihn nur noch verachtet.

„Ich habe für heute eine letzte Frage“, nahm Jakob Kiefer den Faden wieder auf. „Habt Ihr jemals gestohlen?“

„Nein!“, war Marie entsetzt. „Wenn Ihr die Traube meint, die habe ich Mutter nur abgebrochen, damit sie ihren Durst löschen konnte. Eine einzige Traube! Das ist doch nicht gestohlen!“

Doch der Stettmeister antwortete ihr nicht. „Lasst sie in ihre Zelle bringen“, befahl er dem Stadtschreiber Berschi, der erst eingetroffen war, als Marie Vetter bereits im Raum war, „und lasst ihre Mutter kommen.“

Eva Stemmle bestätigte zunächst die Aussagen ihrer Tochter. Doch dann kam der Stettmeister auf die Vorgänge auf der Kirchweih vor zwei Jahren zu sprechen. „Eure Tochter hat ausgesagt, dass ihre Abneigung gegen ihren Mann erst begonnen hat, nachdem sie Wein trank, den Ihr eingeschenkt habt."

„Ich verstehe nicht, was Ihr meint, Herr." Verständnislos schüttelte Eva den Kopf und starrte den Ratsherrn an.

„Dann will ich deutlicher werden. Ihr habt Eurer Tochter auf der Kirchweih vor zwei Jahren Wein eingeschenkt."

„Das mag sein. Das weiß ich doch jetzt nicht mehr."

„Was habt Ihr dem Wein beigemengt?"

Eva blickte erstaunt und naiv. „Was soll ich?"

„Was Ihr in den Wein geschüttet habt, damit Eure Tochter ihren Mann verachtet hat."

„Ich habe ihr nichts in den Wein geschüttet."

„Sagt die Wahrheit, Eva Vetter, sonst müssen wir Euch am Seil aufziehen."

„Ich habe die Wahrheit gesagt. Ich habe Marie nie irgendetwas in den Wein geschüttet."

„Ihr habt es nicht anders gewollt", bedauerte Kiefer. Er gab dem Scharfrichter einen Wink. Der packte Eva, die sich nicht wehrte, am Arm und zog sie zu dem herabhängenden Strick. Eva Vetter konnte nicht begreifen, was diese Räte von ihr wollten. Was sollte sie ihrer Tochter denn in den Wein geschüttet haben? Sie hatte einmal gehört, dass es einen Liebeszauber geben solle. Aber einen Zauber, der das Gegenteil bewirkt? Außerdem konnte sie nicht zaubern. In ihre wirren Gedanken drang wieder die Stimme Kiefers.

„Was habt Ihr Eurer Tochter in den Wein geschüttet?"

„Nichts", beteuerte sie.

Hardlein hatte das Seil inzwischen bereits an den

Ellbogen zusammengezogen und verknotet. Eva zuckte vor Schmerzen zusammen. Auf ein kurzes Kopfnicken Kiefers zog Hardlein am Strick. Eva Vetter verlor den Boden unter den Füßen. Ihre Ellbogen, zusammengehalten durch den Strick, wurden hinter dem Kopf nach oben gerissen. Ihr Schultergelenk drehte sich nach vorn und zwang ihren Kopf nach unten. Bänder und Sehnen wurden überdehnt. Ihre Schultern brannten höllisch. Der Brustkorb wurde so zusammengepresst, dass Eva die Luft wegblieb. Hilflos zappelte sie mit den Füßen, doch das verstärkte die Schmerzen nur noch mehr. So zwang sie sich, sich nicht mehr zu bewegen und schwang nun am Seil nur noch langsam hin und her. Weit aufgerissen waren ihre Augen und ihre Schreie waren bis zur Gasse vor dem Turm zu hören.

Marie hielt sich die Ohren in ihrer Zelle zu, als sie das Aufheulen ihrer Mutter vernahm. Sie hatte gerade noch vor sich hin gedöst und versucht, an nichts mehr zu denken. Nun diese Schreie. Schlagartig wurde ihr bewusst, dass es kaum Rettung für sie beide gab.

„Lasst sie wieder herunter“, befahl in der Zwischenzeit der Stettmeister dem Scharfrichter.

Doch Eva schrie weiter, auch als sie festen Boden unter den Füßen hatte.

„Wenn du nicht gleich ruhig bist, stecke ich dir die Birne in den Mund.“ Der Scharfrichter hatte die Frau am Kopf gepackt und schüttelte sie mit beiden Händen. Doch Eva starrte ihn mit weit aufgerissenen Augen an und schrie weiter. Erst, nachdem Hardlein ihr dieses Folterinstrument vor Augen hielt, wurde sie ruhiger. Eva schluchzte haltlos. Ihre Schultern zuckten wie im Krampf, doch mit diesem Zucken kehrten die unmenschlichen Schmerzen zurück. Warnend hielt Hardlein die Folterbirne vor Evas Gesicht. Es war ein birnenförmiges Gebilde aus Eisen, bei dem sich mit einem Gewinde im Innern gleichsam wie bei einem Regenschirm vier Birnenschnitze öffnen konnten und damit den Mund vollständig ausfüllten. Wenn diese Folterbirne angelegt war, war ein Schreien unmöglich. Nur ein Stöhnen konnte sich noch der Brust entringen. Gleichzeitig bekam der so Gefolterte nur so wenig Luft, dass er glaubte, er würde ersticken.

„Was habt Ihr Eurer Tochter ins Glas getan?“, fragte der Stettmeister erneut.

„Nichts“, stöhnte Eva.

Jakob Kiefer war verunsichert. Eva hatte Schmerzen gehabt. Das war nicht gespielt. Satan hatte sie nicht schmerzunempfindlich gemacht. Der Stettmeister entschloss sich, zunächst das Verhör ohne Folter weiterzuführen.

„Habt Ihr je gestohlen?“

Eva senkte den Kopf. Ihr Schluchzen verstummte. Beschämt nickte sie mit dem Kopf.

„Vor zwei Jahren, als es so wenig zu essen gab, habe ich nachts ein paar Mal einen Krautkopf vom Feld geholt. Aber immer nur, wenn ich es vor Hunger nicht ausgehalten habe“, gab sie verlegen zu und Berschi protokollierte alle Aussagen.

Befriedigt nickte Kiefer. „Habt Ihr je Schadenszauber betrieben?“

„Nein, ich bin doch keine Hexe.“

„Wollt Ihr immer noch behaupten, dass Eure Tochter und Ihr den Hagel nicht bewirkt habt, der unsere Reben vernichtet hat?“, fragte aufgebracht Stettmeister Gabriel Riedinger.

Kiefer sah zu Stettmeister Riedinger hinüber und runzelte missbilligend die Stirn. Dies war seine Befragung. Der Riedinger war nur Zeuge, solange er das Verhör leitete. Er ergriff erneut das Wort.

„Eva Vetter. Ihr habt also mit dem Wetterzauber nichts zu tun?“

„Nein!“

„War es vielleicht Eure Tochter?“

„Nein!“, sagte sie. „Davon weiß ich nichts.“

„Also gut“, meinte er versöhnlich. Er lehnte sich wieder in seinem Stuhl zurück. Abermals faltete er die Hände über seinem Bauch. „Angenommen, Ihr habt den Hagel nicht gemacht. Dann muss es doch Eure Tochter gewesen sein.“

„Warum sollte sie denn so etwas tun?“

Der Stettmeister zuckte mit den Schultern. „Vielleicht aus Rache? Weil wir euch eingekerkert haben?“

Eva konnte nicht mehr denken. Alles drehte sich in ihrem Kopf. Sie wollte noch sagen, dass Ihre Tochter so etwas doch gar nicht könne. Aber da kam schon die nächste Frage des Stettmeisters.

„Ich möchte Euch ja glauben, dass es Eure Tochter war, die unsere Reben vernichtet hat. Doch“, setzte er, bedächtig eine Pause machend, fort, „die Frage, die bleibt, ist: Wer hat sie diese Zauberkunst gelehrt?“

„Ich war es nicht. Bitte Herr, Ihr müsst mir glauben. Ich war es nicht.“

Evas Blick irrte zu den anderen Stettmeistern, selbst zum Schreiber. Aber keiner von ihnen zeigte Mitleid. Sie dachte an die Schmerzen durch das Aufziehen und geriet wieder in Panik.

Kiefer sah auf seine wie zum Gebet verschränkten Finger, als er die nächste Frage stellte. „Habt Ihr je die Heiligen verleugnet und Euch mit Satan abgegeben?“

„Nein!“, schrie Eva. „Nein! Um Gottes willen. Ich bin doch keine Teufelsanbeterin!“

Jakob Kiefer gab dem Scharfrichter durch ein leichtes Heben des Kopfes ein Zeichen. Erneut spannte sich das Seil und zog Eva Vetter in die Höhe.

„Gott, nein!“, schrie sie. „Lasst mich runter! Lasst mich doch runter!“

Doch der Scharfrichter rührte sich nicht.

„Dooch!“ Lang gezogen war dieser Schrei. „Ich habe es getan...“ Sie hatte aufgegeben. Sie konnte die Schmerzen nicht mehr ertragen. Sollten sie ihr doch das Leben nehmen. Schön war dieses Dasein in der Vergangenheit nur selten gewesen. Die bittere Armut und der oft quälende Hunger waren es nicht wert, an diesem Leben zu hängen.

Hardlein hatte sie wieder herunter gelassen. Sie stand auf dem Boden. Ihre Arme, noch an den Ellbogen gefesselt, hingen hinter dem Körper schlaff herab. Sie spürte nur noch ein dumpfes Gefühl in den Schultern.

Der Ratsherr hatte sich in seinem Stuhl aufgerichtet. Wie von ferne hörte sie die Stimme Kiefers: „Wollt Ihr gestehen?“

Eva nickte mit dem Kopf.

Nur wenn der Beschuldigte seine Verbrechen zugab, konnte er der gerechten Strafe zugeführt werden. Nicht allein aufgrund einer Anklage. Nicht nur infolge von Indizien. So verlangte es das Römische Recht. Daher mussten die Richter mit allen Mitteln dafür sorgen, dass ein Verbrecher, ein Ketzer oder eine Hexe ihre Schuld bekannten. Und nach den Vorschriften des Hexenhammers war es notwendig, dass das endgültige Geständnis auch außerhalb der Folterkammer abgelegt wurde. Nur dann galt ein Schuldeingeständnis als erfolgt.

So brachte man Eva wieder in ihre Zelle.

„Ich wiederhole meine Frage, Eva Vetter“, begann Kiefer kurz darauf in dieser Zelle erneut seine Befragung. „Habt Ihr je die Heiligen verleugnet und Euch mit Satan eingelassen?“

„Ja.“

„Wann war das?“

Eva war ratlos. Was sollte sie nur antworten? Hilfe suchend sah sie die Stettmeister an. Doch sie erkannte in deren Augen nur Ungeduld. Sie entschloss sich, irgendetwas zu sagen. Irgendeine Geschichte, damit sie nicht wieder aufgezogen wurde. Sie sah niedergedrückt zu Boden. Wann es war, hatte einer dieser Ratsherren gefragt. Es war völlig gleich, was sie sagte.

„Vor drei Jahren."

„Erzählt, was und wie es passiert ist."

„ Ich habe bei ihm gelegen."

„Könnt Ihr das nicht ausführlicher erzählen? Bei wem habt Ihr gelegen?"

„Bei Satan!"

„Er hat Euch erzählt, dass er der Teufel sei?"

Nein!, schoss es Eva durch den Kopf. Sie wusste aus Erzählungen, dass der Teufel immer einen Namen sagte, den man kannte. Ein Teufel sagte niemals, dass er der Teufel war. Selbst wenn man seinen Bocksfuß erkannte. Der Scharfrichter würde sie wieder aufziehen, wenn das, was sie sagte, nicht glaubwürdig war. „Nein", sagte sie deshalb, „er nannte sich Biberlein."

„Gut", sagte Rat Kiefer zufrieden. „Warum habt Ihr bei ihm gelegen?"

„Er hat mir Geld gegeben." Nun kamen die Worte nicht mehr zögernd, stockend. Einmal im Leben genügend Geld zu haben, dachte Eva. „Er hat mir so viel Geld gegeben, dass es für mein ganzes Leben reichen würde."

„Wie viel Gulden hat er Euch gegeben?", fragte der Ratsherr.

Eva zögerte kurz. Wie viele Gulden würde man brauchen, dass sie ein ganzes Leben ausreichen würden? Sie wusste es nicht.

„Ich weiß nicht, wie viel es war. Er hat mir das Geld in den Ausschnitt meines Kleides fallen lassen." Eva Vetter wunderte sich über sich selbst. Wie leicht ihr doch diese unsinnige Geschichte plötzlich über die Lippen kam. Doch schon fragte der Stettmeister weiter: „Er hat Euch die Gulden nicht in die Hand gegeben? Wieso sollte er Euch das Geld in Euren Ausschnitt stecken?“

Ja, wieso, überlegte Eva. Dann fiel ihr eine Antwort ein. „Er wollte wahrscheinlich nicht, dass ich ihm wegen des vielen Geldes zu ausgiebig danke.“

„Aber Ihr habt es doch zu Hause gezählt?“

„Da waren es nur Hafenscherben“, sagte Eva fast fröhlich.

Jakob Kiefer nickte betrübt. Es war immer das Gleiche mit Satan. Wenn er von den Frauen bekommen hatte, was er wollte, betrog er sie mit Scherben oder Pferdemist. Aber diese Frauen wurden nicht klüger. Das musste sich doch inzwischen herumgesprochen haben, dass man Satan nie trauen konnte.

„Das war aber nicht der einzige Kontakt zum Höllenfürsten?“, versuchte Rat Riedinger das Verhör fortzusetzen, nachdem Stettmeister Kiefer in Gedanken versunken da saß.

„Doch. Warum sollte ich ihm weiter zu Willen sein, wenn er mich nur mit Hafenscherben belohnte“, entgegnete Eva giftig. Für den Augenblick hatte sie die Gefahr, wieder aufgezogen zu werden, vergessen.

Doch wiederum übernahm Kiefer das Verhör.

„Was wir wissen wollen, ist, ob Satan Euch gelehrt hat, wie man einen Zauber herstellt. Damit sind wir wieder bei der Frage von vorhin. Was habt Ihr Eurer Tochter vor zwei Jahren in den Wein geschüttet, wie habt Ihr den Wetterzauber gemacht und welchen Zauber habt Ihr Eure Tochter gelehrt?“

Verzweifelt schüttelte Eva den Kopf. Warum gaben sich diese Männer denn nicht mit dem zufrieden, was sie gesagt hatte? Sie hatte doch gestanden, eine Hexe zu sein. Warum nur wollten sie Marie, ihre Tochter, auch noch ins Verderben ziehen? Fest sah sie dem Stettmeister in die Augen, als sie sagte: „Ich habe ihr nichts getan. Ich habe sie nichts Unrechtes gelehrt und sie kann kein Unwetter machen. Ich schwöre es. Beim Leben meiner Tochter und allen Heiligen."

„Ich glaube, Ihr habt gerade große Schuld auf Euch geladen", sagte der Ratsherr ungewohnt milde. „Aber das werden wir noch herausfinden." Und zu den anderen Stettmeistern gewandt sagte er leise: „Wir haben ihr Geständnis, eine Hexe zu sein. Morgen ist Sonntag. Aber am Montag werden wir die Marie mit dieser Tatsache konfrontieren. Dann werden wir Licht in dieses Dunkel bringen."

14.

Auf einem Maultier war am gleichen Tage ein Knecht Silberrads nach Schutterwald geritten und hatte den Mann der Marie Vetter nach Offenburg bestellt.

„Ich soll Euch auftragen, dass Ihr heute Abend nach Einbruch der Dunkelheit in das Haus des Ratsherrn Kaspar Silberrad kommen sollt, wenn Euch das Leben Eures Weibes lieb ist."

Dann hatte er dem zu Tode erschrockenen Weber den Weg zur Schmiede Silberrads in Offenburg beschrieben.

Joseph hatte schon gehört, dass seine Frau und seine Schwiegermutter in einem der Türme Offenburgs einsaßen. Es ging in Schutterwald das Gerücht, sie hätten dem reichen Ölmüller Tauben gestohlen. Einige Schutterwälder behaupteten sogar, es seien keine Tauben, sondern Gänse gewesen.

Als er nun diese Nachricht hörte, war er völlig verwirrt. Wegen Tauben wurde man doch nicht umgebracht. Wegen einer Gans sicher auch nicht. „Was ist denn nur passiert?", fragte er den Knecht.

„Das weiß ich auch nicht", brummte der. „Ich soll

Euch nur ausrichten, dass Ihr nicht viel Aufhebens machen sollt. Keiner darf von diesem Treffen wissen. Mein Herr will Eurer Frau helfen. Das geht aber nur, wenn niemand etwas von seiner Hilfe erfährt."

Nach diesen Worten wendete er sein Maultier und ritt wieder gen Osten, dem Stadttor Offenburgs zu.

Gegen Abend zog Joseph seine Sonntagskleider an, obwohl erst Samstagabend war. Er wartete noch, bis es etwas dunkler geworden war, dann schlich er aus dem Dorf. Der Knecht hatte gesagt, es dürfe niemand wissen, dass einer der Zwölfer des Jungen Rates seiner Frau und seiner Schwiegermutter helfen wollte.

Als er eine halbe Stunde später durch das von zwei müden Offenburger Bürgern bewachte mächtige Kinzigtor die Stadt betrat, waren die hoch aufragenden Stadttürme in der Dunkelheit kaum noch zu erkennen. Ob seine Frau hier im südlichen Kinzigturm eingesperrt war? Unwillkürlich sah er an den Quadern empor. Es war alles still. Nur das Wasser des Rossbrunnens gleich rechts hinter dem Tor plätscherte. Aus den offenen Fenstern des Burgerhofs auf der linken Seite der Gasse drang helles Gelächter und das erregte Debattieren der Wirtshausbesucher. Etwas weiter vor ihm lag die Pfalz, das Gerichtsgebäude mit der Frau, die eine Waage in der Hand hielt. Er hatte sich jedes Mal, wenn er auf einen der Märkte in Offenburg kam, gefragt, was die wohl abwiegen mochte. Noch dazu mit einer Binde vor den Augen. Eine seltsame Figur.

Direkt neben der Pfalz war die Kanzlei, das Rathaus. Vom dortigen Metzgerbrunnen in der Mitte des Platzes musste er sich einfach entlang der Gasse nach Norden halten, Richtung Neutor. An dieser Straße lag die große Schmiede der Silberrads. Es war das einzige Gebäude in der Gasse, bei dem das Obergeschoss weiter in die Straße hinausgebaut war, hatte der Knecht gesagt. Kurz darauf sah er es links vor sich liegen. Tatsächlich. Es stand nicht nur ein Erker auf die Straße hinaus, sondern über dem Erdgeschoss trugen vielleicht zwanzig dicke, verzierte Eichenbalken eine ganze vorgezogene Wand mit mindestens acht Fenstern. Wenn man dort oben am Fenster stand, war man direkt über der Straße und konnte alles gut überblicken.

Als Joseph zaghaft den eisernen Türklopfer betätigte, öffnete eine alte, mürrische Frau. Aber offensichtlich wurde er bereits erwartet, denn sie führte ihn, ohne eine Frage zu stellen, über eine Treppe direkt hinter der Türe in das Obergeschoss. Dort befahl sie ihm in einem mit Holz getäfelten Raum zu warten. Joseph wagte nicht, sich auf einen der reich verzierten Stühle zu setzen. Er blieb stehen und besah sich das Zimmer. Eine einzelne Lampe erhellte den Raum. Neben einem mit Szenen aus der Bibel verzierten, gewiss fünf Fuß hohen gusseisernen Ofen mit Platten, sicher jeweils drei Ellen breit und hoch, nahm den Großteil des Raumes ein schwerer eichener Tisch ein. Ein Schrank an der Wand, dessen Inhalt durch eingelassene Butzengläser erkennbar wurde, beherbergte unter anderem farbige Gläser, wie Joseph sie noch nie gesehen hatte, und eine Karaffe für Wein. Noch hatte er sich nicht satt gesehen, als schwere Schritte auf den Holzbohlen der Diele das Nahen einer weiteren Person ankündigten. Die Tür hinter ihm schwang mit einem leichten Knarren auf und die massige Gestalt Silberrads erschien.

Der Ratsherr begrüßte ihn nicht. Er deutete auf einen der Stühle an der Tischseite. „Setzt Euch!“ Er selbst nahm an der Stirnseite Platz. Die Frau, die Joseph die Tür geöffnet hatte, erschien ungerufen. Auf einem Tablett standen ein Krug Wein und zwei Gläser. Stumm füllte sie die Gläser. Den Krug stellte sie danach zwischen Kaspar und Joseph auf dem Tisch ab. Fast lautlos, wie sie gekommen war, verschwand sie wieder. Nicht einmal die Bretter der Diele knarrten.

„Eure Frau und Eure Schwiegermutter sind wegen Hexerei angeklagt, wie Ihr wohl schon wisst“, begann Kaspar das Gespräch.

Joseph riss entsetzt die Augen auf. „Ich dachte, wegen Tauben“, stammelte er.

„Was für Tauben?“, wunderte sich Silberrad. Dann ging ihm ein Licht auf. „Eure Frau hat keine Tauben gestohlen, sondern Trauben. Aber darum geht es nicht. Sie hat aus Rache, weil sie in den Turm gesperrt wurde, einen Wetterzauber gemacht, der die Offenburger Reben vernichtet hat. Dafür, nicht wegen der Trauben, wird sie sich verantworten müssen. Und Eure Schwiegermutter dazu.“

Joseph war bleich geworden. „Wieso Wetterzauber? Das kann sie doch gar nicht!“

„Die meisten Männer haben keine Ahnung, was ihre Frauen machen, wenn sie erst einmal mit dem Höllenfürsten Hochzeit gehalten haben. Oder glaubt Ihr, sie würde Euch auf die Nase binden, dass sie dem Teufel beigelegen hat?“

„Ich glaube das trotzdem nicht“, stotterte Joseph. „Dann wären wir nicht so arm.“

„Vielleicht habt Ihr Recht“, versuchte Silberrad ihn zu beruhigen. „Aber sie wird unter der Folter gestehen. Und nichts wird sie mehr retten.“ Nach einer kurzen Pause, in der Joseph über das Gesagte nachdenken sollte, fuhr er fort: „Jetzt trinkt erst einmal einen Schluck. Wir werden uns überlegen, wie wir weiter vorgehen.“

Joseph ließ sich das nicht zweimal sagen. Hastig stürzte er den mit Honig gesüßten, unverdünnten Wein hinunter. Wohlige Wärme breitete sich in seinem Bauch aus. Kaspar lächelte fein, als er ihm das Glas wieder voll schenkte.

„Ich habe heute Nachmittag gehört, dass Eure Schwiegermutter bereits gestanden hat, eine Hexe zu sein“, fuhr Kaspar Silberrad im Plauderton wie nebensächlich fort.

Joseph merkte die Wirkung des Weines bereits. Er war es nicht gewohnt, Wein zu trinken. Das konnte er sich nicht leisten. So verzog er jetzt den Mund zu einem schiefen Grinsen und sagte: „Das wundert mich nicht.“ Doch dann fiel ihm ein, dass diese Bemerkung wohl doch nicht angebracht war, und er brummte: „So habe ich das nicht gemeint. Ich dachte nur daran, dass wir immer streiten.“

Kaspar nickte nur. „Wenn Eure Schwiegermutter bereits gestanden hat, gehext zu haben, wird Eure Frau auch gestehen. Das ist nur eine Frage der Zeit.“

Diese Bemerkung brachte Joseph wieder etwas zur Besinnung. „Kann ich denn gar nichts dagegen tun?“

„Hm“, machte Silberrad und tat, als überlege er. „Eine hochnotpeinliche Befragung werden wir nicht umgehen können. Eure Frau wird gestehen, früher oder später. Da ist es für sie besser, sie gesteht den Wetterzauber früher.“

„Aber dann wird sie doch verbrannt“, fiel ihm Joseph entsetzt ins Wort.

„Im Prinzip schon. Es sei denn, Eure Frau gesteht etwas, was es dem Rat unmöglich macht, den Prozess weiter fortzuführen.“

Josephs Blick hing gebannt an Silberrads Lippen. „Was soll sie gestehen?“

Kaspar sah anscheinend nachdenklich auf Joseph. „Wenn sie zum Beispiel aussagen würde, dass meine Frau auch eine Hexe sei, gäbe es vielleicht eine Hoffnung.“

Joseph war entsetzt. „Das kann sie doch nicht tun. Welchen Vorteil hätte sie davon?“

„Vielleicht den Vorteil, dass dann der Prozess niedergeschlagen wird.“

Joseph sah Silberrad fragend an. „Niedergeschlagen? Was heißt das?“

„Beendet! Niemand kann ernsthaft glauben, dass meine Frau, die Frau des Ratsmitgliedes Silberrad, eine Hexe ist."

Joseph nickte mit dem Kopf. Diese Annahme war tatsächlich abwegig.

Heiter fuhr Kaspar in seiner Erklärung fort: „Dann wäre die Aussage unglaubhaft. Ich würde sogleich im Rat darauf hinweisen, dass die Geständnisse Eurer Frau und Eurer Schwiegermutter nur aus Angst vor der Folter erfolgt seien. Sodann wäre Eure Frau auch wieder frei."

Ein leichter Hoffnungsschimmer begann sich in Joseph zu regen. Er war nun wieder völlig nüchtern. „Aber wenn das nicht klappt, dann würde Eure Frau auch verbrannt", gab er zu bedenken.

„Das ist wahr", schloss Silberrad sich Josephs Überlegungen an. „Deshalb müssen wir die ganze Sache noch mehr auf die Spitze treiben. Eure Frau muss noch weitere Frauen von Ratsmitgliedern belasten."

Kaspar legte die Stirn in Falten und grübelte. Plötzlich hellte sich sein Gesicht auf. „Da wäre zunächst die Tochter des Rates Laubbach. Die Bäcker-Else. Die ist überall geschätzt und beliebt. Dann nehmen wir noch die Frau des Junkers Schauenburg."

Silberrad überlegte, ob der Weber wohl wissen konnte, dass die ehemalige Ratsschreiberin der Hexerei angeklagt war und sich ihrer Verhaftung entzogen hatte. Wahrscheinlich war es nicht. „Und die Ratsschreiberin Wyß. Kein Schultheiß", so versicherte er dem armen Weber, „wird so einen Prozess weiterführen. Gewiss wird auch unser Schultheiß Stemmle zusammen mit dem Rat das Verfahren beenden. Dann habt Ihr Eure Frau wieder."

Er grinste verschlagen. „Allerdings Eure Schwiegermutter auch."

Silberrad nahm einen großen Schluck Wein und der

Weber griff auch zum Glas. Joseph war erleichtert. Der Ratsherr hatte einen Ausweg gefunden. Es war unglaublich. Dieser edle Mann setzte sogar das Leben seiner eigenen Frau aufs Spiel, um Marie von einem ungerechten, abscheulichen Verdacht zu reinigen. Wie sollte er ihm das je danken? Er hatte doch nichts.

„Danke, Herr", sagte Joseph ergriffen. „Ich wusste nicht, dass es noch solch edle Menschen gibt." Er überlegte kurz. „Ich glaube, ich kann das nie wieder gut machen. Wenn Ihr jemals einen Wunsch habt, den ich erfüllen kann ..."

Ihm fiel ein, dass er seine Schuld vielleicht mit Stoffen abzahlen könnte. „Ich bin Weber. Vielleicht wünscht Ihr..."

„Im Augenblick habe ich nur einen Wunsch", lachte Silberrad. „Dass Ihr Eurer Frau beibringt, was sie sagen soll."

„Wo ist meine Frau?"

„Sie ist im Kinzigturm. Ihr wart ganz in ihrer Nähe, als Ihr die Stadt betreten habt."

„Lässt man mich zu ihr?"

„Ich habe die Wächter informiert. Ihr werdet heute Nacht bei Eurer Frau bleiben. Die Stadttore werden sowieso gleich geschlossen. Die Wächter werden Euch alleine lassen, damit Ihr mit Eurer Frau das besprechen könnt, was wir jetzt einstudieren werden. Es ist wichtig, dass sie genau das aussagt, was wir gleich festlegen werden."

Dann übte Kaspar Silberrad mit Joseph, dem Weber, das ein, was dessen Frau gestehen sollte. Nach einer Stunde hatte Kaspar das Gefühl, dass nichts in seinem Plan mehr schiefgehen konnte. Inzwischen konnte Joseph die Namen aller Hexen auswendig aufsagen. Und er kannte alles, was seine Frau diesen Hexen zur Last legen sollte. Kaspar kam nun zum Schluss.

„Habt Ihr Geld dabei?“

„Nein“, war Joseph verlegen. „Ich wusste nicht, dass ich Geld brauche.“

„Ihr solltet zwei Krüge Wein für die Wachen mitnehmen, damit die Euch gut gesonnen sind. Außerdem werden sie dann, wenn sie etwas zu trinken haben, nicht auf Euer Gespräch achten.“ Kaspar griff in einen Beutel an seinem Wams und zog einige Münzen heraus. „Das dürfte genügen. Ich denke, Ihr zahlt mir das Geld in den nächsten Tagen zurück.“

„Natürlich, Herr. Ich bin Euch so dankbar. Ich bringe es gleich morgen.“

„Kommt abends. So, dass Euch keiner sieht. Ich will nicht, dass ich mit dieser Sache in Verbindung gebracht werde.“

Die Härte in seiner Stimme, die in den letzten Sätzen zu spüren war, wich einem weicheren Ton. „Ihr wisst, es darf nicht so aussehen, als ob ich Euch geholfen hätte. Schließlich ist meine Frau auch betroffen.“

Eine halbe Stunde später schrak Marie durch das Geräusch sich bewegender Bolzen an der Tür aus einem leichten Schlaf auf dem Boden ihrer Zelle auf. Sie setzte sich sofort auf und zog die Füße unter ihren Körper. Sicher wollte Jakob nochmals versuchen, sie sich gefügig zu machen. Hell klirrten die Ketten, mit denen sie an der Wand angekettet war.

Der gelbliche Lichtschein einer Laterne drang in die Zelle, als die Tür geöffnet wurde. Doch das Gesicht, das von dem flackernden Licht beleuchtet wurde, war nicht das des Wärters.

„Joseph“, flüsterte sie erleichtert.

Marie konnte es nicht fassen. Ihr Mann stand vor ihr. Er war gekommen. Etwas wie Zärtlichkeit erfasste sie.

„Dass du gekommen bist!“

Tränen stiegen ihr in die Augen. Aber dieses Mal waren es nicht Tränen des Schmerzes, der Qual, sondern Tränen der Freude.

„Darf ich gehen, Joseph? Holst du mich?"

Joseph drehte sich zum Wächter um, der immer noch in der Tür stand.

„Der Ratsherr hat gesagt, ich darf allein mit meiner Frau reden!"

„Ja, ja", brummte Jakob. „Ich wollte nur sehen, wie ihr beiden Turteltäubchen euch begrüßt. Und danke für den Wein."

Die Lampe ließ Jakob in der Zelle. Dann schloss sich die Tür. Die Bolzen der Verriegelung blockierten den Zugang.

Erst jetzt sah Joseph seine Frau wieder an.

„Setz dich wieder, Marie", sagte er, sein Erschrecken über Maries Aussehen verbergend. „Wir müssen leise sein. Aber ich habe eine gute Nachricht."

Joseph berichtete Marie, dass er sie nicht mitnehmen könne. Dass aber ein mitleidiges Ratsmitglied ihnen helfen würde.

„Er setzt sogar das Leben seiner Frau aufs Spiel, um dich zu retten. Ich glaube, er ist ein Heiliger; auch wenn er manchmal schroff geredet hat. Aber ich glaube, er tut das nur, um sein gutes Herz zu verbergen", sagte Joseph leise. „Bald bist du wieder frei. Wir müssen jetzt nur genau besprechen, was du sagen musst."

„Es tut so weh, wenn sie foltern", flüsterte Marie. „Ich habe solche Angst."

„Sie werden dich nicht mehr foltern. Du sagst alles, was sie hören wollen. Sogar noch mehr. Sie werden dir nicht mehr weh tun."

„Aber dann verbrennen sie mich."

Joseph schüttelte den Kopf. „Silberrad, so heißt der Ratsherr, hat einen überragenden Plan", sagte er. „Wir haben alles durchgesprochen. Ich sage dir jetzt Dinge, die du den Stettmeistern erzählen musst. Dinge, die du gar nicht wissen könntest, wenn sie dir nicht der Teufel eingegeben hätte."

Unwillkürlich drehte er sich zur Tür um. Seine Stimme wurde noch leiser. Selbst wenn einer der Wärter draußen lauschen würde, er könnte nichts verstehen. „Denn dass du das alles von Silberrad weißt", wisperte er, „können die Räte nicht wissen. Für die bist du die Webersfrau aus Schutterwald. Eine Frau, die sich in den Ratskreisen von Offenburg nicht auskennen kann. Eine Frau, die nicht einmal die Namen der Ratsmitglieder Offenburgs kennen kann. Es sei denn, Satan selbst habe sie ihr genannt. Aber", grinste Joseph, „diese Enthüllungen belasten Frauen und Töchter von Ratsmitgliedern, eine Stadtschreiberin, Frauen des Adels und der Patrizier. Der Rat kann gar nicht anders, als dich freizusprechen. Sonst muss er auch die eigenen Familienangehörigen verbrennen."

Noch bevor die Stadttore geöffnet wurden, hatte Joseph den Kinzigturm verlassen und mit den ersten Händlern, die die Stadt verließen, schlich er hinaus. Marie hatte eingesehen, dass dieser Weg, den Silberrad vorgeschlagen hatte, der Einzige war, der Erfolg versprach. Zum Abschied hatte sie noch ihren Beutel unter dem Stroh ausgegraben, in dem das bißchen Geld war, das sie mit ihren Waren eingenommen hatte.

„Schau, Joseph", hatte sie erleichtert gesagt, „das wird die nächsten Tage reichen, bis ich wieder zu Hause bin."

In Schutterwald schnatterten an diesem frühen Sonntagmorgen nur ein paar Gänse, als er in seine Behausung schlich.

15.

Die Stettmeister staunten nicht schlecht, als bei der Befragung am Montag die aufsässige Webersfrau ohne Umschweife zugab, eine Hexe zu sein. Die erste der Geschichten, die Marie den Stettmeistern erzählte, hatte sie sogar einmal geträumt.

Marie hatte bisher niemandem von diesem Traum erzählt. Sie hatte nach diesem ersten Traum Angst gehabt. Angst, es könnte kein Traum gewesen sein. Nicht einmal ihr Mann ahnte etwas von diesem Erlebnis, denn sie hatte es nicht übers Herz gebracht, Joseph davon zu erzählen. Früher nicht, weil sie sich geschämt hatte, und letzte Nacht nicht, weil sie ihn nicht verletzen wollte.

Es war vor ungefähr drei Jahren gewesen. Wie so oft hatten ihr Mann, ihre Mutter und sie nur wenig zu essen. Als sie nun durch den Wald gegangen war, um Pilze zu suchen, hatte sie auf einer Lichtung eine krautige Staude bemerkt; etwa so hoch wie sie selbst. Ihre Blätter waren groß und oval geformt, wie Eier. Sie trug jeweils eine schwarze Beere in einem fünfblättrigen Kelch. Marie löste eine dieser Beeren und öffnete sie mit den Fingern. Vorsichtig leckte sie mit der Zunge den Saft, der ihr über den Zeigefinger lief. Er war tatsächlich süß. Von einem Pfarrer hatte sie früher einmal eine Beere bekommen, die genauso süß geschmeckt hatte – eine Kirsche. Die hatte aber einen Kern gehabt, den man nicht essen konnte. Diese Beere hatte keinen Kern. Aber ihr Saft schmeckte genauso süß. Marie steckte sich die ganze Beere in den Mund und kaute. Kein Zweifel, sie hatte etwas Neues entdeckt, das man essen konnte. Noch ein paar dieser Früchte nahm sie zu sich.[12] Doch dann entdeckte sie einen Platz mit wunderschönen, essbaren Pilzen. Für den morgigen Tag hatten sie genügend zu essen.

Während sie die Pilze am Stiel von der Wurzel abdrehte, legte sich bleierne Müdigkeit über Marie. Gleichzeitig war sie wie berauscht. Die Bäume vor ihr tanzten. Sie musste sich setzen; sie konnte nicht mehr stehen. Fast übergangslos fiel sie in einen unruhigen Schlaf. Sie träumte. Ein stattlicher Mann kam ihr entgegen. Grün angezogen wie ein hochherrschaftlicher Jäger. Er lachte sie spitzbübisch an und Marie lachte hell zurück. Es war ein Mann, wie sie sich immer einen erträumt hatte. Groß gewachsen, mit einem schönen, markanten Gesicht. Seine dunklen Augen faszinierten sie. Er sprach mit ihr, nannte sie wunderschön und bewunderte ihr langes, schwarzes Haar und ihre blitzenden Augen. Schelmisch wollte er auch sehen, ob sie so schlanke Fesseln habe, wie er sie sich vorstellte. Sie lachte und entzog sich ihm. Dabei fiel ihr Blick auf seinen Fuß und sie sah, dass er einen Bocksfuß hatte. Entsetzt schrie sie auf und rief Gott und alle Heiligen an. Sie wachte auf mit Schaum vor dem Mund. War ihr wirklich Satan erschienen? Doch dann, als sie mit dem Handrücken über den Mund strich, bemerkte sie auf ihrer Hand diesen Geifer. Es war nicht Satan, sondern ein Traum gewesen; ausgelöst durch die ›Kirschen‹ dieser krautigen Pflanze.

„Es war vor drei Jahren“, begann sie nun mit ihrem Geständnis vor den vier Stettmeistern. Berschi schrieb eifrig mit. „Ich ging durch den Wald und suchte Pilze. Plötzlich begegnete mir ein grün gekleideter Mann. Er sprach mich an. Ich entdeckte, dass er einen Ziegenfuß hatte. Als ich Gott anrief, verschwand er unter Tosen, als ob der ganze Wald zusammenstürzen würde.“

Die Stettmeister starrten sie gebannt an. Jetzt. Jetzt kam ihr Geständnis. Rues und Silberrad hatten Recht gehabt. Vor ihnen stand wahrhaftig eine Hexe. Keiner der vier sagte ein Wort, als Marie ihr Geständnis unterbrach und sich in Gedanken erinnerte.

Vor zwei Jahren hatte sie wieder von diesen fast schwarzen Beeren genascht. Das Gefühl, das sie ein Jahr zuvor so erregt hatte, war wieder gekommen. Im Traum hatte sie sich dem wunderschönen, männlichen und starken Fremden hingegeben, auch wenn er einen Bocksfuß hatte. Nie zuvor hatte sie dabei solche Gefühle, eine solche Wollust verspürt. Im ersten Augenblick war sie, als sie erwachte, von ihrem eigenen Traum entsetzt gewesen. Sie hatte die Jungfrau Maria wegen dieses unzüchtigen Traumes um Verzeihung gebeten, aber auf dieses Gefühl, so umworben und geliebt zu werden, wollte sie nicht mehr verzichten. Auch wenn es, wie sie wusste, nur ein lustvoller Traum war.

So war sie, wann immer sie konnte, wieder zur Lichtung gegangen. Und jedes Mal, wenn sie einige dieser Beeren naschte, hatte sie diese sinnlichen Träume. Damals hatte sie dem Fremden im Traum, der ihr solche Wollust verschaffte, einen Namen gegeben. Sie nannte ihn ›Kirschlin‹. Doch jedes Mal, wenn sie in Gedanken an das dachte, was dieser Kirschlin mit ihr machte, fiel ihr sofort die Ähnlichkeit mit ›Kirche‹ ein und dass es sicher eine Sünde war, wenn sie diese Beeren aß, damit diese Wollust über sie käme. So hatte sie den ›Traummann‹ einfach nach den krautigen Blättern der Pflanze ›Kräutlin‹ genannt. Sie seufzte und sah auf.

Plötzlich sah Marie Vetter wieder die erwartungsvollen Blicke der Stettmeister auf sich gerichtet. Aber sie war ganz ruhig. Ihr konnte nichts passieren. Der Ratsherr hatte es versprochen. Sie würde erzählen, was diese Männer hören wollten. Und wenn sie erst die Frauen der Ratsmitglieder mit belasten würde, würden diesen erregt lauschenden Männern mit ihrem hochmütigen Gehabe die Augen übergehen. Fast hätte sie gelächelt.

„Vor zwei Jahren bin ich dem Fremden mit dem Bocksfuß wieder begegnet. Er versprach mir viel Geld, wenn ich mich ihm hingeben würde. Da wir hungerten und große Not litten, erfüllte ich ihm seinen Wunsch… “

„Hat er Euch bezahlt?“, fiel Franz Sorg Marie ins Wort.

„Ja. Aber es waren nur Pferdeäpfel, die ich zu Hause in der Hand hielt.“

„Erzählt weiter“, ermunterte Rat Kiefer.

„Ich war völlig verzweifelt“, fuhr Marie fort. „Ich hatte mich dem Teufel hingegeben und mit ihm meinen Mann betrogen. Meine Ehre hatte ich verloren. Aber was noch schlimmer war, meine Seele würde in der Hölle rösten. Ich rief die Jungfrau Maria an, was ich denn nun machen solle. Ich war völlig hoffnungslos.“

„Habt Ihr Eure Todsünde denn wenigstens Eurem Pfarrer gebeichtet?“

„Nein, ich traute mich nicht“, gestand Marie. „Ich wusste ja, es war Satan. Aber ich habe die Mutter Gottes gebeten, mir zu helfen, und irgendwie hatte ich plötzlich das Gefühl, alles würde gut werden, wenn ich nur dem ›Kräutlin‹ abschwören würde. Ich glaube, das Gefühl war eine Eingebung der Mutter Gottes.“

„Aber Ihr habt nicht abgeschworen“, stellte Jakob Kiefer fest.

„Zuerst schon“, bekannte Marie Vetter. „Aber dann kam er wieder und wieder und ich konnte nicht widerstehen. Und vor zwei Jahren habe ich mit ihm Hochzeit gefeiert.“

Erleichtert atmete Rat Kiefer aus. Jetzt hatte er beide Hexen. Mutter und Tochter. Ein Lächeln huschte über sein Gesicht. Die Aufgabe war gelöst. Er hatte Mutter und Tochter überführt. Auch ohne Stemmle, den Schultheiß. Selbst im Nachhinein war er erstaunt, wie leicht das gewesen war. Triumphierend sah er die anderen drei Stettmeister an. Er hatte dieses Mal nicht einmal den Scharfrichter Hardlein gebraucht.

„Wo habt Ihr mit Satan Hochzeit gefeiert?“, wollte Rat Wöller noch wissen.

„Na da, wo alle Hexen Offenburgs feiern. Bei den sieben Linden.“

„Alle Hexen Offenburgs?“, fragte Wöller nach. „Ihr seid nicht aus Offenburg.“

„Aber alle Hexen Offenburgs und aus der Umgebung Offenburgs treffen sich entweder bei den sieben Linden oder der Laubenlinde. Wir kennen keinen Unterschied zwischen den Reichsstädtern und Vorderösterreichischen.“

„Und wer außer Satan war noch da?“, fragte Gabriel Riedinger.

Gespannt warteten die Stettmeister auf eine Antwort. Nachdem Marie Vetter so bereitwillig redete, war das eine Möglichkeit, mit einem Schlag alle Hexen Offenburgs einzufangen. Das wäre eine fürchterliche Niederlage für den Höllenfürsten. Und sie, die Stettmeister der Stadt, wären die Retter Offenburgs. Der Junge Rat, Mitglieder der Zünfte, hätte es dem Alten Rat, den Patriziern und Junkern, gezeigt.

Die Hexe hatte gesagt, alle würden sich auf der Lindenhöhe treffen. Die Gefahr für Offenburg war also viel größer, als man bisher angenommen hatte. Offenbar hatten sich die Hexen inzwischen zusammengeschlossen, um das Reich Satans immer weiter auszudehnen.

„Bei dem Fest war zunächst eine, die alle Bäcker-Else gerufen haben.“

„Oh mein Gott“, entfuhr es Franz Sorg. „Dann ist es also doch wahr. Der arme Laubbach.“

Kiefer sah Sorg streng an. „Es ist jetzt nicht die Zeit für Beileidsbekundungen.“ Zu Marie gewandt befahl er: „Fahrt weiter in Eurem Bericht. Denkt an Eure Seele, die Ihr mit Eurem Geständnis retten könnt.“

Marie tat, als müsse sie überlegen, welches die anderen Namen waren. „Und eine nannten sie Catharina. Catharina Silberrad."

Den Stettmeistern blieb die Luft weg. Die ehemalige Frau des Ratsmitgliedes, der die Verfolgung der Hexen am eifrigsten betrieb, war ebenfalls eine Hexe.

„Seid Ihr ganz sicher, dass sie Silberrad hieß?", fragte Stettmeister Kiefer vorsichtshalber nochmals nach.

„Ganz sicher. Sie hat sogar gesagt, dass sie die älteste Hexe im Kreis sei. Zweiundzwanzig Jahre würde sie ihre Kunst schon betreiben, hat sie gesagt, als es in der Runde wegen des Weines, der reichlich genossen wurde, immer lustiger wurde. Ich habe es selbst gehört. Als die Bäcker-Else meinte, sie hätte recht früh mit der Hexerei angefangen und könne schon seit sechzehn Jahren hexen, sagte diese Silberrad, das sei noch gar nichts gegen ihre zweiundzwanzig Jahre."

Jakob Kiefer sah zu den anderen Stettmeistern. Sollte er das Verhör unterbrechen und diese Neuigkeit sofort Stemmle mitteilen? Nein. Wer wusste, ob die Hexe am nächsten Tag noch so gesprächig sein würde.

„Habt Ihr alles mitgeschrieben?", wandte er sich an Berschi, der nur mit dem Kopf nickte. Er war noch dabei, den letzten Satz der geständigen Hexe wortwörtlich aufzuschreiben.

Riedinger saß wie erstarrt. Die ehemalige, so stolze Frau Silberrads war eine gewöhnliche Hexe. Er konnte das immer noch nicht glauben. Sorg hingegen schien weiter mit der Frau des Bäckers Gwinner beschäftigt. Es war so schwer zu verstehen, dass diese Frau, die alle nur die Bäcker-Else nannte, eine Hexe sein sollte. Dann müsste ihre Mutter sie schon im zarten Kindesalter mit der Hexerei vertraut gemacht haben. Aber wenn es stimmte, dass die Frau des Laubbach ihre Töchter Satan versprochen hatte, wo sollte das denn enden? Unwillkürlich schüttelte er mit dem Kopf.

Marie deutete diese Kopfbewegung falsch. Die Stettmeister glaubten ihr nicht. Sie musste schnell noch weitere Beweise liefern.

„Dann war da auch noch die Stadtschreiberin Wyß und eine Frau Fritz“, fuhr sie in ihrer Aufzählung fort – so, wie ihr Mann es ihr aufgetragen hatte.

„Die beiden hatten wir schon früher angeklagt. Aber sie sind geflohen und ihrer Strafe entgangen“, erläuterte Kiefer eifrig und ohne eine Spur Misstrauen in der Stimme.

Nun wusste Marie, dass sie sich keine Sorgen zu machen brauchte. Die Stettmeister hatten die Verleumdung akzeptiert.

Gleichzeitig meldete sich aber eine Stimme tief in Maries Innerem. Was tust du? Du opferst unschuldige Frauen. Du lieferst sie dem Verderben aus. Doch eine zweite Stimme in ihr sagte ihr, dass diesen Frauen nichts geschehen würde. Rat Silberrad würde über sie wachen. Ein unmerkliches Lächeln erhellte Maries Gesicht.

„Außerdem waren auch noch Schutterwälderinnen dabei“, erinnerte sich Marie, dass sie zu Beginn gesagt hatte, es seien bei den sieben Linden nicht nur Hexen aus Offenburg, sondern auch aus der Umgebung gewesen. „Und eine Frau Sandhaslin, deren Mann Stettmeister war.“

Rat Riedinger hatte immer noch Zweifel. Die Catharina Silberrad sollte sich mit einer armen Webersfrau an einen Tisch gesetzt haben? Er fragte Marie. Doch diese war über ihren Mann von Kaspar Silberrad auf solche Fangfragen vorbereitet worden.

„Ich bekam von der Tafel nur die Reste, obwohl es doch eigentlich meine Hochzeit gewesen war, die gefeiert wurde. Und mit mir musste die Frau Buntenhanslin warten, die ebenso arm war.“

Nun waren die Stettmeister von der Wahrheit des Geständnisses völlig überzeugt. Woher sollte eine Frau aus Schutterwald wissen, dass der Patrizier seine Frau völlig mittellos zurückgelassen hatte, als er starb?

„Erzählt mir mehr von dem Fest“, bat Rat Kiefer.

„Es war ein schönes Fest“, sagte Marie, die nicht wusste, worauf der Stettmeister hinauswollte.

„Ich meine, was ist auf dem Fest besprochen worden?“

„Oh“, ein Lächeln erschien auf den Lippen Maries. „Jetzt weiß ich, was ihr meint. Aber könnte ich einen Becher Wasser haben? Ich habe solchen Durst.“

„Da Ihr so bereitwillig alles erzählt, habt Ihr Euch sogar einen Becher Wein verdient“, erklärte Jakob Kiefer.

Die anderen Ratsmitglieder sahen erstaunt auf. Aber Kiefer ließ sich nicht beirren und reichte Marie sogar selbst einen hölzernen Becher. Er füllte ihn aus dem Krug, der auf dem Tisch vor den Stettmeistern stand.

Marie trank gierig. Dann fuhr sie in ihrer Aussage fort.

„Die Bäcker-Else“, sagte sie, „ist die gefährlichste Hexe. Sie hat erzählt, dass sie ein zweiöhmiges[13] Fass Raupen und ein dreiöhmiges Fass Maikäfer in den Bürgerwald gesät hat, damit die das Laub abfressen. Solange sie lebe, hat sie gesagt, gedeihe kein Eckerich mehr im Bürgerwald.“

„Dann wird es Zeit, dass sie nicht mehr lebt“, brummte Rat Riedinger.

„Die Schutterwälder haben die Else unterstützt“, ließ sich Marie in ihrem einstudierten Bekenntnis nicht beirren. „Sie haben bei dem Fest zugesagt, dass sie sogar ein vieröhmiges Fass Raupen im Offenburger Wald aussetzen werden.“

„Ihr habt bisher immer nur von dem geredet, was die anderen für Unheil anrichten“, fragte ernst Kaspar Wöller. „Aber wenn Ihr mit dem Teufel Hochzeit gefeiert habt, dann muss er Euch doch auch seine Kunst gelehrt haben. Er muss Euch gezeigt haben, wie Ihr selbst Schaden anrichten könnt. War das der Wetterzauber, mit dem Ihr unsere Reben vernichtet habt?"

Eine Alarmglocke läutete im Kopf Maries. Silberrad hatte ihr durch Joseph ausrichten lassen, dass die Offenburger keinen Spaß verständen, wenn es um ihre Reben gehe. Sie solle den Wetterzauber mit den Reben auf alle Fälle bestreiten. Denn sonst würde sie hingerichtet, ohne dass man auf die anderen Hexen eingehen würde. Wenn sie am Leben hängen würde, müsse sie darauf bestehen, dass auch die anderen Hexen für ihre Taten büßen müssten. Deshalb müsse sie ihren Anteil an der Hexerei herabspielen.

„Nein", sagte Marie, den Stettmeister Wöller furchtlos ansehend. „Mein Buhle hat mir ein Hölzchen gegeben, mit dem jedes Schwein, das ich damit berühre, drei Tage später tot umfällt."

„Und, habt Ihr das ausprobiert?"

„Bisher hatte ich dazu keine Veranlassung", sagte Marie. „Und seit ich von dem Ölmüller hierher geschleppt wurde, hatte ich weder das Hölzchen noch ein Schwein des Müllers."

Der Stettmeister Kiefer brach diese nutzlose Unterhaltung ab. Die Hexe hatte doch gestanden. Jetzt ging es nicht darum, ihr Angst zu machen, sondern herauszufinden, wer in Offenburg noch diese teuflische Kunst betrieb.

Deshalb sagte er wütend: „Rat Wöller, wir wollen jetzt nicht darauf herumreiten, was diese Frau für eine Art von Zauberei können müsste. Wir wollen wissen, welche der armen Seelen Offenburgs sonst noch in die Fänge Satans geraten sind. Nur dann können wir diese retten."

„Könnt Ihr uns noch mehr über diese Hexenzusammenkünfte erzählen?", wandte er sich wieder an Marie Vetter.

Marie nickte. Ihr müsst möglichst viele der Patrizier und Räte belasten, hatte Silberrad geraten.

„Kurz nach meiner Hochzeit mit dem Verführer war ein großes Hexenfest. Die Frau Junker..." Marie stockte. Wegen der Aufregung, dass Rat Wöller ihr den Wetterzauber hatte zur Last legen wollen, hatte sie den Namen vergessen, den Joseph ihr genannt hatte. „Die Frau Junker...ich habe den Namen vergessen!"

„Vielleicht fällt er Euch wieder ein", beruhigte Kiefer.

„Auf jeden Fall kam die Frau Junker auf einer schwarzen Kuh geritten. Das war die Witschel."

Die Stettmeister sahen sich wieder an. Das wurde ja immer aufregender. Die Frau Witsch gehörte zu einer der reichsten Familien in Offenburg. Gerade hatte sie wieder eine Stiftung gemacht. Und nun stellte sich heraus, dass auch sie zu den Anhängerinnen Satans gehörte. Ob aus dieser Verbindung vielleicht das Vermögen der Familie stammte, fragte sich Rat Riedlinger.

Doch Marie Vetter erzählte in der Zwischenzeit weiter. „Die anderen Hexen sausten auf Stecken und Gabeln daher. Die Frau des Junkers hatte einem Bauern in Molsheim ein vierzehntägiges Kalb und guten Elsässer Wein entwendet."

Ratsschreiber Berschi meldete sich. „Wie hieß der Ort?"

„Molsheim, wo der Bischof von Straßburg sich aufhält, solange die abgefallenen Evangelischen sein Bistum besetzt halten", klärte ihn Franz Sorg auf.

„Das weiß ich doch", wehrte sich Berschi. „Ich hatte nur den Namen nicht verstanden."

„Weiter!" Gespannt, was in diesem Höllenpfuhl von Offenburg noch alles passiert war, beeilte sich Kiefer, den weiteren Bericht zu erfahren.

„Vor einem Jahr hat die Bäcker-Else dem Hämmerlin ihre kleine Agathe auf die linke Hand getraut."

„Wie nannte sie Satan? Hämmerlin?"

„Ja. Else hat fürchterlich gelacht, als sie erzählte, ihre Tochter hätte sich beklagt, dass Satan sich auf sie gelegt und gemacht habe, als wolle er einen Nagel in sie einschlagen."

„Agathe ist doch noch ein Kind", warf Riedinger ein. Doch Rat Kiefer drängte Marie zu weiteren Einzelheiten.

„Zum Tanz spielte ein einäugiger Sackpfeifer auf, dem bei Beendigung des Festes jeder ein Trinkgeld gab. Aber ich hatte kein Geld und die Buntenhänslerin auch nicht. Also hat unser Buhle bestimmt, dass wir dafür etwas anderes machen mussten."

Die Stettmeister warteten gespannt und tatsächlich sagte Marie ohne Aufforderung: „Wir beide mussten der früheren Stadtschreiberin Wyß und der Frau Spieß am Hintern lecken, während alle anderen zusahen."

Mehr wusste Marie Vetter selbst auf eifriges Nachfragen nicht zu berichten. Zudem war es Marie peinlich, solche Dinge auszusprechen. Aber dieser Silberrad hatte darauf bestanden, dass sie diese Einzelheiten erzählen müsse. Nun aber musste es reichen, um die weitere Untersuchung bei den Honoratioren und Räten der Stadt zu unterbinden. Nunmehr würde auch sie bald wieder frei sein. Nur eines machte ihr Sorgen. Ihre Mutter hatte sie von diesem Plan Silberrads nicht unterrichten können.

Stettmeister Kiefer konnte es kaum erwarten, diese Aufsehen erregenden Neuigkeiten in die Beratungen des Hohen Rates einzubringen. Am nächsten Morgen war es so weit. Berschi las das Protokoll des gütlichen Verhörs vor.

Die Räte horchten auf, als die Gespielinnen Satans genannt wurden. Immer aufgeregter lauschten sie dem eintönig vorgetragenen Bericht. Als der Stadtschreiber endete, waren alle wie erstarrt. Nur Kaspar Silberrad konnte sich ein flüchtiges, feines Lächeln nicht verkneifen. Sein Plan war gelungen und besser hätte es nicht laufen können. Die Webersfrau hatte die Stettmeister überzeugt. Es ist zu schade, dass ich nicht dabei gewesen bin, dachte er. Die Gesichter der vier hätte ich gerne gesehen. Doch er wurde durch das fassungslose Staunen der übrigen Ratsmitglieder entschädigt. Er musste sich zwingen, ein entsetztes Gesicht zu machen, als ihn Mitglieder des Jungen Rates bestürmten, etwas zu dem ungeheuerlichen Vorwurf zu sagen, seine ehemalige Frau sei seit zweiundzwanzig Jahren eine Hexe.

„Sag doch, dass das nicht stimmen kann", beschwor ihn Rat Rues. „Du hättest das in den langen Jahren doch bemerkt."

Kaspar war wie entgeistert. „Du hast Recht. Das hätte mir auffallen müssen." Doch unerwartet klagte er so laut weiter, dass auch die anderen Räte ihn verstehen konnten. „Warum ist mir das nicht aufgefallen. Vielleicht habe ich sie selbst mit meiner Gleichgültigkeit in Satans Arme getrieben. Wahrscheinlich hat sie mich deshalb verlassen. Ich bin schuld, dass sie zur Hexe wurde."

Silberrad verbarg aufgewühlt sein Gesicht zwischen den Händen. Ein Schluchzen erschütterte seinen Körper. Nur undeutlich war seine Selbstanklage zu verstehen. „Ich bin schuld. Jesus, vergib mir, dass ich ihren Abfall von Gott nicht rechtzeitig gemerkt habe. Wahrscheinlich wäre das nicht passiert, wenn ich mich nicht immer nur um die Stadt und die Zunft gekümmert hätte."

Während die anderen Räte mitfühlend dem Gefühlsausbruch Kaspars folgten, saß einer vom Alten Rat leichenblass in seinem Ratssessel. Der Alte Rat Laubbach. Seine Frau war tot. Verbrannt nach einem Hexenprozess. Seine jüngste Tochter Adelheid war vom Bruder

Kaspar Silberrads der Hexerei angeklagt worden. Seine Zweitälteste von dem gleichen Ruprecht Silberrad und dem Bäcker Stehlin. Beide Töchter litten so unter dieser ungeheuren Anschuldigung, dass sie vor Angst und Entsetzen völlig betäubt waren. Nun war auch noch seine Älteste mit ihrem Kind der Hexerei bezichtigt worden. Er empfand keine Genugtuung bei dem Gedanken, dass auch Catharina Silberrad der Zauberei bezichtigt worden war. In Laubbach war nur Leere und Kälte. Er fühlte gar nichts mehr. Stumm saß er und starrte vor sich hin. Warum Gott, warum? Es war das Einzige, was er denken konnte. Immer wieder dieses ›warum‹. Er spürte nicht, wie Rat Rapp ihn sanft an der Schulter fasste, hörte nicht, wie der Kirchherr auf ihn einredete. Stille, dumpfe Stille war in seinem Kopf. Ohne es überhaupt zu bemerken, stand er auf. Mit glanzlosen Augen, tränenlos, ging er müde zur Tür, öffnete diese und verließ den Saal. Niemand hielt ihn auf.

Die Aufmerksamkeit hatte sich während dieses Geschehens von Silberrad auf Laubbach verlagert. Jeder der Ratsherren ahnte, was in dem gebrochenen Mann vor sich ging. So verstrich ein kurzer Augenblick, bevor der Schultheiß nervös hüstelte und die Gesprächsführung wieder ergriff.

„Ich bin ziemlich erschüttert", begann Stemmle die Beratung. „Junkersfrauen und Patrizier, Mitglieder von Häusern des Rates, Familien, denen unsere Stadt viel zu verdanken hat, wurden von dieser Frau beschuldigt. Die Schwere der Anklagen ist ungeheuerlich. Eigentlich fällt es mir schwer, nicht zu glauben, dass diese Anklagen erfunden sind. Aber wir müssen beraten, ob wir diesen Anschuldigungen nachgehen und von Amts wegen ein Malefizverfahren einleiten."

Kaspar Silberrad erhob sich von seinem Stuhl. „Da es auch meine ehemalige Frau betrifft, erkläre ich mich für befangen und werde an den weiteren Beratungen nicht mehr teilnehmen können. Dennoch möchte ich noch auf Folgendes hinweisen. Ich habe früher dem Rat Laubbach vorgeworfen, dass er einen fairen Prozess gegen seine der Hexerei angeklagten Kinder verhindert hat. Dies werde ich in meinem Fall nicht tun. Ich werde mich weder gegen eine Untersuchung der Anklagen gegen Catharina Silberrad wehren noch versuchen, diese mit unlauteren Mitteln zu retten. So gerne ich das auch tun würde. Ich bin der Meinung, dass diese Untersuchungen ohne Rücksicht auf Geburt oder Stand durchgeführt werden müssen. Die Gerechtigkeit und das Wohl unserer Stadt verlangen dies."

Silberrad unterbrach seine Ausführungen und raffte die auf der Schreibbank vor ihm liegenden Unterlagen zusammen. Die Ratsherren schwiegen. Bereits an der Tür, wandte sich der massige Schmied nochmals um.

„Ich sage es nicht gerne. Aber woher soll eine arme Webersfrau, die nicht einmal in Offenburg wohnt, sondern zu den Vorderösterreichischen gehört, die Namen all der Patrizier und Ratsmitglieder kennen, wenn diese nicht bei den Festen Satans waren?"

Nach Silberrads Weggang kam allmählich wieder Bewegung in die Versammlung.

„Wir sollten diesen Beschuldigungen nicht ohne weiteres nachgehen", meinte Schultheiß Stemmle. „Sollte diese Frau gelogen haben, würden wir eine ungeheure Wut unter den maßgebenden Leuten unserer Bürgerschaft entfachen."

„Warum foltern wir sie nicht noch einmal?", schlug Rat Pfau vor. „Bleibt sie bei ihrer Aussage, dann haben wir die Bestätigung."

Diesem vernünftigen Vorschlag hatten auch die beiden Geistlichen im Rat nichts entgegenzusetzen.

16.

Marie saß in ihrer Zelle auf dem frischen Stroh, das der Wärter auf Befehl eines Unbekannten aufgeschüttet hatte. Obwohl ihre Schmerzen von der Folter noch nicht abgeklungen waren, summte sie ein Kinderlied, das ihr ihre Mutter vor langer Zeit beigebracht hatte. Morgen würde sie wahrscheinlich wieder entlassen sein. Vielleicht auch erst übermorgen. Sie kicherte vor sich hin, als sie sich nochmals die Gesichter der vier Stettmeister vergegenwärtigte. Die hatten geschaut, als sie einen um den anderen Namen der vornehmen Frauen nannte, die angeblich ihre Genossinnen waren. Wahrscheinlich würden die anderen dieses Rates genauso verblüfft schauen. Ihr Joseph war süß. Zum ersten Mal seit langer Zeit verspürte sie wieder Achtung vor ihrem Mann. Schlau hatte der das eingefädelt. Und erst dieser Rat Silberrad. Dass der das Leben seiner eigenen Frau einsetzte, um sie zu retten, war schon tollkühn.

Die Türbolzen quietschten, als sie zurückgezogen wurden. Der Kopf Jakobs erschien in der Tür. Er war wieder betrunken.

„Du hast zugegeben, dass du mit dem Teufel gefeiert hast“, lallte er. „Ich hoffe, du trinkst auch mit mir eine Maß Wein.“

Marie grinste. „Heute schon“, sagte sie. „Ich glaube, heute trinke ich mit Euch.“

Schwer ließ sich Jakob auf das Stroh nieder. „Auf dein Wohl“, lallte Jakob. „Nimm es nicht so schwer. Nachdem du alles zugegeben hast, wird der Hardlein dich sicher vorher erwürgen, damit du nicht spürst, wenn das Feuer kommt.“

Jakob hielt seine Maß Wein vor sie hin, damit sie auf diesen Trinkspruch anstoßen sollte. Marie stieß nicht mit ihm an. Rede du nur, dachte sie. Du wirst dich noch wundern, wie schnell ich wieder draußen bin. Sie nahm einen großen Schluck des unverdünnten Weines.

„He, redest du eigentlich nicht mit mir?"

„Würdet Ihr reden wollen, wenn Ihr an meiner Stelle wärt?", fragte Marie.

„Stimmt", bestätigte Jakob. „Eigentlich bin ich ja auch nicht zum Reden gekommen." Wieder setzte er den Krug lange nicht ab. Nur ein kümmerlicher Rest Wein bedeckte schließlich gerade noch den Boden des Kruges.

Während er trank, fragte Marie, bereits ahnend, was er wollte: „Weshalb seid Ihr denn gekommen?"

Bösartig lachend sagte Jakob: „Ich weiß, dass ihr Hexen es mit Satan treibt. Wenn du den schon ranlässt, dann könntest du auch für mich die Beine breit machen." Er ließ den fast leeren Krug fallen und versuchte mit einer Hand, Marie an die Brust zu fassen. Mit der anderen Hand bemühte er sich, ihren Rock hochzuschieben.

Marie wehrte sich verzweifelt. Sie wollte Jakob den Weinkrug auf den Kopf schlagen, aber Jakob entwand ihn ihr. Der Krug fiel zu Boden und zerbrach. Wein floss ins Stroh und färbte es schmutziggrau. Marie strampelte und schrie. Aber sie war angekettet und deshalb in ihrer Abwehr behindert.

„Schrei du nur", keuchte Jakob, der sie mit eisernem Griff festhielt, während er versuchte, seine Hose herunter zu lassen. „Den Melchior habe ich weggeschickt. Wir sind ganz allein."

Plötzlich merkte die sich aussichtslos wehrende Frau, dass sich die Armkette, mit der sie an die Wand gekettet war, um Jakobs Hals gelegt hatte. Sie brauchte nur zuzuziehen. Ein tierischer Schrei ertönte, als Jakob plötzlich keine Luft mehr bekam. Mühsam nach Luft schnappend wehrte er sich. Es war ein ungleicher Kampf. Marie, noch an Schulter und Hand verletzt, hatte gegen den bulligen

Wärter keine Chance. Jakob bekam ihren Kopf zu fassen. Seine Hände verkrallten sich in ihrem Haar. Immer wieder schlug er Marie Vetters Kopf gegen die Turmmauer. Ihre Gegenwehr erlahmte. Sie wurde ohnmächtig. Heftig japsend befreite sich Jakob von der Kette um seinen Hals. Marie lag vor ihm.

Während er ihren Rock hochschob und sich an der Frau verging, keuchte er immer wieder: „Tu… das… ja… nicht… noch… einmal…“ Und erst, als er sich an der ohnmächtigen Frau befriedigt hatte, fügte er hinzu: „Sonst bringe ich dich um!“

Jakob zog seine Hose hoch und ließ Marie, ohne auch nur noch einmal einen Blick auf die Hexe zu werfen, achtlos zurück.

Als er Marie am nächsten Morgen in den Folterraum brachte, sagte er zu ihr: „Wenn du nur ein Wort von dem erzählst, was gestern geschehen ist, drehe ich dir den Hals um. Es wäre nicht das erste Mal, dass man Hexen gefunden hat, denen Satan wegen Ungehorsamkeit das Gesicht auf den Rücken gedreht hat.“

Doch Marie starrte ihn nur aus glasigen Augen an. Es schien, als habe sie den Verstand verloren.

„Was ist mit Euch geschehen“, fragte Kiefer bestürzt, als er Marie sah. Ihr Gesicht war verquollen und von Schlägen blutunterlaufen. Krusten von Blut hatten ihre Haare am Hinterkopf verklebt. Maries Augen waren glasig und starr.

„Der böse Geist“, flüsterte Marie. Mit aufgerissenen Augen fixierte sie Kiefer, die zwei anderen Stettmeister und den Stadtschreiber. Den Scharfrichter, der heute ebenfalls mitgekommen war, beachtete sie nicht. Sie schluckte mühsam.

„Was?“

„Der böse Geist. Er hat mir den Kopf an die Wand geschlagen. Er will mich umbringen, wenn ich erzähle, was er getan hat.“ Immer noch flüsterte Marie. Gehetzt sah sie zur Tür, als könne Satan jeden Moment nochmals erscheinen.

Kalt lief es den Stettmeistern über den Rücken. Satan war leibhaftig hier im Turm gewesen. Im Kerker nebenan.

„Habt Ihr alles notiert?“, fragte Jakob Kiefer den Stadtschreiber.

Berschi nickte, fast ängstlich die Hexe betrachtend.

„Wir wollen es hinter uns bringen“, ordnete der Stettmeister an, der etwas wie Mitleid mit der Hexe empfand. „Zieht sie leer hoch“, befahl er dem Scharfrichter, der dieses Mal die Steine wegließ, die die Schmerzen verstärkt hätten.

Marie bestätigte unter der Folter und danach ex locum torturae die Wahrheit ihrer am Tag zuvor gemachten Angaben.

„Ich will gerne sterben“, sagte Marie, die unter der Folter nicht einen Schmerzenslaut von sich gegeben hatte, nur kurze Zeit später im Verhörraum. „Ich erbitte nur eine Gnade. Die anderen Gespielinnen Satans, die ich Euch genannt habe, sollen mich auf den Scheiterhaufen begleiten. Sonst gehe ich nicht.“

Eva Vetter, die man am nächsten Tag mit den Aussagen ihrer Tochter konfrontiert hatte, hatte zunächst alles geleugnet. Kiefer ließ sie losbinden.

„Wir werden jetzt zu Eurer Tochter gehen und Euch ihr gegenüberstellen.“

Stumm sah Eva ihre Tochter an. Man merkte ihr das Erschrecken nicht an, das sie empfand, als ihr ein leeres, ausdruckloses, von Blutergüssen entstelltes Gesicht entgegenstarrte, das einmal das liebliche Gesicht ihrer Tochter gewesen war.

„Darf ich zuerst allein mit meiner Tochter reden“, bat sie die Ratsherren.

Kiefer nickte bei diesem Anblick. Vielleicht besann sich die Alte, wenn sie mit der Tochter geredet hatte.

Als die Stettmeister eine Viertelstunde später die Zelle wieder betraten, eröffnete Eva den Ratsherren, dass sie alles bestätigen könne, was ihre Tochter ausgesagt habe. Auch sie sei bereit zu sterben. Doch auch sie wolle nur in Begleitung der anderen Hexengespielinnen ihr Los tragen.

Es war der einunddreißigste Oktober 1601. Die Glocken des Franziskanerklosters und der Hl. Kreuzkirche hatten noch nicht zu Mittag geläutet.

18.

„Marie Vetter hat ihre Aussagen auch unter der schärfsten Folter nicht geändert", berichtete Rat Kiefer erleichtert vor der Ratsversammlung. „Und ihre Mutter ist ebenfalls bereit, ihr Schicksal ergeben auf sich zu nehmen. Beide haben nochmals bestätigt, dass sich die Hexerei in Offenburg besonders stark in Rats- und Patrizierkreisen ausbreitet."

„Aber mich hat ein ›vornehmer Mann‹ beschuldigt, ich hätte aus einem Vergehen des Diebstahls eine Frauenverfolgung gemacht", warf Christoph Rues empört ein. „Dabei haben wir doch jetzt den Beweis, dass das Hexenunwesen in Offenburg weit mehr um sich gegriffen hat, als alle befürchtet hatten."

„Es geht jetzt nicht um Eure Befindlichkeit, sondern darum, ob wir diesen die angesehensten und edelsten Familien Offenburgs anklagenden Anschuldigungen Glauben schenken", wies ihn Stemmle zurecht.

„Für mich geht es aber genau darum", erwiderte Rues heftig. „Denn ich muss wissen, wie ich mich in Zukunft verhalten soll. Kann ich noch meine Meinung sagen oder darf ich bei Abstimmungen wenigstens die Hand heben, ohne dass diese vertraulichen Beratungen nach außen getragen werden und die Bürger uns wegen unserer vorgetragenen Meinung angreifen."

„Natürlich könnt Ihr Eure Meinung sagen. Ihr könnt auch den Arm heben zur Abstimmung. Ihr könnt Euch auch Eurer Stimme enthalten. Alles, wie es Euch beliebt. Ihr könnt sogar den Sitzungssaal verlassen, wenn Ihr bei einer Beratung glaubt, dass dies für Euch besser ist", wetterte Stemmle. „Aber ich möchte von Euch hören, wen Ihr beschuldigt, vertrauliche Dinge im Rat nach außen zu tragen."

Rues stand auf und trat an den Stuhl des Schultheiß an der Stirnseite des Saales. Er beugte sich zu ihm hinunter und flüsterte ihm ins Ohr. Der Schultheiß nickte und Rues setzte sich wieder.

„Rat Kast, würdet Ihr den Sitzungssaal verlassen, bis wir über Euer Vergehen beschlossen haben?"

Kast, der schon die ganze Zeit unruhig auf seinem Sitz herumgerutscht war, fragte erschrocken: „Beschuldigt Ihr etwa meine Frau, dass sie Rat Rues angeschwärzt hat?"

„Das ziehen wir in Betracht", erklärte Stemmle. „Und jetzt verlasst den Saal. Wir werden Euch wieder zu den Sitzungen bitten, wenn wir mit den Beratungen zu Ende gekommen sind."

Mit hochrotem Kopf verließ Kast den Saal. Es waren jetzt außer dem Stadtschreiber nur noch der Schultheiß und einundzwanzig Ratsmitglieder zugegen; denn auch die Räte Laubbach und Silberrad waren abwesend.

„Ich glaube, es hat keinen Sinn, die Einziehung aller beschuldigten Frauen zu veranlassen", begann Stemmle mit der Beratung über das weitere Vorgehen. „Während wir bei den beiden ledigen Töchtern unseres Rates Laubbach noch warten, bis der Ruprecht Silberrad die schriftliche Fassung der Klage eingereicht hat, haben wir bei der Else Gwinner keine Wahl. Wenn es stimmt, dass sie Fässer voller Raupen und Maikäfer im Bürgerwald aussetzt, müssen wir dringend etwas unternehmen."

Die Räte waren sich einig. Jetzt war Eile geboten.

„Wie war das damals genau", wandte sich Stemmle an Hieremias Rapp, den Kirchherrn. „Ich erinnere mich, dass Ihr einst die Inquisition durchgeführt habt, in deren Verlauf die Frau Laubbach hingerichtet wurde. Wurden seinerzeit nicht alle drei Kinder Laubbachs auch beschuldigt?"

Rapp nickte. „Ja, 1598. Damals gab es auch dringende Verdachtsmomente gegen die Bäcker-Else. Zumindest, dass ihre Mutter die Töchter Satan zu Gespielinnen und Mütter seiner Teufelskinder versprochen hatte. Aber der Rat hat zu jener Zeit entschieden, dass nur die Frau des Laubbach überführt war, Schadenszauber betrieben zu haben. Die Töchter wurden von dem Verdacht freigesprochen."

„Wenn auch mit nur zwei Stimmen Mehrheit", warf der zweite Kirchherr ein.

„Hochwürden, ich muss Euch noch eine Frage stellen", wandte sich Stemmle wieder an Rapp. „Seht Ihr es als möglich an, dass auch die Tochter der Bäcker-Else Satan verfallen ist?"

Rapp wiegte bedächtig sein Haupt. „Wenn es stimmt, dass diese Scheußlichkeit, von der die Vetter berichtet hat, stattgefunden hat, wird uns nichts anderes übrig bleiben, als dieses Kind ebenfalls anzuklagen und die Wahrheit zu ergründen. Aber ich würde mit der Verhaftung warten, bis klarer ist, was ihre Mutter aussagt."

Stemmle stimmte zu und auch die übrigen Räte zeigten sich mit dieser Verfahrensweise einverstanden.

Noch am gleichen Nachmittag wurde Else Gwinner ›eingefangen‹. Wie ein Lauffeuer verbreitete sich diese

Neuigkeit in Offenburg. Wie bei jeder Verhaftung holten die Sechser, vier nicht gerade gut beleumundete Offenburger Bürger und zwei Wachen des Kinzigturms, die Bäcker-Else direkt aus ihrem Laden. Sie wurden dafür mit jeweils zwei Batzen belohnt.

Martin Gwinner hastete sofort, nachdem seine Frau im Verkaufsraum verhaftet worden war, zu seinem Schwiegervater, dem Alten Rat Laubbach. Unverzüglich eilten beide zur Pfalz, um das Schlimmste für Else zu verhindern. Laubbach wurde sofort in den Sitzungssaal gelassen. Links an der Wand stand inmitten der Stühle der anderen Ratsherren der verwaiste Stuhl, auf dem er normalerweise sitzen würde. Doch er schaute nicht hinüber. Denn nicht als ein Mitglied der Patrizier stand Georg Laubbach jetzt in der Mitte des Saales vor dem Rat, sondern als Bittsteller, der um das Leben seiner Tochter kämpfte. Laubbach und Gwinner forderten, die Folter so lange auszusetzen, bis beide genügend Zeugen gebracht hätten, die das untadelige Leben dieser Frau bezeugen konnten. Aber den Bitten des Ratsherrn und seines Schwiegersohnes, des Bäckers, durfte der Rat nicht entsprechen. Zu ungeheuerlich waren die Vorwürfe der Zeugin gewesen. Zu groß die Gefahr für Offenburg. Hoffnungslos verließen beide die Pfalz.

Bei der gütlichen Befragung durch Schultheiß und Stettmeister war Else Gwinner noch guter Dinge. Die Vorwürfe waren abenteuerlich. Fast jeder in der Stadt kannte sie. Ihr freundliches Wesen, ihre Hilfsbereitschaft, ihr regelmäßiger Gang zur heiligen Messe sprachen für sie. Jeden Sonntag empfing sie in der Hl. Kreuzkirche den Leib des Herrn; frei von Sünde.

Als die fünf Ratsmitglieder mit dem Schreiber die Zelle in der ›Elenden Herberge‹ betraten, wünschte Else diesen Herren einen fröhlichen ›Guten Morgen‹. Zwar

war ihr nicht ganz so fröhlich zumute, aber es war ihr Naturell, fröhlich und freundlich zu sein.

„Else Gwinner, Ihr seid beschuldigt worden, als Hexe im Bürgerwald den Eckerich von den Bäumen gefegt, Raupen und Maikäfer in den Wald gesät zu haben. Euch wird weiter vorgeworfen, Euch unter Verleugnung von Gott und allen Heiligen Satan hingegeben zu haben. Schließlich werdet Ihr verdächtigt, Eure Tochter dem bösen Geist auf die linke Hand getraut zu haben“, begann Stemmle seine Anklage.

„Das ist doch alles Unsinn“, erwiderte Else Gwinner. „Jeder weiß, dass ich mit dem Teufel nichts zu tun habe. Ich bin ein gläubiger Christ. Möge Gott mir meinen Hochmut vergeben, dass ich so etwas sage. Aber ich empfange regelmäßig den Leib des Herrn und niemand wird von meiner Tür gewiesen, der um einen Kanten Brot bittet, den er nicht bezahlen kann.“

„Es scheint, Ihr seid so rein wie Christus, welcher am Stamm des heiligen Kreuzes schuldlos gestorben ist“, spottete Gabriel Riedinger.

Nun wurde das Gesicht Elses ernst. „Nie würde ich mich mit unserem Herrn und Heiland vergleichen wollen. Ich habe Fehler, wie jeder Mensch. Und ich bin sündig geboren. Aber ich bemühe mich, ein gottesfürchtiges Leben zu führen.“

Doch da unterbrach Stemmle. „Else Gwinner, Ihr seid dieser Verbrechen nicht nur von einer Person bezichtigt worden. Bereits vor vier Jahren wurdet Ihr von der Hexe Geiger als Gespielin Satans bezeichnet.“

„Diese Frau hat gelogen!“

„Aber sie hat nicht widerrufen. Selbst nicht, als sie mit dieser Aussage vor das Antlitz Ihres Ewigen Richters treten musste.“

„Sie war eine Hexe und ihm so verfallen, dass sie selbst vor ihrem Tod noch an Satan festgehalten hat.“

„Es war ja nicht nur die Geiger, die Euch beschuldigt hat. Wir haben im Kinzigturm zwei Frauen aus Schutterwald eingesperrt, die Euch ebenfalls bezichtigen, eine Hexe zu sein."

Fest sah Else Gwinner dem Schultheiß in die Augen und ihre Stimme klang überzeugend, als sie antwortete: „Dann haben die auch gelogen."

Der Schultheiß schüttelte den Kopf. „Was sollte Ihnen eine Lüge einbringen?", fragte Stemmle. „Sie sind bereit, auf diese Aussage zu sterben."

„Ich weiß es nicht", antwortete Else. „Ich kenne diese Frauen nicht. Ich habe von ihrer Festnahme und der Anklage gehört und beide tun mir Leid. Obwohl ich nicht verstehe, dass sie ihr ewiges Leben aufs Spiel gesetzt haben. Aber ich habe nichts mit ihnen zu tun."

„Else Gwinner", sagte der Schultheiß, „ich flehe Euch an. Wir wollen bei Euch die hochnotpeinliche Befragung nicht durchführen müssen. Aber die Zeugenaussagen sind erdrückend. Geht in Euch. Gesteht, damit wir Euch nicht zu foltern brauchen. Letzten Endes werden wir die Wahrheit finden. Und diese Wahrheit wird sein, dass Ihr schuldig seid. Aber erspart Euch die Schmerzen."

„Ich kann Euch nur sagen, dass die Tote wie die Lebenden die Unwahrheit gesagt haben. Sie haben ihre Seelen schwer belastet. Der gnädige Gott möge Ihnen vergeben. Aber ich bin keine Hexe. Das ist die reine Wahrheit."

„Ist das Euer letztes Wort?"

„Ja. Ich habe mit den Anschuldigungen nichts zu tun."

„Dann werden wir Euch am Seil aufziehen müssen."

„Ich werde auch dann nichts anderes aussagen", beharrte Else auf ihrer Gewissheit, unschuldig zu sein.

Die Mitglieder des Rates verließen den Raum.

„Der Rat wird die Folter beschließen müssen, wenn sie sich nicht besinnt", merkte Rat Kiefer an.

„Sollte diese Schutterwälderin doch falsches Zeugnis abgelegt haben?“, gab Franz Sorg zu bedenken.

„Dazu weiß diese Vetter zu viele Einzelheiten“, schüttelte Gabriel Riedinger den Kopf.

„Aber wir können doch nicht zuerst allen anderen Anklagen nachgehen“, meinte Sorg wieder. „Das gibt einen Aufstand unter der Bevölkerung.“

„Wir müssen etwas tun“, sagte Stemmle. „Am schwersten hat diese Marie Vetter die Bäcker-Else und die Silberrad beschuldigt. Beidem müssen wir Vorrang einräumen. Ergibt sich beim Verhör der beiden Frauen tatsächlich, dass auch die Frau Witsch oder andere Patrizier und Adlige beteiligt sind, werden wir eingreifen und auch diese einfangen müssen. Aber zuerst müssen wir den schwersten Beschuldigungen nachgehen. Dass wir die ganze Sache auf sich beruhen lassen, kommt nicht in Frage.“ Im Stillen dachte er, dass er den Silberrads keinen größeren Gefallen tun könnte. Aber das konnte er nicht laut sagen. Denn die Stettmeister waren Mitglieder der Zünfte. Kaspar Silberrad und dessen Bruder würden seine Aussage schon am gleichen Tag zugetragen bekommen. Dann hätte er ein kostspieliges Verfahren des Kaisers am Hals. Und Kaspar Silberrad würde ihm nicht danken, dass er seine ehemalige Frau gerettet hätte. Stemmle hatte ihn durchschaut. Kaspar war froh, wenn seine Frau, die ihn verlassen hatte, brannte.

Er besann sich, dass die Räte auf eine Entscheidung warteten.

„Morgen ist Allerheiligen und übermorgen Allerseelen. Vielleicht stimmen diese beiden Tage des Gedenkens an Märtyrer und die armen Seelen im Fegefeuer die Bäcker-Else um. Wir werden Else auf jeden Fall vor der Folter den beiden Schutterwälderinnen gegenüberstellen“, entschied Stemmle. „Sie ist eine so kluge Frau. Ich verstehe nicht, warum sie so verstockt ist. Es spricht doch alles gegen sie." Er seufzte. „Vielleicht besinnt sie sich spätestens dann, wenn die beiden sie entlarven, und lässt ihre Maske fallen."

Im Weitergehen murmelte er vor sich hin: „Ich hasse es, zur Folter greifen zu müssen. Sie könnte sich die Qualen ersparen. Denn am Ende gestehen diese Hexen doch."

19.

„Los, steh auf", herrschte Jakob Marie Vetter an, die sich ängstlich in die Ecke ihrer Zelle zurückgezogen hatte, soweit es ihre eisernen Fesseln zuließen. Seit der Vergewaltigung vor sechs Tagen lebte Marie in ständiger Angst, nochmals so erniedrigt zu werden. Diese Angst war inzwischen stärker als die Furcht geworden, dass der ausgeklügelte Plan des Silberrad doch nicht gelingen und sie auf dem Scheiterhaufen verbrennen würde. Als sie gestern gefragt hatte, welcher Tag sei, hatte ihr der zweite Wärter, Melchior, geantwortet, dass Allerseelen sei. In einem Jahr würden die Menschen in Schutterwald auch für ihre arme Seele beten. Denn nach ihrem Geständnis sei sie nun der Hölle entronnen. Früher oder später hätten auch die Qualen des Fegefeuers ein Ende und dann wäre sie im Himmel.

„Ist das nicht tröstlich?", hatte Melchior gefragt und sie hatte genickt. Sie hatte nichts von ihrer Qualen und Verzweiflung lindernden Hoffnung erzählen können. Das Einzige, was sie noch aufrecht hielt.

„Steh endlich auf", klang der barsche Befehl noch einmal. Roh spürte sie die Stiefelspitze an ihrem Oberschenkel. „Du sollst der Bäcker-Else gegenübergestellt werden."

Endlich, dachte Marie. Endlich war es so weit. Der

Rat war ihren Beschuldigungen nachgegangen. Nun musste sie hart bleiben. Sie durfte sich nicht von Mitleid übermannen lassen. Denn dieser Bäcker-Else konnte nichts passieren. Aber wenn sie mit ihrer Anklage zögerte, wenn die Richter ihren Beschuldigungen bei der Gegenüberstellung keinen Glauben schenkten, hatte sie ihr Leben verwirkt.

Mühsam erhob sie sich und trottete hinter dem Wärter her, der sie an den Handfesseln führte. Immer noch waren ihre Haare am Hinterkopf vom Blut verklebt, ihre Kleider schmutzig und eingerissen. Ihr Gesicht wirkte seltsam versteinert, als sie der Bäcker-Else gegenüberstand.

„Dies ist die Bäcker-Else, aber die kennt Ihr ja“, begann der Schultheiß mit der Gegenüberstellung. „Erzählt, was Ihr zu sagen habt.“

Marie begann nochmals mit der einstudierten Geschichte.

Doch beharrlich schüttelte Else Gwinner fassungslos den Kopf. Und andauernd fragte sie entsetzt: „Warum lügt Ihr?“

„Ich lüge nicht“, kam jedes Mal die harte Antwort. „Gott ist mein Zeuge.“ Doch tief in ihrem Innern schrie Marie „Vergib mir, Gott! Ich habe doch keine Wahl! Rette mich!“

Erst als sie mit ihrer Geschichte fertig war, sah Marie der Else bewusst ins Gesicht. Die weinte nicht. Diese Frau weinte nicht. Stolz stand sie vor ihr. Auch ich kann nicht mehr weinen, dachte Marie. Ich habe keine Tränen mehr.

Laut aber sagte sie zu Else: „Weine einmal! Das kannst du genauso wenig wie ich!“

Else starrte sie nur an.

„Wieso könnt Ihr nicht weinen?“, wandte sich Rat Wöller an Marie.

„Keine Hexe kann weinen. Der Böse hat uns die Tränen genommen“, sagte Marie monoton, immer noch Else Gwinner aufmerksam betrachtend.

„Aber ich habe Euch weinen sehen“, widersprach Wöller.

Marie wandte ihm den Kopf zu und starrte ihm leer ins Gesicht. Eintönig sagte sie: „Wenn man bei einer Zauberin Tränen sieht, dann sind das keine Tränen. Denn Tränen hat sie nicht mehr. In diesem Fall hat ihr der Teufel Wasser ins Gesicht gespritzt, damit es für die Peiniger aussieht, als würde sie weinen.“

Den Stettmeistern sträubten sich die Nackenhaare, als sie dies hörten.

„Seit ihr Satan den Kopf gegen die Wand geschlagen hat, ist sie völlig verändert“, murmelte Berschi vor sich hin.

Marie wurde wieder in ihre Zelle gebracht.

„Wir geben Euch bis morgen Zeit, zu überlegen, ob es nicht doch besser ist, Eure Zauberei zu gestehen“, sagte Stemmle, bevor er mit den Stettmeistern und dem Ratsschreiber wieder ging. „Außer dieser Hexe zeugt noch ihre Mutter gegen Euch. Und auch die Stettmeister, die damals im Verfahren gegen die Geiger Zeugen waren, könnten noch zu den damaligen Beschuldigungen gegen Euch aussagen.“

„Ich bin keine Hexe“, antwortete Else Gwinner unerschütterlich.

„Ich bin keine Hexe“, sagte Else Gwinner auch am nächsten Morgen, als die Räte wieder in die Zelle gekommen waren.

„Macht es Euch doch nicht so schwer“, ermahnte sie Gabriel Riedinger. „Wir werden die Wahrheit finden. Mit Schmerzen oder ohne.“

Else schüttelte nur hilflos den Kopf.

Obwohl keine Foltereinrichtungen in der ›Elenden

Herberge‹ vorhanden waren, gab es doch ein Seil, das man über einen Balken werfen konnte, um einen Gefangenen aufzuziehen. Genau dies tat nun Hardlein auf Anordnung Stemmles. Noch während Else aufgezogen wurde, schrie sie jämmerlich, dass man sie herunterlassen solle. Sie würde alles gestehen.

Auf einen Wink Stemmles ließ Hardlein sie wieder herunter. Else aber senkte den Kopf und betete die gleichen Worte, die der Herr am Kreuz gesagt hatte. „Vater, vergib Ihnen, denn sie wissen nicht, was sie tun."

Die Betroffenheit Stemmles bei diesem Gebet wich rasch einer Zornesaufwallung.

„Wir wissen, was wir tun", brüllte er los. „Wir haben viel zu viel Nachsicht mit Euch gehabt."

Mit blitzenden Augen befahl er dem Scharfrichter: „Zieht sie hoch!"

Doch Hardlein mochte ziehen, wie er wollte, es kam kein Laut mehr über Elses Lippen. Sie schien die Schmerzen gar nicht mehr zu fühlen.

Nach einer Weile befahl Stemmle: „Lasst sie herunter. Wir werden sie in den Klosterturm verlegen. Im Kinzigturm sitzen die beiden Schutterwälderinnen. Es wäre nicht gut, wenn die drei miteinander Verbindung haben."

Er verließ mit den Stettmeistern die ›Elende Herberge‹, während der Scharfrichter Else den Wärtern übergab, die sie unter seiner Führung gefesselt in den Klosterturm brachten.

Else, zwischen zwei Wärtern, schien auf den Gassen nichts um sich herum wahrzunehmen. Sie sah nicht die entsetzten Gesichter ihrer ehemaligen Kunden, sie bemerkte nicht die neugierigen Blicke derer, die auf eine Reaktion von ihr warteten, sie hörte nicht die Schimpfworte, die schon die kleinen Kinder riefen: „Schellen, Schellen, Sechser…". Sie nahm das Getuschel nicht wahr, das hinter ihr geflüstert wurde: „Getreideverderberin!“ – „Sie hat Raupen und Maikäfer gesät!“– „Kindsverderberin!“ – „Pfaffenross“.

Else bemühte sich, aufrecht zu gehen. Aber sie schien niemanden zu kennen und nichts zu hören. Die Wachen rechts und links von ihr scherzten mit den Umstehenden oder trieben allzu neugierige Kinder weg – wie es die jeweilige Lage erforderte. Das Geschrei dieser Kinder lockte immer mehr Bürger vor die Türen oder an die Fenster. Aber im Gegensatz zu sonstigen Auftritten von der Hexerei Verdächtigten flogen dieses Mal keine Steine, warfen die Kinder nicht mit Dung. Zu bekannt war das Gesicht der Bäcker-Else in der Stadt. Die meisten der Erwachsenen blieben stumm, bis Else Gwinner an ihnen vorbei gegangen war.

Stemmle hatte in der Zwischenzeit den Pfarrherrn Rapp in die Pfalz rufen lassen.

„Hochwürden, uns ist heute etwas passiert, was wir noch nie hatten. Wir haben die Else beim hochnotpeinlichen Verhör aufziehen lassen. Sie schrie gleich, dass sie gestehen wolle. Aber als wir sie dann wieder herunterließen, betete sie die letzten Worte unseres Herrn Jesus am Kreuz. Die, wo er sagte, sie wissen nicht, was sie tun.“

„Lukas 23, 34“, sagte Rapp. „Die letzten Worte Christi waren allerdings andere: ›Vater, in Deine Hände befehle ich meinen Geist.‹ So sagt es wenigstens Lukas. Aber Johannes schrieb, die letzten Worte seien gewesen: ›Es ist vollbracht.‹ Markus wiederum berichtet, die letzten Worte seien gewesen: ›Eli, Eli lama asabthani?‹, was so viel heißt wie ›Mein Gott, mein Gott, warum hast Du mich verlassen.‹ Und diesem schließt sich auch Matthäus an, wenngleich der sagt, dass Jesus danach nochmals geschrien habe. Aber nur wegen des Todeskampfes.“

„Hochwürden“, unterbrach Stemmle die Belehrung, „darf ich wieder auf die Bäcker-Else zurückkommen?“

„Natürlich.“ Hieremias Rapp wurde sich bewusst, dass er vom Thema abgeschweift war.

„Nachdem sie das gesagt hatte, ließ ich sie nochmals aufziehen. Und von da an reagierte sie nicht mehr. Nicht, dass sie ohnmächtig geworden wäre. Sie war bei vollem Bewusstsein. Aber es schien, als ob sie keinerlei Schmerzen verspüre. Kann es sein, dass Satan sie unempfindlich gegen Schmerzen gemacht hat?“

Hieremias Rapp nickte bedächtig mit dem Kopf. „Ich habe mir kürzlich eine Ausgabe des ›Malleus Maleficarum‹, des Hexenhammers, gekauft. Unser Bruder im Herrn, der Dominikaner Institoris, hatte dieses Phänomen darin schon vor über einhundert Jahren beschrieben. Folglich wäre dies möglich.“

„Aber wenn diese Else Gwinner gegen Schmerzen unempfindlich ist, werde ich die Wahrheit nie herausfinden.“

„Manchmal genügt es schon, wenn man die Kleider wechselt, die vielleicht verhext sind“, überlegte der Kirchherr. „Ich erinnere mich da an eine Geschichte in Italien. Da war in Florenz ein Ketzer. Savonarola. Übrigens auch ein Dominikaner. Während eines Gottesurteils musste der auch die Kleider wechseln.“

„Und wenn das nicht genügt?“

„Hm“, überlegte Rapp. „Ich könnte der Else gut zureden. Schließlich war sie eine eifrige Kirchgängerin. Wenngleich“, zögerte er, „wenn ich überlege, wie stark die Verdachtsmomente vor drei Jahren waren. Sie ging dennoch immer zur heiligen Kommunion. Vielleicht wäre es doch ganz gut, wenn man auch einmal ihre Tochter Agathe befragen würde. Es wäre doch interessant, was diese zu der Behauptung sagt, sie sei dem bösen Geist angetraut worden und habe bei ihm gelegen.“

„Dann soll der Rat sie einfangen lassen?“

Bedächtig nickte der Kirchherr mit dem Kopf. „Allerdings habe ich eine Bitte. Wir sollten sie nicht in den Hexenturm bringen lassen. Auch nicht in den Klosterturm. Sie ist noch so jung. Wir müssen aufpassen, dass sie keinen Schaden nimmt, wenn sie unschuldig ist. Ich schlage vor, dass sie in den Känerturm kommt. Dort ist eine kleine Kammer, in der sie bewacht werden kann. Mein Mitbruder, der Prediger Lazarus, könnte sich dann um sie kümmern. Noch ist keine Klage darüber geführt worden, dass dieses Kind einen Schadenszauber bewirkt habe. Vielleicht genügt es, wenn wir ihr den Teufel, der von ihr Besitz ergriffen hat, austreiben. Immer vorausgesetzt, die Anklage dieser Marie Vetter trifft zu."

In der Ratssitzung am nächsten Vormittag wurde das Einfangen der Agathe Gwinner beschlossen. Die Aktion sollte jedoch nicht öffentlich, sondern auf Antrag des Predigers Lazarus geheim durch zwei Soldaten in den Abendstunden erfolgen, um so wenig Aufsehen wie möglich zu erregen.

„Wir wollten es nicht glauben", berichtete Stemmle in der Ratssitzung. „Dieses Mädchen ist praktisch noch im Kindesalter. Dabei gab sie Antworten, so frech, dass wir alle nur staunten. Keinen der Anklagepunkte gab sie zu. Bei Rat Wöller hatten sich vorgestern noch zwei Fischer gemeldet, die trotz unserer Geheimhaltung irgendwie von ihrer Verhaftung gehört hatten. Diese Fischer gaben an, dass sie beim Fischen in der Kinzig die Agathe gesehen hätten. Frühmorgens, bevor noch die Tore Offenburgs geöffnet waren, habe sie sich heimlich an die Stadt herangeschlichen. Sie habe sich unter Bauern gemischt, die auf den Markt wollten und mit diesen die Stadt betreten. Als wir Agathe mit dieser Aussage konfrontierten, hat sie auch das dreist bestritten."

„Ihr meint, sie kam von einem Hexentreffen?", fragte Rat Pfau.

„Woher soll denn so ein Kind sonst kommen, wenn es fast noch in der Nacht ist!“

„Sie hat nicht zugegeben, dass ihre Mutter sie mit dem ›Hämmerlin‹ getraut hat?“

„Sie hat gelacht und gefragt, wer denn das sein solle. Das sei nun einmal ein lustiger Name.“

Die Räte schüttelten den Kopf.

„Und dann hat sie gesagt, sie suche sich ihren späteren Mann selber aus. Dazu brauche sie die Mutter nicht.“

„Warum lassen wir uns diese Frechheit gefallen?“, fragte Rat Rues. „Wir haben doch geeignete Mittel, dass dieses Kind seine Untaten gesteht.“

Der Prediger Lazarus überließ im Rat gewöhnlich Hieremias Rapp das Reden. Doch Rapp war am heutigen Tage wieder einmal in Straßburg, um zwischen den Evangelischen und den Katholischen wegen des Bischofsstuhles zu vermitteln. „Ich glaube“, fiel Lazarus dem Rat Rues daher ins Wort, „ich werde mit Agathe sprechen. Unsere Mutter Kirche hat die nötigen Mittel, um dem Mädchen zu helfen.“

Der Rat beschloss daraufhin, Lazarus Zeit zu geben, auf Agathe einzuwirken. Dennoch sollte am übernächsten Tag, am siebten November, die hochnotpeinliche Befragung der Else Gwinner fortgesetzt werden.

20.

„Martin, Else hat gestanden!“ Georg Laubbach hatte zuvor seinen Schwiegersohn am Arm aus dem Verkaufsraum in die Backstube gezogen, damit nicht jeder der Brotkäufer diese schreckliche Neuigkeit mitbekam. Nun konnte er seine Tränen nicht mehr zurückhalten. Der sonst so selbstbewusste Mann stand da und weinte. Nun hatte außer seiner Frau auch seine älteste Tochter gestanden, eine Hexe zu sein. Und der Malefizprozess gegen seine beiden anderen Töchter drohte auch noch. Georg griff nach einem Schemel. Er musste sich setzen.

Martin Gwinner stand wie vom Schlag getroffen. Sein Gesicht war kreidebleich geworden.

„Was wisst Ihr?“, stammelte er.

„Rat Pfau war im Klosterturm, weil er vom Schultheiß eine Entscheidung brauchte. Er hat bei den Wachen gewartet, da gerade die Befragung der Else stattfand. Er sah, wie der Hardlein sie in ihre Zelle zurückbrachte, damit sie dort ihr Geständnis wiederholen sollte. Sie hatten Else zuvor gefoltert. Als Pfau beiläufig Stemmle fragte, wie das Verhör gelaufen sei, hatte der geantwortet, dass sie Gott sei Dank gestanden habe. Jetzt müsste man nur noch das vollständige Geständnis haben. Kiefer hätte lachend berichtet, dass Else sich beklagt habe, dass sie ›die Folter gar nicht erleiden möge‹. Jetzt ist alles aus.“ Georg nahm seine Hände vors Gesicht und bedeckte seine Augen. Nach einer Weile hatte er sich wieder gefasst und sah Martin an. „Weißt du Näheres über Agathe?“

Martin schüttelte den Kopf. „Der Prediger war bei mir. Er wolle Agathe gut zureden, weil sie so verstockt sei. Verstockt nannte er sie, weil sie bestreitet, dass ihre Mutter eine Hexe sei und sie selbst Satan versprochen habe. Fast hätte ich ihn aus dem Haus geworfen. Aber“, zuckte er resigniert mit den Schultern, „das hätte auch nichts geholfen. Ich bin sicher, dass Agathe bei ihrer Aussage bleibt. Dann hätte man Else eigentlich nichts anhaben können. Aber jetzt…“ Martin wusste auch nicht mehr weiter. „Ich glaube“, sah er seinen Schwiegervater bittend an, „ich will jetzt allein sein.“

Georg Laubbach nickte verständnisvoll. Mühsam erhob er sich von seinem Schemel. „Ich sage dir, wenn es etwas Neues gibt.“ Er verließ das Haus durch den Hof. Nicht durch den Verkaufsraum.

Bereits am frühen Abend betrat Georg Laubbach erneut die Backstube. Dieses Mal war er wieder durch den Vordereingang gekommen. Sein Schritt hatte sich gefestigt. Die alte Entschlossenheit war zurückgekehrt. Doch sein Schwiegersohn war nicht da.

„Er wollte in die Kirche", gab eine der Mägde Auskunft. „Er blieb der Backstube fern, seit Ihr heute Morgen gegangen seid."

Laubbach nickte nur. Kurz darauf betrat er die Heilig-Kreuz-Kirche. Er sah seinen Schwiegersohn im rechten Seitenschiff knien. Martin schien tief im Gebet versunken zu sein. Doch Georg nahm darauf jetzt keine Rücksicht. Er tippte seinem Schwiegersohn auf die Schulter.

„Martin!", sagte er. Er wollte leise sprechen. Doch in der Stille der Kirche hallte dieses ›Martin‹ nach. „Martin, komm mit. Gott hat deine Gebete erhört."

Wie aus einer Trance erwachend sah ihn Martin Gwinner an. Georg Laubbach lächelte seinen Schwiegersohn aufmunternd an.

„Sie haben die Folter abgebrochen", berichtete er. Obwohl sonst niemand in der Kirche war, bat er: „Komm nach draußen!"

Eilig folgte ihm Martin. Draußen, vor der Kirche, schlug sein Schwiegervater den Weg zum Friedhof hinter Heilig-Kreuz ein. Er ließ Martin nicht mehr warten, sondern erzählte sofort, was er von Stettmeister Sorg unter dem Mantel der Verschwiegenheit gehört hatte.

„Unter der Folter hat sie gestanden, dass sie sich mit dem Teufel eingelassen hat. Er habe Entenfüße gehabt. Stell dir mal vor, Entenfüße. Die Stettmeister haben das für bare Münze genommen. Entenfüße!" Georg Laubbach schüttelte den Kopf. Dann fuhr er fort: „Sie haben Else gefragt, wie Satan hieß. Sie sagte ›Leiblin‹. Daraufhin haben sie Else wieder heruntergelassen und in ihre Zelle geführt, damit sie alles Weitere gestehen solle. Da ist dann Rat Pfau dazugekommen, der mir alles erzählt hatte. Aber als der Schultheiß dann später in die Zelle kam, hat sie ihr Geständnis sofort zurückgenommen. Sie habe nur gestanden, damit die Marter aufhöre, hat sie Stemmle ins Gesicht geschleudert. Der hat sie erneut aufziehen lassen. Er hat ihr sogar noch die größten Steine an die Füße gehängt. Aber Else hat nur gesagt, die Räte sprächen ihr immer zu, doch die Wahrheit zu sagen. Nach all den furchtbaren Schmerzen gehorche sie nun. Als sie sie daraufhin herunterließen, sagte sie, sie erkläre nun die Wahrheit. Und dann sagte meine Tochter", fuhr Rat Laubbach stolz fort, „den Satz: ›Ich erkläre als Wahrheit, dass ich unschuldig bin‹. Kannst du dir vorstellen, wie die Stettmeister dumm geschaut haben? Sorg hat mir erzählt, er habe alles erwartet, aber nicht das. Sie haben inzwischen wirklich Zweifel, ob die Aussage dieser beiden Schutterwälderinnen stimmen."

„Das ist ein Hoffnungsschimmer", sagte Martin erleichtert.

„Es kommt noch besser", fuhr Georg Laubbach fort. „Sie sind daraufhin alle sieben zum Kinzigturm geeilt und haben zunächst die alte Vetter nochmals befragt. Seit die Marie Vetter sogar im Hexenturm Besuch von Satan hatte, ist sie irgendwie komisch. Deshalb haben sie zunächst ihre Mutter befragt. Sie haben ihr vorgehalten, dass die Else trotz größter Folter ihre Schuld bestritten habe. Diese Eva Vetter sei daraufhin gar nicht mehr so sicher gewesen, dass sie die Else auf dem Hexenfest gesehen habe. Jetzt wollen sie am Montag erst noch mal die beiden Vetter vernehmen. Sorg sagte mir im Vertrauen, ich hätte sicher vierzehn Tage Zeit, dass wir etwas zur Entlastung von Else unternehmen könnten."

Martin hatte die ganze Zeit aufmerksam zugehört. Seine noch in der Kirche verzweifelte Miene hatte sich immer mehr aufgehellt. Schließlich brach es aus ihm heraus: „Ich möchte nochmals in die Kirche gehen und Gott danken. Geht Ihr mit, Schwiegervater?"

21.

„Eure Mutter hat die Beschuldigungen gegen die Bäcker-Else zurückgenommen", warf Stettmeister Kiefer der Marie Vetter vor. „Wir möchten von Euch wissen, ob ihr wisst, warum sie ihre Seele wieder mit ihren Lügen und ihrem Leugnen belastet."

Kiefer war allein gekommen, denn der Rat musste sich schon wieder mit Jakob Hugg befassen. Erst vor einem Monat hatte der wegen Ehebruchs mit seiner Magd fünf Tage Haft und eine Rutenstrafe erhalten. Nun stand er wegen des gleichen Vergehens erneut vor Gericht. Dieses Mal war er nach einem Wirtshausbesuch mit einer der umherziehenden Bettlerinnen auf frischer Tat erwischt worden.

Da sich der Rat also mit Hugg abgeben musste, sollte Kiefer zuerst klären, ob auch die Marie von ihrer Beschuldigung der Else Gwinner abrücken würde. Stemmle glaubte, dass diese Marie zu Kiefer das meiste Vertrauen besaß. Denn immerhin hatte er es geschafft, dass ihm diese Frau zu Beginn des gütlichen Verhörs vor drei Wochen intimste Dinge verriet.

Marie schüttelte den Kopf. „Ich weiß nicht, warum meine Mutter ihre Aussage geändert hat. Wenn Ihr sie zu mir lasst, kann ich sie fragen."

„Ihr wollt mit ihr sprechen?"

Marie nickte. „Aber allein!"

Kiefer sah sie nachdenklich an. „Also gut. Ich lasse sie bringen. Aber redet ihr zu, dass sie die Wahrheit sagt. Sonst müssen wir sie wieder aufziehen oder auf die Streckbank legen."

Als sich später die Zellentür geschlossen hatte und die beiden Frauen allein waren, fragte Marie: „Warum habt Ihr das getan?"

„Warum habe ich was getan?"

„Ihr habt die Bäcker-Else entlastet."

„Sie ist keine Hexe."

„Mutter, das sind wir auch nicht. Aber die Bäcker-Else ist unsere Sicherheit, dass wir auch freigesprochen werden. Wenn Ihr erklärt, dass sie keine Hexe ist, dann sind wir verloren."

„Aber sie ist doch unschuldig!"

Marie sah zur Tür, bevor sie flüsternd weitersprach: „Ich weiß, aber ihr passiert doch nichts. Der Ratsherr hat es doch versprochen. Ohne sie gibt es für uns keine Hoffnung."

Eva schüttelte den Kopf. Es war Unrecht, was sie taten.

„Mutter, bitte. Du musst! Ich will noch nicht sterben!"

Unglücklich sah Eva ihre Tochter an. „Wie weit sind wir gekommen, Marie. Wir werden zu Mördern."

Marie schüttelte energisch den Kopf. „Nein, Mutter, es wird ihr nichts passieren. Aber wir werden sterben, wenn Ihr sie nicht belastet." Marie sah ihre Mutter an. Flehentlich. Als diese nicht reagierte, versuchte sie es weiter. „Gott wird uns verzeihen, dass wir uns zu retten versuchen. Selbst Petrus hat aus Angst die Unwahrheit gesagt. Er hat sogar unseren Herrn verraten. Ich habe auch solche Angst. Lasst mich noch leben, Mutter. Ich bin noch so jung." Marie wartete immer noch auf eine Antwort. „Bitte, Mutter."

Eva war nicht in der Lage, etwas zu sagen. Sie nickte nur mit dem Kopf. Dann pochte sie mit den Knöcheln ihrer Hand gegen die Tür.

Als Kiefer die Zelle betrat, sagte Eva: „Ich widerrufe

die Aussage, die ich vorhin gemacht habe. Die Bäcker-Else war auf dem Hexenfest. Alles, was meine Tochter gestanden hat, ist wahr. Ich kann es bestätigen. Denn ich habe es auch gesehen.“

„Seid Ihr bereit, das zu beeiden?“

Nochmals sah Eva zu ihrer Tochter, die wie ein Häufchen Elend auf dem Boden der Zelle hockte und nicht wagte aufzusehen. Sie zögerte nur einen winzigen Augenblick. „Ich werde das beschwören!“

Kiefer war bereits auf dem Weg zurück zur Pfalz, als ihm Stemmle mit den anderen drei Stettmeistern und dem Stadtschreiber entgegenkam.

„Gibt es ein Ergebnis im Kinzigturm?“, erkundigte sich Stemmle.

„Die Mutter hat ihre Anschuldigungen erneuert“, erklärte Kiefer. „Beide Hexen sind bereit, ihre Aussagen zu beeiden.“

„Dann werden wir den beiden den Eid gleich abnehmen“, beschied Stemmle.

Auf dem Weg zum Turm fragte Kiefer seinen Ratskollegen Riedinger: „Was ist mit dem Hugg?“

„Der darf keine Wehr mehr tragen. Seine Ehrenrechte sind ihm aberkannt worden. Bis an sein Lebensende muss er alle Gesellschaften meiden. Er darf auf kein Fest und in keine Wirtschaft mehr. Auch die Zunftstube darf er nicht mehr betreten.“

„Ob das hilft, solange er noch Mägde hat?“, bezweifelte Kiefer.

„Der Apfel fällt nicht weit vom Stamm“, schaltete sich Rat Sorg ein. „Bereits sein Vater hat einige Zeit in städtischem Gewahrsam verbracht, weil er die Finger nicht von den Ehefrauen fremder Männer lassen konnte.“

„Wenn die beiden Schutterwälderinnen ihre Aussage beeidet haben, sollten wir einen neuen Termin für das Verhör der Agathe Gwinner bestimmen“, brachte

Stemmle das Gespräch auf die anstehenden Aufgaben zurück. „Der Prediger hat jetzt schon acht Tage Zeit gehabt, dem Kind ins Gewissen zu reden.“

„Du kannst mir nicht weismachen, dass du dich nicht mehr an das Wettermachen erinnerst.“ Marie Vetter schaute böse auf das Mädchen, das sie gerade wieder eine Lügnerin geheißen hatte. „Dabei hatte deine Mutter das Wetter doch nur wegen dir machen wollen!“

„Meine Mutter ist keine Hexe. Sonst hätte sie als Erstes Euch verhext.“ Agathes Augen blitzten. Fast hätte sie mit dem Fuß auf dem Boden aufgestampft.

„Das sagst du nur, weil ich den Hafen mit dem linken Fuß umgestoßen habe“, fauchte Marie. „Aus Wut, weil deine Mutter das Getreide nicht verderben konnte.“

„Eins nach dem anderen“, sagte Stemmle. „Wir waren nicht dabei....“

„Wir waren auch nicht dabei!“, unterbrach Agathe den Schultheiß.

Der blickte die kleine Tochter der Bäcker-Else böse an. „Du bist jetzt erst einmal ruhig, Kind“, raunzte er. „Deine Verstocktheit macht die Sache nur noch schlimmer.“ Er wandte sich Marie Vetter zu. „Ihr wart also dabei, als die Bäcker-Else einen Wetterzauber machte.“

„Ja. Die Else wollte damit das Schwabhäuser Tor und das Getreide zerschlagen.“

„Wieso wollte sie das Schwabhäuser Tor zerschlagen?“, fragte der Schultheiß.

„Das weiß ich auch nicht“, antwortete Marie. „Da müsst Ihr ihre Tochter fragen.“

„Nun, Agathe. Hast du etwas dazu zu sagen?“

„Ich habe einen solchen Unsinn noch nie gehört.“

Stemmle seufzte. Dann fragte er Marie weiter. „Ihr habt gesagt, dass die Else das Getreide durch einen Hagel zerschlagen wollte. Das ergibt doch keinen Sinn. Else würde sich selbst doch am meisten schaden, wenn sie kein Korn mehr zum Brot backen hätte."

Marie lachte böse. „Die Else sagte, sie habe rechtzeitig vorgesorgt. Auf ihrem Speicher lagere Korn für ein ganzes Jahr. Wenn aber das Getreide verdorben wäre, dann könne man einen Batzen und mehr für einen Laib Brot verlangen. Die Leute würden in einer Notlage auch das bezahlen. Und für Agathe würde eine hübsche Aussteuer herausspringen. Fragt sie, wie sie sich gefreut hat", und sie deutete auf Agathe.

„Die lügt!", schrie Agathe unbeherrscht. „Die Hexe lügt!" Nun liefen Agathe Tränen der Wut und Hilflosigkeit übers Gesicht.

„Habt ihr Vorräte in eurem Speicher?", wollte Stemmle wissen.

„Das weiß ich doch nicht", weinte Agathe.

„Ist auch nicht wichtig", beruhigte der Schultheiß. „Das können wir jederzeit überprüfen."

„Wieso habt Ihr denn den Hafen mit dem Wetterzauber umgestoßen?", wollte Sorg von Marie wissen. „Ob das Brot in Offenburg acht Pfennig oder ein Batzen kostet, konnte Euch doch egal sein."

„So, meint Ihr?", fragte Marie kämpferisch. „Wenn das Brot in Offenburg das Zehnfache kostet, dann dauert es nicht lange, bis der Preis auch in Schutterwald verlangt wird. Oder glaubt Ihr, unser Bäcker ist besser als eure?"

„Was hat die Bäcker-Else gemacht, als Ihr den Topf umgestoßen hattet?", brachte Stemmle das Gespräch auf den Zauber zurück.

„Sie hat geflucht und mich ins Gesicht geschlagen, dass ich drei Tage lang nichts mehr essen konnte." Marie zog die Unterlippe herab und deutete auf eine Zahnlücke. „Den Zahn hat sie mir sogar ausgeschlagen."

„Sie lügt!", schrie Agathe. „Wir kennen sie doch nicht einmal!"

„Jetzt reicht es“, machte Stemmle seinem Unmut Luft. Er neigte sich Berschi zu, der sich still an seinem Stehpult über die Vermessenheit des Kindes wunderte. Leise gab er dem Stadtschreiber einen Befehl. Der verließ den Raum und kam kurz darauf mit einem Soldaten zurück, der Agathe wieder in ihr Stübchen im Känerturm brachte.

„Könnt Ihr das, was Ihr heute gesagt habt, beschwören?“, fragte der Schultheiß Marie, nachdem Agathe den Raum an der Seite des Soldaten verlassen hatte.

„Ja, natürlich“, antwortete Marie.

Daraufhin nahmen Schultheiß und die vier Stettmeister der Marie Vetter den Schwur ab.

Auf Agathe wartete im Känerturm bereits der Nachrichter Hardlein mit den Ruten.

Zwei Stunden später fing Agathe an, zu bekennen. Stemmle und die vier Stettmeister hatten keine große Mühe gehabt. Nur wenige Rutenhiebe auf den nackten Rücken des Kindes hatten genügt. Agathe, der die Blicke der Männer auf ihre zierlichen Brüste fast größere Qual bereitete als das Brennen der Ruten, beantwortete alle Fragen zur größten Zufriedenheit ihrer Richter. Sie wollte nur möglichst schnell ihre Blöße wieder bedecken dürfen.

Am nächsten Tag legte Agathe ein volles Geständnis ab. Der Nachrichter brauchte nicht mehr zu den Ruten zu greifen.

22.

„Wir haben die Geständnisse der beiden Schutterwälderinnen“, berichtete Stemmle am folgenden Tag vor dem versammelten Rat. „Und wir haben ihren freiwilligen Eid, dass sie in allem die Wahrheit gesagt haben. Sie haben ihr Gewissen erleichtert und uns auch alles über die Gespielinnen Satans berichtet, was sie wussten. Ihre Aussagen, was die Bäcker-Else betrifft, wurden von deren Tochter bestätigt. Auch die Aussagen über Catharina Silberrad sind so umfassend, dass wir Catharina werden einfangen müssen. Die ehemalige Stadtschreiberin Wyß und die Frau Spieß werden ebenfalls ihrer Strafe zugeführt werden müssen. Das aber nur, wenn wir sie aufspüren sollten. Ich selbst habe da keine große Hoffnung. Denn beide sind ja seit drei Jahren spurlos verschwunden." Er räusperte sich und sah die Räte besonders zu seiner Rechten an. Den Alten Rat. Er war sich immer noch nicht darüber im Klaren, wer von den Ratsherren damals die Stadtschreiberin und die Frau Spieß mit seiner Indiskretion gerettet hatte. Doch auch heute gab keine Regung, kein Blick der Ratsmitglieder zu erkennen, wer dieser heimliche Hexenfreund gewesen war.

So fuhr Stemmle fort: „Was die Anschuldigungen der weiteren Frauen betrifft, so wird die Vernehmung der nunmehr dringend Verdächtigten sicher mehr Licht ins Dunkel bringen. Ich bin der Ansicht, dass Eva und Marie Vetter genügend gelitten haben. Wir sollten ihre Körper erlösen. Ihre Seelen haben sie durch ihr Geständnis ja selbst vor der ewigen Verdammnis gerettet. Ich schlage daher vor, dass der Stadtschreiber uns die Geständnisse, die diese beiden Frauen abgelegt haben, vorliest und wir dann zur Abstimmung über die Schuldfrage kommen."

Es gab eigentlich keinen Grund, überhaupt eine Abstimmung durchführen zu müssen. Zu eindeutig waren die Geständnisse. Aber das Gesetz verlangte eine Abstimmung. Und dem Römischen Recht hatten die Räte, die nun als Richter entscheiden mussten, zu entsprechen.

So erging der einstimmige Beschluss, dass die beiden

Frauen aus Schutterwald vom Scharfrichter zwei Tage später vom Leben zum Tod befördert werden sollten. Der Marie Vetter gewährte der Rat die Gnade, vor dem Verbrennen enthauptet zu werden. Denn ihr umfassendes Geständnis trug dazu bei, dass noch andere gefährliche Hexen überführt würden.

Am nächsten Tag überbrachte Rat Kiefer Eva und Marie Vetter den Beschluss des Rates.

„Ich muss euch mitteilen, dass Eure Leiden nun ein Ende haben“, teilte er den beiden Frauen, die der Wärter in den Verhörraum gebracht hatte, mit.

Marie hatte dieses ›Ich muss euch mitteilen‹ vor Aufregung gar nicht wahrgenommen. „Kommen wir nun frei?“, jubelte sie.

Kiefer schaute verdutzt. War Marie wahnsinnig geworden? Oder meinte sie, dass ihre Seele jetzt frei von Satans Besitzanspruch war? Vorsichtig antwortete er: „Eure Seele wird frei sein.“ Er unterbrach unsicher.

„Unsere Seele?“, fragte Marie im ersten Augenblick verständnislos. Doch dann begriff sie. „Unsere Seele! Ihr wollt uns umbringen!“

Sie schrie es nun förmlich hinaus. „Ihr wollt uns umbringen!“

Eva Vetter hatte die ganze Zeit still dabeigestanden. Mit weit aufgerissenen Augen. Sie hatte Kiefer vom ersten Augenblick an richtig verstanden. Alles war aus. Die falschen Beschuldigungen waren vergebens gewesen. Niemand konnte sie retten. Auch dieser Ratsherr nicht, dessen Frau sie auch angeklagt hatten, gehext zu haben. Auch nicht die Familie der Bäcker-Else, deren Vater ebenfalls ein Ratsmitglied sein sollte. Ihre Gedanken sprangen wirr von einer Überlegung zur anderen. Was hatten sie getan, Marie und sie? Sie hatten Schuld auf sich geladen, um sich zu retten. So schwere Schuld. Hatten sie unwissentlich das Leben noch weiterer Frauen gefährdet?

Unwissentlich? Sie wusste, es war nicht unwissentlich. Es war berechnet gewesen. Sie hatten Frauen und Kinder angeklagt. Sie hatten sie als Hexen bezeichnet. „Schuld!“, schrie es in Evas Innerem. „Du hast Schuld auf dich geladen! Du hast unschuldige Menschen geopfert! Du hast das ewige Leben verwirkt!“ Ihr schwanden die Sinne.

Marie bemerkte, wie ihre Mutter plötzlich zusammensackte. „Mutter!“, schrie sie. Sie stürzte sich auf ihre Knie und umfasste den Kopf der alten Frau. „Mutter, wach auf. Es wird alles gut.“ Nun konnte nur noch dieser Ratsherr helfen, der das alles eingefädelt hatte. Sie musste ihn zwingen, einzuschreiten, ihrer beider Leben zu retten. Wenn dir dein Leben lieb ist, hatte ihr Mann den Ratschlag Silberrads wiederholt, dann musst du darauf bestehen, dass die Frauen, die du beschuldigst, mit dir sterben.

Zu Kiefer den Kopf hebend, rief sie: „Wir wollen nicht ohne Catharina Silberrad sterben. Wir wollen, dass Catharina uns begleitet. Catharina muss mit uns gehen!“

Kiefer schüttelte den Kopf. „Beruhigt Euch, Marie. Sie kann Euch nicht begleiten. Wir sind noch nicht so weit.“

„Ich will nicht ohne Catharina gehen“, schrie Marie den Rat an. Sie merkte nicht, dass es nichts nützte. Es war ihre einzige Hoffnung, diesen Ratsherrn zu zwingen, etwas zu unternehmen. Doch dann wurde ihre Stimme leiser, hoffnungsloser. „Ich will nicht ohne Catharina gehen!“

„Ihr müsst allein gehen; mit Eurer Mutter. So wie zum Kirchweihtanz vor zwei Jahren“, sagte Rat Kiefer, bevor er aufstand und den Raum verließ. Fast hatte er Mitleid mit dieser Hexe.

„Wenn Ihr Eure Hinrichtung hinauszögern wolltet, habt Ihr Euch die falsche Hexe ausgewählt“, brummte der Wärter Melchior, der Eva in ihre Zelle zurücktragen musste. Er sah Marie tadelnd an. „Silberrad hat kein Interesse, seine ehemalige Frau zu retten. Ihr hättet darauf bestehen sollen, nur mit Adelheid und Helene Laubbach ins Feuer zu gehen.“

Der Wagen, gezogen von den vom Burgerhof geliehenen Pferden, rumpelte mit den beiden Frauen nach Norden durch die Gassen Offenburgs. Die Pferde waren unruhig, denn das Gejohle der Menge machte sie nervös. Sie hatten die Ohren angelegt und versuchten, dem Lärm hinter ihnen zu entkommen. Ein Kiesel, der aus der Menge hinter dem Gespann die Frauen treffen sollte, verfehlte das Ziel und traf eines der beiden Pferde an der Flanke. Das Pferd stieg kurz auf. Hardlein, der den Wagen selbst fuhr, fluchte erbärmlich. Er musste die Zügel kurz halten. Die beiden Frauen auf dem Karren, in ein Büßerhemd gekleidet, standen angebunden an der Stirnseite direkt hinter dem Kutscherbock. Mühsam hielten sie sich an der hölzernen Leiter des Wagens fest.

Die Vergichte, das Schuldbekenntnis, war kurz zuvor vom Fenster der Pfalz aus verlesen worden. Nun wussten die Bürger, dass sich noch viele andere Gespielinnen des Teufels in den Mauern der Stadt aufhielten. Frauen und Töchter, gar Enkelinnen von Ratsmitgliedern waren genannt worden. Das zahlreich zusammengeströmte Volk auf dem Fleischmarkt vor Kanzlei und Pfalz hatte die Mordgier gepackt. Sie wollten diese beiden Hexen endlich brennen sehen. Hexen waren schuld, dass der Wein teurer wurde. Hexen fegten den Eckerich für die Schweine von den Bäumen. Der Mangel an Eckerich würde den Fleischpreis zunächst fallen lassen, danach aber steil in die Höhe treiben. Hilflos mussten Bürger von Offenburg mit ansehen, wie ihr Getreide durch Wetterzauber verdarb, Vieh wegen eines Zauberstöckchens starb oder gar ihre Kinder von Hexen verkrüppelt oder getötet wurden. Nun endlich hatte der Rat zwei dieser Hexen verurteilt.

Erst zwei in diesem Jahr. Aber weitere würden folgen. Hexen aus der obersten Bevölkerungsschicht. Heute war ein Festtag.

23.

Zur gleichen Zeit, als der lärmende und johlende Zug mit den beiden verurteilten Frauen das Galgenfeld erreicht hatte und Evas und Maries letzte Stunde angebrochen war, ließ Schultheiß Stemmle die Agathe aus dem Känerturm holen, um sie erstmals ihrer Mutter gegenüber zu stellen.

Kurz zuvor hatte der Stadtschreiber Berschi Else Gwinner die vernichtende Aussage ihres Kindes vorgelesen. Else konnte dies nicht glauben. Nie im Leben würde ihr Kind so etwas gegen sie aussagen. Nie.

Hardlein musste Agathe fast mit Gewalt zur Zellentür hineinschieben. Vergebens hatte Agathe zuvor gebeten, man möge ihr erlassen, die Zelle ihrer Mutter zu betreten. Verzagt, den Kopf gesenkt, stand das Kind nun vor der Mutter. Else saß auf dem schmutzigen Stroh, die rechte Hand an die Wand gefesselt.

„Komm zu mir, Kind“, bat die Mutter, doch Agathe rührte sich nicht von der Stelle. Der Blick der Else Gwinner wanderte von ihrer Tochter zu den Stettmeistern. Was mochten sie ihr angetan haben? Wieder sah sie zu Agathe, die nicht wagte, den Kopf zu heben.

„Warum sagst du nichts, Kind?“

„Das Herz ist mir zu voll, Mutter.“ Nur einen flüchtigen Blick wagte das Kind auf die Mutter zu werfen. Dann schlug es wieder in tiefster Scham die Augen nieder.

„Warum hast du ausgesagt, du wärst mit mir auf dem Hexenfest gewesen.“

„Ich hatte solche Angst, dass sie mich wieder auspeitschen lassen würden." Agathe sah mit einem schnellen Blick ängstlich zu den Stettmeistern.

Else nickte mit dem Kopf. „Aber die Lüge tut mehr weh als die Rute."

„Verzeiht mir, Mutter. Aber es tat so weh. Ich wollte doch nur, dass er aufhört, mich mit den Ruten zu schlagen."

Else kämpfte mit den Tränen. Aber sie musste ihrer Tochter ein Vorbild sein. Nur das Beispiel der Mutter vor Augen konnte das Kind dazu bewegen, die Angst vor den Schmerzen zu überwinden und tapfer die Wahrheit zu sagen. So blieb Elses Gesicht unbewegt und verschlossen.

Stemmle erkannte, dass er eingreifen musste. „Wir wollen nur die Wahrheit erfahren, Kind. Mehr nicht. Wenn du uns belügst, müssen wir dich eben bestrafen."

„Ich habe die Wahrheit gesagt!", weinte Agathe.

„Das hast du nicht!", entgegnete Stemmle. „Die Wahrheit ist, dass zwei Fischer dich vor kurzem noch vor Anbruch des Morgens vor den Toren der Stadt gesehen haben. Streitest du das auch vor deiner Mutter ab?"

Else erschrak. Wo war ihre Tochter gewesen? Sie war noch zu jung, um sich nachts mit einem Burschen zu treffen. Fragend sah sie ihre Tochter an.

Agathe wurde blutrot. Aber sie sagte kein Wort.

„Stimmt das, was der Schultheiß behauptet?", drängte die Mutter.

Immer noch schwieg Agathe. Sie wagte nicht, Else anzusehen.

„Agathe..."

„Soll ich die Fischer holen lassen?", drohte der Schultheiß.

Nun endlich reagierte das Kind. „Es ist wahr", flüsterte Elses Tochter.

„Du warst während der Nacht außerhalb der Stadtmauern?“, fragte Else entgeistert. „Warum?“

Ich kann ihr doch nicht sagen, dass ich mich mit einem Jungen getroffen habe, überlegte Agathe. Trotz regte sich in ihr. All die Argumente fielen ihr ein, warum sie mit ihrer Mutter nicht über ihre Gefühle hatte sprechen können. Das geht sie nichts an, dachte sie wieder. Das ist mein Geheimnis. Ich liebe ihn. Mutter hätte es auch nie zugelassen, dass ich mich mit ihm treffe. Deshalb musste ich es heimlich tun. Für sie bin ich immer noch das kleine Mädchen. Und in der Stadt war die Gefahr, erwischt zu werden, viel zu groß. Nein, dachte Agathe trotzig, das geht niemanden etwas an.

Else glaubte zu wissen, was in ihrer Tochter vorging. Agathe hatte sie getäuscht. Heimlich hatte sie sich mit einem Jungen getroffen. Sie hatte ihre Unschuld verloren. Wegen eines flüchtigen Augenblicks der Leidenschaft. Das Geschehen stand ihr plötzlich klar und deutlich vor Augen.

Verletzt und wütend rief sie aus: „Du Unglückselige! Was hast du getan? Warum habe ich dich nicht im ersten Bad ertränkt. Dann hättest du uns nicht solche Schande bereitet.“

Zorn wallte in Agathe hoch. Aber auch Trotz, Hilflosigkeit und Scham. „Hättest du es doch getan, Mutter!“, schrie sie. „Warum hast du das nicht?“ Schluchzend wiederholte sie: „Warum hast du es nicht? Dann bräuchte ich jetzt nicht zu leiden.“

Die Stettmeister aber dachten nicht im Traum an ein verliebtes Treffen Agathes mit einem Jungen. Ihnen fehlte dieses mütterliche Gespür. Für sie war dieses Eingeständnis der Beweis, dass sich das Kind mit Satan getroffen hatte. Nun führten sie Agathe weg. Das Kind sollte nicht immer wieder daran erinnert werden, dass die eigene Mutter es mit Satan verkuppelt hatte.

„Agathe, sage immer die Wahrheit“, rief die Bäcker-Else ihrer Tochter hinterher. „Versuche, der Folter zu widerstehen, und lass dich durch sie nicht zu falschen Aussagen verleiten.“

Aber Agathe antwortete nicht mehr. Mutter hatte ihr Geheimnis erraten. Aber sie hatte sie nicht verstanden. Sie hatte nur die Ehre der Familie gesehen. Ihr Ansehen bei den Kunden. Die Furcht vor dem Getuschel über die gefallene Tochter. Ich werde nichts anderes aussagen, dachte Agathe. Sollte Mutter doch selbst sehen, wie sie aus diesem Schlamassel wieder herauskam. Und mir selbst ist es egal, was die Stettmeister und der Schultheiß denken. Sollen sie doch denken, dass ich bei Satan war. Agathe schämte sich. Sie wollte nur noch sterben.

Es war nicht einmal die Furcht vor den Schmerzen, als sie vor Stemmle und den anderen ihre Aussage wiederholte, ihre Mutter und sie seien auf den Hexenfesten gewesen und sie sei Satan angetraut. Es war Trotz, erste Verliebtheit und die kindliche Gewissheit, für ihre Liebe zu dem Jungen aus dem nahen Ohlsbach sterben zu müssen. Ihre wirren Gedanken überschlugen sich, waren nicht mehr rational. Sie konnte ihn doch nicht verraten, dachte sie. Sie konnte ihre junge Liebe nicht verraten. Und keiner würde verstehen, dass sie dem Begehren dieses jungen Mannes folgen musste. Aber sie wollte ohne diesen Jüngling auch nicht mehr leben. Wenigstens einer würde um sie weinen, wenn sie sterben müsste. Der Junge. Agathe wurde ganz warm ums Herz. Ihre Liebe würde den Tod überdauern. Wie in den alten Minneliedern, die ihr einmal vorgelesen worden waren. Agathe steigerte sich immer mehr in diese romantischen Träume hinein. Sie stellte sich vor, wie der Junge sie vielleicht auch vom Scheiterhaufen erretten würde. In einer schimmernden Rüstung würde er sich dem vermummten Scharfrichter stellen. Würde versuchen, ihr Leben mit dem Schwert zu verteidigen. Und wenn er das nicht vermöchte, würde er wenigstens zusammen mit ihr verbrennen.

„Ich habe jetzt noch einmal alles bestätigt, was ich gesagt hatte." Trotzig presste Agathe die Lippen aufeinander. Nach kurzem Überlegen fuhr sie fort, Schultheiß Stemmle ansehend: „Aber ich bitte Euch, Herr, ich bitte Euch inständig, bringt mich nie mehr zu meiner Mutter in die Zelle." Tränen liefen Agathe plötzlich über die Wangen. „Ich kann bei ihr nichts mehr sagen, so presst es mir die Brust zusammen."

Das arme Kind, dachte Stemmle. So sehr leidet es mit seiner Mutter. Das beweist, dass es nicht ganz an Satan verloren ist. Der Prediger Lazarus muss sich noch nachdrücklicher um das Mädchen kümmern. Vielleicht kann ihre Seele gerettet werden, ohne dass wir ihren Leib verbrennen müssen.

Else hörte am Knarren der Holztreppe, dass die Räte die Stufen des Klosterturmes heraufkamen. Angst und Entschlossenheit wechselten in ihrem Inneren. Gott stehe mir bei, dachte sie. Lass mich nicht schwach werden.

„Eure Tochter hat ihre Aussage in ihrer Kammer im Turm nochmals wiederholt", begann Stemmle. „Ohne dass wir zur Rute greifen mussten."

Else sah ihn erstaunt an. Doch dann war ihr die Handlung ihrer Tochter klar. „Sie hat Angst und ist verwirrt", schüttelte die Mutter den Kopf. „Sonst würde sie so etwas nicht sagen."

Stemmles Miene wurde hart. „Sie hat keine Angst. Ich habe noch nie ein Mädchen in ihrem Alter gesehen, das so frech gelogen hat wie Eure Tochter. Aber jetzt hat sie sich besonnen. Es ist auch ihre einzige Rettung, die Wahrheit zu sagen."

Nun wurde seine Miene weicher, flehentlicher. „Else

Gwinner, gesteht doch endlich auch. Ich will Euch nicht quälen. Ihr zwingt mich dazu. Es nützt doch nichts, dass Ihr leugnet. Die Beweise sind schließlich erdrückend."

Er wartete auf eine Reaktion. Doch die Bäcker-Else schwieg. Nach einer Weile, nachdem Else ihre Untersuchungsrichter genau gemustert hatte, sagte sie wie so oft schon: „Ich bin keine Hexe."

Abrupt drehte sich Stemmle um und verließ die Zelle. Die Stettmeister und der Schreiber folgten.

In der Kanzlei angekommen, beratschlagten die fünf das weitere Vorgehen.

„Kein Mensch kann so verstockt sein", begann der Schultheiß in der Beratung. „Gibt es mehr Beweise, als wir jetzt haben? Warum nimmt sie weitere Qualen auf sich?"

„Vielleicht spürt sie die Qualen gar nicht", meinte Kiefer. Vielleicht spielt sie uns die Schmerzen nur vor."

„Darüber habe ich auch schon mit dem Kirchherrn gesprochen", antwortete Stemmle. „Der hat davon gelesen, dass der Böse seine Anhänger durch verzauberte Kleider unempfindlich macht."

„Dann könnten wir sie doch nackt foltern", meinte Riedinger.

„Sie ist die Tochter von Rat Laubbach", erwiderte der Schultheiß. „Es reicht, dass wir ihr andere Kleidung geben, die nicht verhext sein kann."

„Wir sollten sie auf jeden Fall in den Kinzigturm verlegen", meinte Rat Sorg. „Wenn sie die dort vorhandenen Folterinstrumente sieht, wird sie vielleicht eher gestehen. Zudem sind die Zellen in dem Hexenturm wieder frei."

Der gesamte Rat, dem die fünf diese Vorschläge unterbreiteten, stimmte zu. Else wurde noch am gleichen Dienstagabend mit neuen Kleidern in den Kinzigturm verlegt.

24.

Ebenfalls an diesem Dienstag wurde dem Rat eine weitere Klage unterbreitet. Ein Nachbar der Frau König, ein gewisser Hans Ruprecht, klagte das ehemalige Dienstmädchen der Hexerei an. Schon seit dem August diesen Jahres war diese verdächtig gewesen, eine Hexe zu sein. Nur durch Hexerei, so sagten damals außer der Bäckersfrau Stehlin noch andere brave Bürgerfrauen, sei es möglich gewesen, dass sich König an dem Dienstmädchen, einer Buckligen, vergangen habe. Denn wer verging sich schon an einer Buckligen! Jakob König hatte die vom Rat verhängte Strafe wegen der Entehrung seines Dienstmädchens bezahlt und dieses auch geheiratet. Aber den Bürgern war klar; nur durch Zauberei hatte sich die bucklige Magd einen Mann geangelt.

Und nun sagte Hans Ruprecht gegen sie aus.

„In der Nacht“, sagte Ruprecht, „habe ich gespürt, wie etwas gegen meinen Kopf und mein Gesicht kommen wollte. Ich habe gelauscht, jedoch nichts gehört. Dennoch bin ich nicht aus diesem Zustand herausgekommen. Ich wusste, etwas war direkt neben mir. Plötzlich sah ich, wie eine Frauensperson an meinem Bett steht. Immer näher kam sie mit ihrem Gesicht an meines heran. Dann sah sie in meine Augen. Ich war zuerst wie vom Schlag gerührt. Da hat sie so gelacht, dass ihr ganzes Gesicht geschwabbelt hat. Nun erkannte ich sie. Es war des Jakob Königs Frau. Ich habe zuerst gerufen, sie solle weggehen, aber das hat sie nicht beeindruckt. Sie lachte immer weiter. Da habe ich nach meiner Wehr gegriffen, die unter meinem Bett lag und diesen bösen Geist verflucht. Erst danach ist diese Hexe verschwunden.“

Viele der Ratsherren zweifelten, ob das wirklich ein Hexenzauber gewesen sei. „War sonst irgendetwas?“, fragte Rat Geuß. „Hat sie irgendeinen Zauber heraufbeschworen? Tut Euch etwas weh? Fehlt Euch etwas?“

„Das weiß ich noch nicht. Zunächst einmal hat sie mich zu Tode erschreckt.“

„Habt Ihr Eurer Anzeige noch etwas hinzuzufügen?“, fragte der Schultheiß.

„Nur, dass ich nicht mehr ruhig schlafen kann, solange diese Hexe nicht eingefangen ist“, sagte Hans Ruprecht.

„Wir werden über Eure Anzeige morgen beraten“, beschied Stemmle und entließ den Kläger.

Die Mehrheit der Räte hielt zu diesem Zeitpunkt die Anklage für unrecht. Deshalb eilten Schultheiß und die Stettmeister gleich am Morgen nach dieser Anhörung zum Kinzigturm. Die fünf Räte waren begierig zu hören, ob die Bäcker-Else mit neuen Kleidern und Unterkleidern nun endlich die Wahrheit sagen würde.

Else Gwinner erwartete die Ratsherren kniend im Gebet. Noch einmal wies der Schultheiß die Bäckersfrau darauf hin, dass die beiden Schutterwälderinnen geschworen hätten, die Wahrheit über sie gesagt zu haben.

„Sie sind mit diesem Schwur in den Tod gegangen. Warum hätten sie einen Meineid schwören sollen, wenn sie Euch nicht kannten“, beschwor der Schultheiß die Verstockte. „Sie hätten damit nichts gewonnen. Nur ihre Erlösung aufs Spiel gesetzt. Das tut doch niemand, der den sicheren Tod vor Augen hat.“

„Ich kannte sie nicht. Ich bin keine Hexe“, erneuerte Else zum wiederholten Mal ihre Aussage.

„Aber Eure eigene Tochter hat gestanden, dass Ihr eine Hexe seid und sie Satan angetraut habt.“

„Ihr müsst sie verstehen. Sie hatte solche Angst vor den Ruten.“

„Sie kann doch keine solch große Angst vor den Ruten haben, dass sie die eigene Mutter eine Hexe nennt?

Außerdem hat sie letzten Freitag die Aussage nochmals wiederholt. Ohne Androhung der Ruten. Sie war ganz ruhig, als sie Euch als Hexe bezeichnete. Else Gwinner", mahnte der Schultheiß zum hundertsten Male, „gesteht doch endlich. Nehmt Euch diese Last von der Schulter."

„Ich habe nichts zu gestehen. Ich bin keine Hexe." Else war zum Schluss immer lauter geworden. Panik schwang in ihrer Stimme mit.

Stemmle hob die Schultern. Er hatte alles versucht, Else vor der hochnotpeinlichen Befragung zu verschonen. Es nutzte nichts.

„Daumenschrauben", sagte er zu Hardlein. Und zu Berschi gewandt bemerkte er: „Notiert, dass ich bei der gütlichen Befragung nicht mehr weiter weiß. Ich habe alles versucht, die Delinquentin davon zu überzeugen, dass die Wahrheit längst erwiesen ist."

„Oh mein Gott! Hilf mir doch!", schrie Helene auf, als der Meister die Schrauben am Presseisen anzog. „Heiliger Jesus am Kreuz, steh mir bei!" Doch die Schmerzen blieben.

„Gesteht Ihr?", fragte der Schultheiß.

„Ich habe nichts zu gestehen", presste die Gequälte heraus.

„Streckbank." Wieder war es nur dieser kurze Befehl Stemmles an Hardlein.

Stemmle löste die Daumenschrauben und führte Else Gwinner zur Streckbank, die nur im Kinzigturm zur Verfügung stand. Die Frau sah den Vorbereitungen fast teilnahmslos zu und leistete auch keinen Widerstand, als Hardlein ihre Hände und Füße an den Schlaufen befestigte. Als er jedoch die Winde anzog, bat sie verzweifelt, mit dieser Tortur aufzuhören.

Hardlein sah zum Schultheiß. Stemmle nickte und der Meister lockerte den Zug der Winde an den Seilen.

„Wollt Ihr nun die Wahrheit sagen?“, fragte der Schultheiß.

Else nickte. „Ihr steht immer da und redet mir zu, die Wahrheit zu sagen. Die Wahrheit ist, dass ich völlig schuldlos bin.“

Stemmle wurde wegen dieser Hartnäckigkeit, mit der die Bäcker-Else ihre Unschuld beteuerte, allmählich unsicher. Aber das machte ihn wütend. Er würde den Widerstand dieser Hexe heute brechen. „Anziehen!“, befahl er den Fortgang der Folter.

So sehr Else auch schrie, es rührte ihn nicht mehr. „Erst wenn ihr Eure Schuld gesteht, lassen wir von der Folter ab“, übertönte er die Schreie Elses. Er musste sich weit zu Else hinabbeugen, damit sie ihn verstand.

„Ich gestehe!“, heulte sie endlich.

Stemmle zögerte.

„Ich gestehe. Um Gottes willen, macht die Winde los.“ Kaum waren ihre Worte, immer wieder von Schreien verzerrt, zu verstehen.

Nun endlich gab der Schultheiß den Befehl, die Stricke zu lösen. Elses Körper zuckte im Krampf.

„Was wollt Ihr uns gestehen?“, fragte Stemmle.

„Ich habe mich dem Federle hingegeben“, schluchzte Else. Immer noch zuckte ihr Körper. Sie konnte das Schütteln nicht unterbinden.

„Wer ist Federle?“, fragte der Schultheiß nach.

Nur mühsam konnte Else antworten: „Satan.“

Befriedigt stieß der Schultheiß die Luft aus. Endlich hatte die Else Gwinner gestanden. Der Anfang für ein vollständiges Geständnis war gemacht.

„Warum zuckt Ihr so?“, fragte Rat Sorg, der bemerkte, dass Else am Ende Ihrer Kräfte war.

„Ich friere so. Mir ist so kalt“, flüsterte Else kaum verständlich.

Die Stettmeister sahen den Schultheiß an. „Wir kommen wieder, wenn Ihr Euch ein wenig erholt habt“, sagte dieser zu Else. Seine Wut über diese verstockte Person war etwas verraucht. Er ließ der Frau sogar einige Decken in die eiskalte Zelle bringen.

Die Ratsherren waren bereits wieder am Rossbrunnen, als der Schultheiß sagte: „Wir werden der Else Gwinner vierzehn Tage Zeit geben, sich zu erholen. Das Frieren und Zittern deutet darauf hin, dass sie krank wird. Aber der Anfang für ihr Geständnis ist gemacht. Berschi, notiert Euch für die nächste Befragung den elften Dezember.

Als sie wenige Schritte später durch den Torbogen die Kanzlei betraten, erwartete sie bereits ein Ratsknecht, der sie in den Sitzungssaal bat. Dort warteten die weiteren Mitglieder des Rates.

Rat von Schauenburg klärte den Schultheiß und die vier Stettmeister über die Vorgänge des Morgens auf.

„Kaspar Silberrad ist heute morgen erschienen und hat uns davon in Kenntnis gesetzt, dass die Frau des Jakob König, die gestern von Hans Ruprecht der Hexerei angeklagt worden ist, fliehen möchte.“

„Woher weiß der das?“, fragte Stemmle.

„Das wollte er nicht sagen“, antwortete der Junker. „Auf jeden Fall hat er gedroht, dass er Maßnahmen gegen den Rat ergreifen werde, wenn dies wieder so ausginge wie bei der Frau Spieß und der Frau Wyß. Denn die König sei immer noch auf freiem Fuß.“

„Und? Welche Maßnahmen würde er ergreifen?“

„Er würde die Bürger Offenburgs über die Versäumnisse des Rates informieren.“

„Ich verstehe“, dachte Stemmle laut nach. „Er kann unmöglich fordern, dass wir seine Frau als Hexe einziehen. Aber gegen Catharina sind die Beschuldigungen sehr viel schwerwiegender als gegen diese Bucklige. Wenn er uns daher zwingen will, die König aufgrund eines solch vagen Verdachtes einzuziehen, müssen wir wegen des sehr viel konkreteren Verdachtes zuerst seine ehemalige Frau der Hexerei anklagen. Das weiß er. Er möchte mit seiner Drohung sicherstellen, dass Catharina auf jeden Fall möglichst schnell eingekerkert wird. Um die Helene König geht es ihm gar nicht."

Zustimmendes Kopfnicken aus dem Kreis des Rates zeigte, dass die anderen Ratsmitglieder der Argumentation Stemmles folgten.

„Er hat noch mehr Klagen gehabt", meldete sich Rat von Schauenburg wieder. „Er nannte denjenigen einen ehrlosen Schelm und Dieb, der gesagt habe, er würde die Ratsbeschlüsse seinem Bruder verraten."

„Hat er einen Namen gesagt?", erkundigte sich Stemmle.

„Nein, wir haben das vorhin erörtert. Wir vermuten, dass er Laubbach gemeint hat. Obwohl es mehreren aus dem Rat seltsam vorkommt, dass sein Bruder immer sehr gut informiert ist."

Stemmle wandte sich an diejenigen Mitglieder des Jungen Rates, die von den Zünften in dieses Gremium geschickt worden waren. „Ich möchte wissen, wie sich die Zünfte zu den bisherigen Verfahren stellen. Gibt es seitens der Zünfte irgendwelche Beratungen oder Beschlussfassungen, dass diese mit dem bisherigen Verlauf der Verfolgung von möglichen Hexen nicht einverstanden sind? Ich möchte bis morgen darüber eine Antwort haben."

Die Ratsmitglieder nickten zustimmend.

„Des Weiteren meine ich, bleibt uns wegen der Drohung der Kommission unter dem Vogt von Fürstenberg nichts anderes übrig, als die Catharina Silberrad und die Frau des König einzufangen. Wenn eine von ihnen tatsächlich fliehen sollte, bekommen wir ziemlichen Ärger mit unserem Kaiser."

Wiederum gab es keine Diskussion. Der Rat stimmte zu.

„Aber", fuhr der Schultheiß fort, „auf jeden Fall sollten wir Kaspar Silberrad bis Ende dieser jetzt anstehenden Verfahren unter Strafandrohung verbieten, nochmals unaufgefordert im Rat zu erscheinen."

Dieses Mal stimmten auch diejenigen Ratsmitglieder für den Antrag, die sonst die Linie der Silberrads vertraten.

Am nächsten Morgen erklärten neun Räte als Mitglieder der Zünfte, dass ihre Zünfte keinen Anlass zu Beratungen oder gar Beschlussfassungen gesehen hätten. „Sie könnten nichts für böse Mäuler", formulierte ein Ratsmitglied die Stimmung seiner Zunft.

Nur der Ratsherr Straub musste die Antwort des stellvertretenden Zunftmeisters Fiegenbach überbringen, die Zunft der Rebleute erwarte, dass das große Übel der Zauberei gestraft und ausgerottet werden müsse.

25.

„Selbst mein Bruder Kaspar, der genauso wie Ihr dem Hohen Rat angehört, hat mir geraten, die Klage gegen die beiden Laubbach-Töchter nicht schriftlich zu fassen." Erregt und laut klang Ruprechts Stimme.

„Dann werden wir der Klage auch nicht nachgehen." Betont lässig lehnte sich Schultheiß Stemmle in seinem mit Leder gepolsterten Stuhl zurück.

„Ihr seid dazu verpflichtet", giftete Ruprecht Silberrad.

„Nur, wenn die Anklage unserer Meinung nach stichhaltig ist. Das ist sie nicht. So zumindest sieht es bisher der Rat. Wenn ihr Eure Klage aber schriftlich abfasst, dann können wir diese bei Zweifeln auch von einem

Rechtsgelehrten prüfen lassen. Deshalb verlangen wir die schriftliche Fassung."

Die anderen Ratsmitglieder nickten zustimmend mit dem Kopf, wie Ruprecht Silberrad aus den Augenwinkeln beobachtete.

„Nein, Ihr verlangt sie, damit dieser Laubbach mich verklagen kann. Aber den Gefallen werde ich Euch nicht tun."

In diesem Augenblick betrat Kaspar Silberrad den Raum. Aller Augen richteten sich nun auf Stemmle.

„Was tut Ihr hier?", fragte der Schultheiß.

„Ich verlange meinen Sitz im Rat", polterte der grobschlächtige Schmied. „Hier geht es um entscheidende Dinge für das Wohl der Stadt Offenburg. Da möchte ich mitentscheiden."

„Ihr verlasst sofort den Ratssaal", sagte der Schultheiß gefährlich ruhig. „Sonst lasse ich Euch von den Ratsknechten entfernen."

„Ich gebe dem Rat eine kurze Bedenkzeit. Sollte der zur Entscheidung kommen, dass ich meinen Ratssitz nicht sofort wieder einnehmen kann, werde ich binnen drei Stunden die Stadt verlassen und mir mein Recht an höherer Stelle holen. Ich werde vor der Tür auf die Entscheidung warten." Damit verließ Kaspar den Ratssaal.

Silberrad brauchte allerdings nicht lange auf den Ratsbeschluss zu warten. Denn nur kurze Zeit danach erschien Rat Geuß vor der Türe und teilte dem erzürnten Kaspar Silberrad mit, dass sich am Entschluss des Hohen Rates nichts geändert habe.

Am Abend dieses fünften Dezembers klopfte der Bruder des so gemaßregelten Rats an die Tür des Stettmeisters Sorg. Die Frau des Stettmeisters öffnete. Erstaunt sah sie den in Offenburg wohl bekannten Ruprecht Silberrad und den nicht minder bekannten Bäcker Lienhard Stehlin vor der Tür stehen. Zusammen mit dem Ratsherrn Kaspar Silberrad bildeten diese das Trio der grimmigsten Hexenjäger der Stadt.

„Wir müssen mit dem Stettmeister reden", knurrte Silberrad.

Brigitte Sorg bat sie in die gute Stube, wo der Stettmeister bei einem Glas Wein sein Abendbrot aß.

Sorg runzelte die Stirn, als er die beiden sah, bot aber seinen Besuchern sofort an, sich zu ihm zu setzen und an seinem Abendbrot teilzunehmen.

„Dafür ist jetzt keine Zeit", bemerkte Ruprecht. „Wir wollen Euch als dem zuständigen Stettmeister nur anzeigen, dass die jüngste Tochter Laubbachs schon flüchtig ist. Ich denke, es wird Zeit, dass Ihr die Wachen an den Toren benachrichtigt, dass nicht auch noch ihre Schwester Helene Offenburg unbemerkt verlässt." Silberrads Stimme wurde schärfer. „Wir setzen Ehre und Gut ein, um diese Hexen dingfest zu machen, und der Rat lässt sie ohne weiteres zum Tor hinausspazieren. Diese Nachlässigkeit im Umgang mit der Hexerei Verdächtigen wird Euch und dem gesamten Rat noch leid tun." Silberrad wandte sich an Stehlin. „Du bist Zeuge, dass ich den Stettmeister auf die Flucht der Adelheid und die drohende Flucht der Helene Laubbach aufmerksam gemacht habe." Damit öffnete Ruprecht Silberrad selbst wieder die Tür und stapfte hinaus, den Stehlin im Schlepptau.

Sorg war erschrocken. Er ließ sein Essen stehen und begab sich geradewegs zum Haus von Schultheiß Stemmle.

„Wir werden erst einmal den Laubbach holen lassen", beruhigte ihn Stemmle und schickte einen seiner Knechte zum Haus des Laubbach ganz in der Nähe der Schmiede der Silberrads. „Beruhigt Euch und trinkt erst einmal ein Glas Wein mit mir", sagte Stemmle ganz ruhig. „Laubbach hat eine Kaution für seine Töchter gestellt. Rechtlich kann Silberrad nichts tun. Aber ich glaube auch nicht, dass Georg Laubbach seine Töchter fliehen lässt. Dazu ist er viel zu sehr Ehrenmann."

Keine halbe Stunde später war auch Georg Laubbach bei Schultheiß Stemmle.

„Bei Sorg war Ruprecht Silberrad mit dem Bäcker Stehlin", begann der Schultheiß, der Laubbach vergeblich ein Glas Wein angeboten hatte. „Sie haben ihm berichtet, dass Eure jüngste Tochter geflohen ist."

„Der Prälat von Altdorf hat Adelheid eingeladen", stieß Georg Laubbach hervor. „Es ist ein Verwandter von uns. Er weiß um das Leid, das uns zugefügt wurde. Ich habe Adelheid weggeschickt, damit das arme Kind auf andere Gedanken kommt. Sie leidet entsetzlich unter dieser verdammungswürdigen Anklage. Adelheid ist zu jung, um begreifen zu können, warum diese Niedertracht gerade ihr zugefügt wurde." Böse sah Laubbach den Schultheiß an. Schließlich war der als Erster der Offenburger mitverantwortlich für den Kummer in seiner Familie.

Stemmle verstand Zorn und Verbitterung des Mannes. Aber welche Wahl hatte er denn? „Ich verstehe Eure Beweggründe, Rat Laubbach. Ich weiß, Ihr seid verbittert. Das wäre ich auch. Dennoch muss ich sichergehen, dass Eure Töchter nicht fliehen."

„Sie werden nicht fliehen. Ich stehe nicht nur mit meiner Kaution, sondern mit all meinem Hab und Gut und", erhob er seine Stimme, „auch mit meinem Leben dafür ein."

Ernst sah der Schultheiß seinen Ratsherrn an. „Das genügt mir als Sicherheit. Danke, dass Ihr so schnell gekommen seid."

Als der Knecht des Stemmle bei Georg Laubbach erschienen war, hatte dieser befürchtet, dass etwas mit seiner ältesten Tochter Else geschehen sei. Nun, da seine Wut über diese neue Kampfansage der Silberrads verflogen war, kehrten seine Gedanken wieder zu Elses Schicksal zurück. Flehentlich sah er den Schultheiß an, als er fragte: „Könnt Ihr mir etwas über Else sagen?"

Doch Stemmle schüttelte den Kopf, obwohl ihm der alte Mann in diesem Augenblick entsetzlich Leid tat. „Ihr wisst, dass ich Euch nichts sagen darf. Es tut mir Leid."

„Ich bitte nicht als Ratsherr. Als der weiß ich, dass Ihr das nicht dürft. Ich bitte als Vater. Ihr seid doch auch Vater."

Der Schultheiß sah schnell zu Sorg hinüber, bevor er wieder den Kopf schüttelte.

„Könnt Ihr mir wenigstens sagen, ob es ihr gut geht?", fragte er nochmals nach.

Dieses Mal nickte der Schultheiß zustimmend mit dem Kopf. „Es geht ihr nicht gut", murmelte er.

Es war einer der Augenblicke, in denen Stemmle sein Amt verfluchte.

Zu ebendieser Zeit lag Else Laubbach wach in ihrer Zelle. Einer ihrer Arme war angekettet. Aber die Kette war lang genug, so dass sie nicht sonderlich störte. Der Schüttelfrost der vergangenen Tage hatte nachgelassen. Sie konnte wieder denken; ohne die Fieberfantasien der vergangenen Tage. Ihre Tochter hatte ausgesagt, dass sie eine Hexe sei. Dass sie ihr eigen Fleisch und Blut Satan überlassen habe. Eine Ungeheuerlichkeit. Was hatte dieses Kind zu dieser Lüge bewogen? Es gab nur eine Möglichkeit. Sie hatten das Kind so gefoltert, dass es alles zugegeben hatte, was die ihr vorsagten. Ihr armes Kind. Else begann zu weinen. Es war ein trockenes Schluchzen, denn Tränen hatte sie keine mehr.

„Verzeih mir, Agathle, wenn ich irgendetwas falsch gemacht habe", brach es aus ihr heraus.

Siedend heiss kam Else die Erkenntnis, dass Agathe nicht in den Turm gebracht worden wäre, wenn ihre Mutter von vornherein alles gestanden hätte, was ihr zur Last gelegt worden war. Wenn sie, Else, nicht nur an sich gedacht hätte. Ihrem Hochmut, ihrem Stolz, ihrem Hang zum Leben verdankte Agathe nun ihre Schmerzen. Mit beiden Fäusten schlug Else gegen den kalten Stein des Kinzigturms. Sie fühlte die Schmerzen an ihren Händen nicht.

Doch dann fiel es Else wieder ein. Diese beiden Frauen waren es, die gesagt hatten, sie hätte Agathe dem bösen Feind zur Frau gegeben. Diese Frauen aus Schutterwald. Die sie noch nie vorher gesehen hatte. Diese Frauen, die auch sie beschuldigt hatten. Diese Hexen waren der Auslöser für das Einfangen von Agathe gewesen. Nicht sie selbst. Warum hatten die das getan, grübelte sie weiter. Sie kannten sie doch nicht.

Nur die Fischer kannten Agathe. Warum hatten die ihre Tochter beschuldigt? Nein, das hatten sie ja eigentlich nicht. Sie hatten sie nur nachts vor den Toren gesehen. Natürlich, wenn ein vierzehnjähriges Mädchen nachts außerhalb Offenburgs ist, wenn die Stadttore geschlossen sind...! Was macht das zu dieser Zeit vor den Toren der Stadt? Nein, die Fischer hatten Agathe nur ein wenig beschuldigt. Sie konnten ja nicht ahnen, was ihr, der Mutter, gleich klar war. Agathe hatte sich nicht mit Satan, sondern mit einem Mann getroffen.

Sie sah Agathe noch vor sich. Wie sie blutrot wurde, als Stemmle ihr das vorhielt. Oder war es Kiefer gewesen? Warum hatte Agathe ihr nichts gesagt. Sie hätte doch zu ihrer Mutter kommen können. Doch da schüttelte Else den Kopf. Sie hätte nicht zu ihr kommen können, gab sie im Stillen zu. Sie war doch noch ihr ‚Agathle'. Sie musste unbedingt mit ihrer Tochter reden. Sie musste ihr sagen, dass sie ihr Kind verstehe.

Else schlief endlich ein.

26.

Als am elften Dezember die fünf Mitglieder des Rates und der Schreiber in Elses Kerker erschienen, hatte Else Gwinner wieder genügend Kraft geschöpft.

„Ihr habt Zeit gehabt, Euch zu besinnen“, begann der Schultheiß die Befragung. „Ihr habt zugegeben, dass Ihr Euch mit dem Bösen fleischlich vereinigt habt…“

Else schüttelte verneinend den Kopf. „Ich war nicht mehr bei Sinnen, als ich das sagte.“

Die Stettmeister Kiefer und Riedinger verdrehten die Augen. „Nicht schon wieder“, bemerkte Stemmle leise, mehr zu sich selbst. Laut aber sagte er: „Frau Gwinner, Ihr wisst doch, die Beweise gegen Euch sind erdrückend. Gebt doch diesen unsinnigen Widerstand auf. Es nützt nichts zu leugnen.“

„Ich bin keine Hexe“, sagte Else standhaft.

„Ich kann es nicht ändern“, resignierte der Schultheiß. „Hol den Meister Hardlein“, rief er einem der Wächter vor der Zelle zu. „Und du“, wandte er sich an den zweiten der Wärter, der neugierig weiter im Gang stand, „schließ die Ketten auf und bringe sie in den Folterraum.“

„Bitte“, sagte die Bäcker-Else an die Ratsherren gewandt, „kann ich mit Agathe sprechen?“

„Nein!“ Der Ton Stemmles war nun gereizt. Er wollte das alles nicht nochmal von vorn durchmachen.

„Kann ich sie denn wenigstens noch einmal sehen?“

Else wollte Agathe nur sagen, dass sie deren unwahre Anklage verstehe. Dass sie ihrem Kind nicht gram sei. Agathe erklären, dass sie von ihr trotz ihrer Aussage vor dem Rat geliebt werde. Sie würde ihr Kostbarstes, das sie je gehabt hatte, bleiben. Sie wollte sie nur ein letztes Mal sehen.

„Nein!“ Die Antwort des Schultheiß war unerbittlich. Er hatte noch das Flehen der Tochter im Ohr: ›Ich kann bei ihr nichts mehr sagen, so presst es mir die Brust zusammen.‹ Es würde nichts helfen, wenn er Agathe herbringen ließe. Sie würde ihre Mutter wahrscheinlich nicht noch einmal belasten. Aber es würde dem Kind nur schaden.

„Kann ich wenigstens mit dem Pfarrer reden?“, bettelte Else.

Aber auch das verwehrte Stemmle, der in dieser Bitte nur eine weitere Hinhaltungstaktik sah. „Ihr könnt mit dem Pfarrer reden, wenn Ihr Euer Leugnen aufgegeben habt.“

Als der Scharfrichter Else auf die Bank gelegt und Hände und Füße festgezurrt hatte, betätigte er die Winde, die Elses Gelenke und Sehnen auseinander zogen.

Die Bäcker-Else schloss die Augen. Kein Laut kam über ihre Lippen. Nochmals zog Hardlein an dem Holzknüppel. Wie bei einem Uhrwerk rastete ein hölzerner Anker beim Anziehen in ein Zahnrad ein, um ein Zurücklaufen der Winde zu verhindern. Auch die Stettmeister und der Schultheiß schauten dem grausamen Schauspiel schweigend zu. Nur das langsame Klack…, Klack… des Ankers war zu hören. Dazwischen das Kratzen der Feder auf dem Papier, als Berschi das Geschehen protokollierte. Immer noch war Else völlig ruhig.

„Halt!“, ordnete Stemmle an. Er beugte sich über die gequälte Bäckersfrau. Sie schien die Schmerzen nicht zu fühlen. Es sah aus, als würde Else Gwinner schlafen. Noch tiefer beugte sich Stemmle über die Unglückliche und beobachtete ihren Hals. Da, die Ader unter der Haut bewegte sich. Sie lebte. Entweder hatte Satan Else schmerzunempfindlich gemacht oder sie war ohnmächtig geworden.

„Hol Wasser aus dem Fischbrunnen“, befahl er einem der Wärter vor der Tür.

Kurz darauf kam dieser mit einem Kübel eiskalten Wassers zurück. Hardlein nahm ihm den Kübel ab und ließ das eisige Wasser über Elses Gesicht strömen.

Else Gwinner erwachte schreiend aus ihrer Ohnmacht. Im ersten Augenblick wusste sie nicht, was geschehen war. Doch dann vernahm sie die Stimme ihres Peinigers.

„Wollt Ihr gestehen?"

„Ja!" Else drehte den Kopf zur Seite, um dem eisigen Wasserstrahl zu entgehen.

„Entspannt die Seile!", hörte sie Stemmles Stimme.

„Lasst mich herunter, um Gottes willen", flehte sie.

„Gesteht Ihr dann?", fragte der Schultheiß sicherheitshalber nochmals nach.

„Ich bin unschuldig." Der Tonfall in Elses Stimme klang entschieden, ihre Stimme aber war brüchig.

Erregt schrie Stemmle die Else Gwinner an: „Ich lasse mich nicht mehr an der Nase herumführen. Dazu ist mir meine Zeit zu schade. Ich lasse Euch jetzt so lange auf der Streckbank, bis ihr bettelt, dass ihr sterben dürft. Los, zieht an!", schrie er auch den Scharfrichter an.

Unter unsäglichen Schmerzen sah Else ein, dass nichts auf der Welt sie mehr retten konnte. Wenn du, gütiger Gott, beschlossen hast, dass ich sterben soll, dann will ich mich nicht weiter wehren, dachte die Unglückliche.

„Ich gestehe alles", schrie sie.

„Und ihr nehmt Euer Geständnis nicht wieder zurück?", funkelte sie Stemmle böse an.

„Nein, ich gestehe alles", schrie Else.

Der Schultheiß ließ Else fünf Minuten Zeit, nachdem ihre Fesseln gelöst waren. Dann fragte er: „Können wir in Eurer Zelle jetzt Euer Geständnis aufnehmen?"

Else nickte. Aber sie konnte nicht mehr selbst zu ihrer Zelle gehen. Zwei Wärter schleppten sie aus der Folterkammer.

„Ich bin dem Leiblin beigelegen“, begann Else mit ihrem Bekenntnis.

Berschi unterbrach jedoch das Geständnis sofort. „Vor vierzehn Tagen habt Ihr bekannt, dass Ihr Euch dem ›Federle‹ hingegeben habt.“

„Dann war es eben der Federle. Ich hatte den Namen vergessen“, fuhr Frau Gwinner fort.

Nun war es heraus, dachte Stemmle. Nun hat sie bekannt, dass sie eine Hexe ist. Ich will sie jetzt nicht weiter mit Einzelheiten quälen. Wichtig ist nur, wer sonst noch dabei gewesen ist. Damit können wir das Geständnis der beiden Schutterwälderinnen sicherer machen.

„Habt Ihr auch Hexenfahrten zu den üblichen Hexenzusammenkünften gemacht.“

„Ja, ich war auch auf einer Hexenfahrt.“

„Nur auf einer?“

„Nein, auf zweien“, kam die müde Auskunft.

Irgendwie wirkt diese Frau wie geistesabwesend, dachte Stemmle. Als ob sie ganz woanders wäre. Ob Satan mit ihrem Verstand ringt, wenn sie uns so abwesend Auskunft gibt? Bei der Marie Vetter hat Satan ja auch versucht, sie an der Aussage zu hindern, um die anderen Hexen zu schützen. Er musste Gewissheit haben.

„Wen habt Ihr auf diesen Zusammenkünften getroffen?“

Die Bäcker-Else schwieg. Aber man sah ihrem Gesicht an, dass es hinter ihrer Stirn arbeitete. Es ist doch ein geistiger Kampf mit Satan, dachte Stemmle. Wahrscheinlich will er die Else daran hindern, weitere Gespielinnen zu nennen. So ließ er der Gefangenen Zeit für ihre Antwort.

„Es waren die Frau Spieß und die Frau Wyß“, sagte sie endlich.

„Wer war sonst noch dabei?“

„Ich weiß sonst niemand mehr.“

„War Catharina Silberrad dabei?"
„Nein, an die würde ich mich erinnern."
Der Schultheiß zählte noch weitere Personen auf, die Marie und Eva Vetter genannt hatten. „Ihr müsst doch wissen, mit wem Ihr sonst noch Gott verleugnet habt. War es die Frau Witsch?"
„Nein."
„Die Frau Ferber?"
„Nein."
„Die Frau König?"
Aber Else Gwinner wollte sich an keine der Frauen erinnern. „Ihr müsst mir Zeit geben, vielleicht fallen mir noch andere Frauen ein."
Damit gab sich der Schultheiß zunächst zufrieden.
„Wir kommen in zwei Tagen wieder", kündigte er an. „Bis dahin ruht Euch aus."
Als die Ratsmitglieder aber am dreizehnten Dezember das Verhör fortsetzen und weitere Geständnisse hören wollten, wollte Else Gwinner von ihrem Bekenntnis nichts mehr wissen. Sie konnte immer noch nicht auf ihren Beinen stehen. So blieb sie auf dem feuchten Stroh liegen, als die hohen Herren kamen.
„Ich kann es mit meinem Gewissen nicht vereinbaren, dass ich unter Schmerzen und Qualen die Unwahrheit gesagt habe", sagte sie mit fester, entschlossener Stimme. „Deshalb widerrufe ich mein Geständnis. Mein Vater hat mich gelehrt, immer die Wahrheit zu sagen und für meine Taten einzustehen. Deshalb weiß ich auch, dass er nie seine Stellung missbrauchen wird, um mir zu helfen." Else machte eine Pause, während die Ratsmitglieder fassungslos dastanden. Stemmle überlegte noch, ob er es ihr sagen sollte – das Gerücht. Dass Laubbach schon versucht hatte, seine Töchter zu retten. Doch dann unterließ er es. Zumal Else Gwinner bereits weiter redete.
„Wenn ich dieses falsche Geständnis aufrechterhielte,

würde meine Tochter mit dem Gedanken aufwachsen, dass Ihre Mutter eine Hexe gewesen sei. Das kann ich ihr nicht antun. Denn ich bin nun einmal keine Hexe." Dann wurde Elses Stimme wieder flehender. „Ich bitte Euch nochmals inständig, meine Tochter sehen zu dürfen."

Stemmle konnte den Widerstand dieser Frau gegen die Errettung ihrer Seele aus den Klauen Satans genauso wenig begreifen wie die vier Stettmeister. Er wusste nicht mehr weiter. Stumm starrte er Else Gwinner an.

„Kann ich meine Tochter sehen?", flehte Else nochmals.

„Ich werde Euch den Prediger Lazarus schicken", antwortete der Schultheiß hilflos.

Unverrichteter Dinge stiegen die sechs wieder die Stufen hinunter.

27.

„Else Gwinner bleibt bei ihrer Aussage, dass sie unschuldig ist. Ich habe alles versucht. Ich habe ihr auch gesagt, dass ihre Tochter Agathe ihre Aussage vor mir nochmals bestätigt hat. Ich habe sie angefleht, die Wahrheit zu bekennen. Aber sie hat mir nur geantwortet, dass sie genau das tue. Zum Schluss", war der Prediger ganz empört, „hat sie gesagt, sie würde mir meine Schuld ihr gegenüber vergeben."

Die Ratsmitglieder waren entrüstet. Tochter des Laubbach hin oder her, das konnte sich der Rat nicht gefallen lassen. Eine Hexe versuchte sich reinzuwaschen und bezichtigte einen der Kirchherrn, dass er sich ihr gegenüber schuldig gemacht hätte. Das war ein Angriff gegen den gesamten Rat der Stadt Offenburg, nicht nur gegen einen der Kirchherren. Niemand hatte das Recht, dem Rat zu unterstellen, er würde sich schuldig machen.

Der Rat tat nur seine Pflicht. Er musste Offenburg vor dem Zugriff des Teufels bewahren. Eine Hexe wollte einem Geistlichen, der ihre Seele retten wollte, seine Schuld vergeben? Die aufgeregten Stimmen der Ratsmitglieder vermengten sich zu einem nicht mehr zu verstehenden Gezeter, während sie diese unglaubliche Äußerung der Bäcker-Else kommentierten. Gegen diese Frau musste man mit aller Härte vorgehen.

„Ich muss Euch, Else Gwinner, den Ratsbefehl vorlesen, der vor zwei Tagen wegen Eurer Verstocktheit erlassen worden ist", sagte der Schreiber Berschi am fünfzehnten Dezember des Jahres 1601, einem Samstagvormittag. Berschi stellte sich vor Schultheiß Stemmle und die Stettmeister Sorg, Riedinger, Geuß und Kiefer, die mit Pelzen bekleidet der eisigen Kälte in der Zelle im Kinzigturm trotzten. Er las daraufhin den Befehl des gesamten Rates an seine delegierten Ratsmitglieder vor *ohne Gnad und Mitleid mit der Tortur gegen sie zu verfahren und von derselben nicht abzulassen, bis sie die Wahrheit herausgebracht.*

Daraufhin trat Berschi wieder zurück und der Schultheiß fragte die Bäcker-Else erneut, ob sie nicht endlich gestehen wolle.

„Ihr habt mich bisher so gequält, dass ich zu schwach zum Stehen bin", sagte die Frau. „Deshalb liege ich hier im Stroh. Aber ich kann nichts anderes sagen, als dass ich unschuldig bin. Auch wenn ihr mich wieder und wieder fragt. Ich bin keine Hexe. Ich habe Gott nie verleugnet und..."

„Bindet sie und schafft sie in die Folterkammer", unterbrach sie Stemmle.

„Oh, mein Gott", schrie Else auf. „Nicht wieder die Folter, nicht wieder die Folter!" Aber da sie sah, dass der Scharfrichter unbeirrt weiter ihre Arme hinter dem

Rücken band, die Ratsherren nicht das geringste Anzeichen von Mitgefühl zeigten und Schultheiß Stemmle sich schon abgewandt hatte, um zur Folterkammer zu gehen, wusste sie plötzlich, dass alles vergebens war, was sie auch versuchte. Sie würde sterben.

Überraschend und plötzlich fiel alle Angst vor dem Tod von ihr ab. Es war seltsam. Else konnte es kaum fassen. Nichts konnte ihr mehr Furcht einflößen. Sollten sie doch ihren Körper verbrennen. Gott wusste, dass sie unschuldig war, und sie wusste es auch. Was kümmerte es sie, dass Menschen sie schuldig sprachen? Leicht war es ihr ums Herz, ganz plötzlich. So komme ich denn zu Dir, mein Gott, dachte sie.

„Ich bestätige alles, was ich bisher unter der Folter gestanden habe", sagte sie mit fester Stimme.

Überrascht über diesen Wechsel blieb Stemmle stehen. Hatte er recht gehört? Langsam drehte er sich wieder um. „Ihr gesteht endlich?"

Else nickte mit dem Kopf.

Der Schultheiß konnte es immer noch nicht glauben. „Und Ihr nehmt das Geständnis nicht wieder zurück?"

„Nur eines nehme ich zurück, die Aussage, dass bei den Hexenfahrten die Frau Wyß und die Frau Spieß dabei waren."

„Was habt Ihr jetzt wieder vor?", fragte der Schultheiß misstrauisch.

„Ich sage Euch die Wahrheit. Doch als ich Euch von den beiden Frauen berichtete, habe ich mich getäuscht. Ich hatte geglaubt, dass ich die beiden unter Bauernhüten erkannt hätte. Aber bei diesen Hexenzusammenkünften ist so ein Getümmel und Getobe, dass man unmöglich etwas Sicheres darüber berichten kann."

„Ich glaube Euch nicht", schüttelte Rat Kiefer den Kopf. „Ihr habt beim Verhör vor zwei Wochen ohne nachzudenken die beiden Frauen genannt."

„Und wenn?“, fragte Else mit fiebrigen Augen. „Der Teufel zeigt sich in so vielen Gestalten, da kann man nie sicher sein. Ich sage Euch, ich habe mich getäuscht.“

„Da die beiden flüchtig sind, ist das auch nicht so wichtig“, entschied Stemmle. Er war froh und erleichtert, dass alles vorbei war. „Schwört, dass Ihr die Wahrheit bekannt habt.“

Else, die gerade noch so fest und mutig gesprochen hatte, wurde kreidebleich. Sie hatte gerade das einzige Unrecht, das sie begangen hatte, geradegebogen. Sie hatte gewusst, dass man sie so lange foltern würde, bis sie Namen von anderen Frauen preisgab. Also hatte sie die Frau Spieß und die Altstadtschreiberin Wyß angegeben, denen man nichts tun konnte. Aber dann hatte ihr das Gewissen keine Ruhe gelassen. Was war, wenn die beiden doch irgendwann gefasst würden? Sie hatte es nicht ertragen, dieses Gefühl, jemanden zu Unrecht beschuldigt zu haben. Am Anfang hatte sie sich eingeredet, dass sie damit kein Unrecht beginge. Sie hatte durch diese falsche Aussage verhindert, dass sie unter der Folter andere Frauen belastete. Frauen, die man ergreifen und ebenfalls verbrennen würde. Doch dieses Unrecht, diese Schwäche unter der Folter hatte ihr keine Ruhe gelassen.

Vor wenigen Herzschlägen hatte sie ihr Gewissen wieder erleichtert. Sie war ohne schwere Sünde. Sie würde vor Gott hintreten und seinen Urteilsspruch erwarten können. Aber nun sollte sie schwören. Beeiden, dass sie eine Hexe war. Das war eine Todsünde! Sie konnte keinen Meineid leisten.

„Reicht es Euch denn nicht, wenn ich anbiete, auf dieses Bekenntnis hin zu sterben?“ Else schrie es hinaus, voller Angst vor dem ewigen Verderben.

„Mein Gott, was soll ich denn nur tun?“, bettelte sie in ihrem Innersten. „Wirst Du, Gott, mir diese Sünde verzeihen?“

„Ich muss auf Eurem Eid bestehen", sagte in diesem Augenblick Stemmle. „So will es das Gesetz."

Das Gesetz! Das Gesetz!, hämmerten die Worte in Elses Kopf. Was ist das für ein Gesetz, das einzuhalten mich ins ewige Feuer stürzt?

Zum ersten Mal in den letzten vier Wochen liefen ihr wieder Tränen der Verzweiflung über die Wangen.

Hexen konnten doch weinen.

Vier Tage später, am neunzehnten Dezember, wurde das Urteil verkündet. Und am einundzwanzigsten Dezember 1601, vier Tage vor dem Fest der Geburt Christi, bestieg Else Gwinner, von allen die Bäcker-Else genannt, den Scheiterhaufen, um zu sterben.

28.

An einem Sonntag im Februar 1605 standen zwei Personen am Grab der Else Gwinner im Klosterhof. Neben einem frühzeitig gealterten Mann erkannte man die Silhouette einer jungen, hübschen Frau. Lange standen beide regungslos und beteten vor einem schlichten Grabmal aus Sandstein. Es war der einzige Grabstein in diesem Hof. Der Klosterhof war eine Begräbnisstätte für Arme, für Vorbeiziehende, die in Offenburg gestorben waren, und für Personen, die man nicht in der geweihten Erde des Friedhofs hinter der Heilig-Kreuzkirche haben wollte. Aber es waren außer der Bäcker-Else keine Hexen hier begraben. Deren Asche war auf dem Galgenfeld verstreut. Doch Martin Gwinner hatte darauf bestanden, dass er die Asche seiner Frau mitnehmen und im Klosterhof beerdigen durfte. Die Franziskaner hatten ihm diesen letzten Dienst für seine tote Frau erlaubt.

Tränen liefen der jungen Frau über die Wangen und auch dem Bäcker standen Tränen in den Augen. Aber es waren bei Martin Gwinner nicht nur Tränen der Trauer. Es waren auch Tränen der Freude. Seine Tochter hatte einen Monat zuvor geheiratet und nun stand sie hier. Am Grab ihrer Mutter. Ihr Antrag, ihren Vater trotz ihrer lebenslangen Verbannung aus Offenburg sehen zu dürfen, war vom Rat nach langen Beratungen genehmigt worden. Verstohlen sah Martin seine Tochter von der Seite an. Er sah ihre Tränen und er glaubte zu wissen, an was sie dachte.

Schon vor dem Tod seiner Frau vor über vier Jahren hatte Schultheiß Stemmle einen der Ratsherrn zu ihm gesandt. Die Botschaft des Rates war gewesen, dass der Bäcker seine Tochter Agathe wieder zu sich nehmen könne, wenn er den Rat darum bitte. Offenburg sei nicht daran interessiert, ein vierzehnjähriges Mädchen auf den Scheiterhaufen zu bringen, hatte der Ratsherr gesagt. Der Kirchherr hätte im Übrigen den Ratsherren bestätigt, dass er dem Kind den Teufel ausgetrieben habe.

Doch er, Martin, war damals so enttäuscht von der Aussage Agathes gegen ihre eigene Mutter gewesen, dass er seine Tochter dem Rat zur Bestrafung überantwortet hatte. Die Ratsherren hatten es zuerst nicht glauben wollen. Drei Wochen hatte Martin Gwinner gebraucht, bis er Agathe so weit verziehen hatte, dass seine Vaterliebe letztendlich doch siegte. Auch ihr eigener Großvater, der Alte Rat Laubbach, war viel zu entsetzt über die Anklage gegen alle seine Töchter gewesen, als dass er dem undankbaren Kind geholfen hätte, das mit seiner Aussage die eigene Mutter auf den Scheiterhaufen gebracht hatte.

Als ob Agathe seine Gedanken erraten hätte, fragte sie: „Wie geht es Großvater?“

„Er ist auch tot. Er hat es nicht mehr ertragen, wie seine gesamte Familie ausgerottet werden sollte. Er liegt im Friedhof hinter der Pfarrkirche. Er starb bereits zwei Monate nach deiner Mutter.“

Agathe wagte kaum zu fragen: „Und Tante Helene und Tante Adelheid?"

„Die sind gerettet", sagte Martin Gwinner. „Sie sind in Altdorf. Aber gehen wir nach Hause. Ich erzähle dir dort alles."

„Ich möchte zuerst noch an das Grab von Großvater. Auch ihn muss ich zuerst um Verzeihung bitten für das, was ich unserer Familie angetan habe."

Martin Gwinner nickte. „Ich glaube, inzwischen versteht auch dein Großvater."

Später, im Hause der Gwinners angekommen, saßen sich Vater und Tochter in der Stube gegenüber. Agathe hielt die Hände des Vaters in ihren Händen, während sie ihn unentwegt ansah. Martin begann, die Ereignisse nach Agathes Verbannung zu erzählen.

„Nachdem du gegen den Schwur, Offenburg nie mehr zu betreten…" Martins Stimme stockte, als er an diese Zeit zurückdachte. Auch heute noch überkam ihn die Scham, wenn er daran dachte, dass er dem Rat seine Tochter überantwortet hatte. Damals wollte er, dass auch Agathe wegen der Beschuldigung ihrer Mutter auf dem Scheiterhaufen sterben sollte. Nun wiederholte er den Satz: „Nachdem du also Offenburg verlassen und nach Weißenburg gegangen warst, gab es für deine Tanten erneut eine große Gefahr. Denn die Tatsache, dass du gerettet warst, gefiel vielen Bürgern nicht."

Wieder stockte Martin, als er daran dachte, wie nah er der Gefahr gewesen war, den Tod seiner eigenen Tochter zu verschulden. Agathe drückte seine Hand, als habe sie seine Gedanken erraten.

Martin sah auf, lächelte seine Tochter dankbar an und erzählte weiter.

„Besonders zwei Rebleute, der Bastian Hemmert und der Hans Baur, haben versucht, ihre Zunft gegen deine Freilassung aufzubringen. Sie hatten ja einen Freund

Silberrads als stellvertretenden Zunftmeister, den Fiegenbach. Den wollten sie sich verpflichten. ›Wenn die beiden fremden Weibspersonen aus Schutterwald nicht gewesen seien‹, sagten sie, ›würde die Bäcker-Else immer noch Käfer und Raupen säen und die Räte hätten es noch schwer zu bereuen, dass sie das Agathle gehen ließen.‹

„Ich habe lange gedacht, dass es ein Fehler war, mich gehen zu lassen", sagte Agathe. Tränen flossen ihr wieder über die Wangen. „Aber nicht aus diesem Grund, sondern, weil ich schuld bin, dass Mutter..."

„Hör auf", sagte Martin Gwinner schärfer, als er es wollte „Du warst ein Kind..."

Agathe schüttelte traurig den Kopf. „Ich war alt genug. Aber ich war feige."

„Jetzt quäle dich nicht." Martin entzog Agathe eine Hand und strich ihr über den Kopf. „Es ist vorbei."

Martin schwieg zunächst. Auch Agathe hing ihren Gedanken nach.

Nach einer Weile sagte Martin: „Vielleicht wurden durch das Opfer deiner Mutter ihre beiden Schwestern gerettet. Nachdem von den Laubbachs deine Mutter und deine Großmutter nicht mehr waren ..." Erneut unterbrach er sich und schluckte, um die Tränen zurückzuhalten. Dann fuhr er wieder mit festerer Stimme fort: „Denn die Räte wehrten sich danach immer stärker gegen die Aufforderung Silberrads, Helene und Adelheid als Hexen einzuziehen."

„Silberrad", sagte Agathe leise. „Wie können Menschen nur so böse sein."

„Jetzt habe ich eine gute Nachricht", sagte der Vater, erleichtert, dass er den Bericht über dieses traurige Kapitel der Geschichte seiner Familie abschließen konnte. „Irgendwann kommt alles wieder ins Lot. Irgendwann werden auch die Bösen bestraft. So auch bei diesen Hexenjägern." Seine Augen begannen zu leuchten. „Nachdem sie nämlich keine Ruhe gaben, die Bevölkerung aufhetzten und den Schultheiß immer stärker wegen deiner Tanten unter Druck setzten, ließ der Rat den Ruprecht Silberrad, den Stehlin, den Baur und den Hemmert wegen Aufwiegelung der Mitbürger ins Gefängnis werfen. Der Kaspar Silberrad und der Fiegenbach, die auch verhaftet werden sollten, konnten fliehen. Allerdings haben sie Kaspar Silberrad in Straßburg gefasst, eingekerkert und sein gesamtes Vermögen eingezogen. Der Fiegenbach hat ebenfalls sein ganzes Hab und Gut verloren und nur das nackte Leben gerettet. Und den Stehlin, der schon die Rockenbach und deine Tante Helene so schwer belastete, haben sie inzwischen wegen nachgewiesenen Raubes hingerichtet."

„Ich kann mich darüber nicht so freuen wie Ihr", sagte Agathe gequält. „Ich habe auch gegen Mutter ausgesagt."

Das Leuchten in den Augen Martins erlosch. „Agathe, entschuldige. So habe ich es nicht gemeint. Du...du warst doch noch ein Kind. Du hast nicht gewusst, was deine Anschuldigung für Folgen haben würde. Du hattest Angst vor der Folter."

„Ich hatte auch Angst vor den Folgen der Wahrheit."

Agathe sah ihren Vater eindringlich an. Dann senkte sie den Blick, bevor sie leise weitersprach:

„Was die beiden Fischer damals behauptet haben, stimmte ja. Ich hatte mich nachts mit einem Jungen heimlich vor der Stadt getroffen. Als ich dann in der Zelle von Mutter war, spürte ich plötzlich, dass ich ihr nichts verheimlichen konnte. Sie hat die Wahrheit erahnt. Ich wollte nur noch weg aus dieser Zelle."

Wieder stockte Agathe. Die Erinnerung wurde für einen Augenblick übermächtig. Martin sagte nichts. Er ließ ihr Zeit. Dann berichtete Agathe weiter:

„Als dann Mutter sagte, dass es besser gewesen wäre, wenn sie mich als kleines Kind im Bad ersäuft hätte, wusste ich genau, dass sie nicht nur meine Sünde ahnte, sondern von meiner Schande wusste. Ich habe mich so geschämt. Plötzlich glaubte ich, dass alle mir ansehen würden, dass ich meine Unschuld verloren hatte. Das machte mich wütend. Wütend auf Mutter. Sie hatte ausgesprochen, was mir offensichtlich alle ansahen. Ich wollte nur noch weg und ihr nie mehr in die Augen sehen müssen."

Agathes Lippen zuckten. Doch sie musste nun beenden, was sie ihrem Vater noch zu sagen hatte: „In diesem Moment dachte ich, wenn sie tot wäre, könnte sie mich nicht mehr so anklagend ansehen."

Heftiges Schluchzen erschütterte ihren Körper. Martin stand von seinem Stuhl auf, nahm sie in die Arme und zog ihren Kopf an seine Schulter.

„Mutter wollte damals nur dein Bestes. Aber das hättest du in deinem Kummer und deiner Angst nicht verstanden. Das war ihr nicht bewusst. Aber wir wollen darüber nicht mehr sprechen. Ich glaube, du hast genug gelitten."

„Ich werde immer unter meiner damaligen Feigheit leiden, Vater. Glaubst du, Mutter hat mir verziehen?"

Martin nickte nur. Immer noch lehnte Agathe ihren Kopf an seine Schulter. Allmählich wurde sie ruhiger. Während sie sich noch eine Weile in der tröstenden Umarmung ihres Vaters von ihrem neu aufgeflammten Schmerz freimachte, strich Martin seiner Tochter übers Haar. Langsam löste sich Agathe aus der Umarmung, hielt aber seine Hände weiterhin fest umschlossen, während sich beide wieder auf ihre Stühle setzten.

„Werden immer noch Hexen gejagt, Vater?"

„Nein", sagte Martin. „Nicht mehr. Die beiden Schutterwälderinnen hatten ja noch die Catharina Silberrad beschuldigt. Daneben einige andere Frauen der Offenburger Patrizier. Die Silberrad haben sie eingezogen, als du noch im Turm warst. Und die bucklige Frau des König auch. Über ein Jahr waren beide im Turm. Dann haben sie die zwei Frauen schuldig gesprochen und verbrannt. Außerdem haben sie noch drei weitere hochgestellte Frauen verhaftet. Ich glaube aber nicht, dass du die gekannt hast. Es waren die Barbara Hirn und die Frau vom Hans Bluethard und die Barbara Ferber."

Agathe zuckte zusammen. „Frau Ferber? War das nicht die Frau vom früheren Schultheiß Ferber, der öfters bei Großvater eingeladen war?"

Martin nickte. „Ja. Die drei wurden auch noch als Hexen hingerichtet. Doch jetzt ist es seit zwei Jahren vorbei. Ich glaube, es wird in Offenburg wieder wie früher."

Eine Weile saßen beide still, in Gedanken versunken. Immer noch hielt Agathe die Hände ihres Vaters.

Dann sagte Martin: „Weißt du, dass deine Mutter die Einzige war, die keine Hexengespielinnen nennen konnte? Ich habe es von deinem Großvater erfahren. Für ihn war es der überzeugendste Beweis, dass Else keine Hexe war. Selbst unter der Folter hat sie niemanden genannt. Hexen aber sind nie allein bei Satan, sagte er vor seinem Tode immer. Deshalb verstand er nicht, wie Stemmle und die Stettmeister so verblendet sein konnten."

„Er weiß jetzt ganz sicher, dass weder seine Frau noch seine Tochter eine Hexe war. Und dass seine beiden anderen Töchter überlebt haben."

„Und er hört dir jetzt zu", sagte Martin lächelnd.

„Vater?"

„Ja, mein Kind?"

„Ich fühle mich wie von einer schweren Last befreit, die mich seit langer Zeit fast erdrückte."

Agathe sah Martin an und nun lächelte auch sie, wenngleich immer noch Tränen in ihren Augen standen.

„Ich glaube, ich bin zum ersten Mal seit vier Jahren wieder glücklich."

Schlussbemerkung des Autors:

Die Hoffnung des Martin Gwinner, dass die Hexenprozesse vorbei wären, war trügerisch. Drei Jahre später begannen erneut Prozesse, brannten neue Feuer. Wieder starben Frauen und Männer, vor allem aber Frauen, wegen falscher Anschuldigungen, Bosheit, Aberglauben, Unwissen, Angst. Sie starben im Bewusstsein, dass sie unschuldig waren und nichts tun konnten, ihre Unschuld zu beweisen. Im dritten Jahrzehnt des 17. Jahrhunderts erreichten die Hexenverbrennungen in Offenburg ihren Höhepunkt, bevor sie nach 1630 fast endgültig erloschen.

Doch sie erloschen nicht, weil es Bürger oder Richter gab, die sich gegen diesen Wahnsinn auflehnten, sie erloschen, weil ein neues Unheil das Denken der Menschen beherrschte. Seit 1618 tobte in Deutschland ein Religionskrieg, dessen Verwüstungen, Leid und Ausrottung ganzer Landstriche immer näher an Offenburg und die Ortenau heranrückte. Schließlich, 1632, nahmen die evangelischen Schweden Offenburg ein. Der Dreißigjährige Krieg hatte die Schrecken der Hexenverfolgung durch die Schrecken des Religionskrieges ersetzt.

1689 schließlich wurde Offenburg durch den König von Frankreich vollständig zerstört.

Nur das Kapuzinerkloster blieb stehen.

Erläuterungen

1. *Malefizgericht* (Malefiz = Kapitalverbrechen):
Ein Malefiz- oder Halsgericht = Gericht über Leben und Tod. Aus der *Halsgerichtsordnung* Karls V. (Artikel 109): Straff der zauberey: „Item so jemandt den leuten durch zauberey schaden oder nachtheyl zufügt, soll man straffen vom leben zum todt, vnnd man soll solche straff mit dem fewer thun. Wo aber jemandt zauberey gebraucht, vnnd damit niemant schaden gethan hett, soll sunst gestrafft werden, nach gelegenheit der sach..."
2. *hochnotpeinlich:* Befragung unter der Folter
3. *Alter Rat:* Die Regierung der freien Reichsstadt Offenburg um 1600.
Die Regierung selbst hatte als obersten Vertreter einen durch die Zwölfer lebenslänglich gewählten, an dessen Seite der Syndikus und der Stadtschreiber. Die Regierungsgeschäfte lagen in den Händen des Rates, dessen eine Hälfte in der Weise eingesetzt wurde, dass jede der Zünfte (Junker und Constoffler, Schmiede, Kärcher, Schneider, Rebleute, Bäcker, Schuhmacher, Metzger, Weber, Fischer) drei Mitglieder vorschlug, deren eines der Rat auswählte. Dies war der *Junge Rat.* Die andere Hälfte setzte sich aus Junkern und Patriziern zusammen, wobei bei Tod oder sonstigem Ausscheiden eines Rates ein neues Mitglied vom Alten Rat ernannt wurde. Die Behörde übergab jährlich die besonderen Verwaltungszweige an die einzelnen Mitglieder. Die Exekutive war vier *Stettmeistern* (Bürgermeistern) und dem *Schultheiß* übertragen, welche auch die Kriminaluntersuchungen zu leiten hatten, während das Urteil vom gesamten Rat gefällt wurde. Die beiden städtischen katholischen Geistlichen waren als Schulherren geborene Mitglieder des Rates.
4. *Eckerich:* Eicheln und Bucheckern, das bevorzugte Futter für Schweine in den Wintermonaten. Da es damals noch keine Kartoffeln gab, waren die Schweine auf dieses Winterfutter angewiesen.
5. *Alaune:* Gruppe von chemischen Verbindungen, die sich aus Wasser und zwei verschiedenartigen Salzen zusammensetzt. Alaune werden zum Färben verwendet.
6. *Erblindung:* Vitamin A spielt eine Rolle bei der Bildung und Gesunderhaltung von Haut, Schleimhäuten, Knochen und Zähnen. Zudem ist es für das Sehvermögen von Bedeutung. Der Körper erhält Vitamin A auf zweierlei Weise. Zum einen aus Carotin, das in Gemüsesorten wie Karotten, Spinat, Grünkohl vorkommt. Zum anderen durch Nahrungsmittel tierischen Ursprungs, z. B. Milch, Butter, Käse, Eigelb, Leber. Da Vitamin A wichtig für gutes Sehvermögen ist, führt ein schwerer Mangel zur Erblindung.
7. *Batzen:* Münzwesen (im Mittelalter und beginnender Neuzeit uneinheitlich). Berechnung (in Offenburg zu dieser Zeit):
1 Straßburger Gulden = 15 Batzen = 720 Pfennig

1 Batzen = 48 Pfennig
Pfennige wurden wegen unterschiedlichem Silbergehalt auch in Gewichtseinheit Pfund festgesetzt

8. *Zinnkrug:* Zinn wurde früher noch Blei beigemischt, um Hartzinn zu erhalten, so dass eine Bleivergiftung wahrscheinlich ist.
9. *Muskelerkrankung:* Wahrscheinlich Atrophie (Schrumpfung) der Skelettmuskulatur. Ursachen sind z.B. Mangelernährung. Vielleicht bekam der Junge zwar genügend Kohlenhydrate, wurde aber nur einseitig ernährt. Bei bestimmten Formen der Lähmung schrumpfen die Muskeln so stark, dass sie nur noch einen Bruchteil ihrer normalen Größe haben. Möglich ist auch ein genetischer Defekt.
10. *Landen:* Zwei nach vorne verlängerte Holmen mit Handgriffen, damit man den Karren ziehen und lenken konnte.
11. *Tollkirsche:* Die in den Beeren der Tollkirsche enthaltenen Alkaloide Hyoscyamin und Scopolamin sind mit dem Kokain des südamerikanischen Kokastrauches verwandt. Auch noch heutzutage werden halluzinogene Pflanzen als Hexenkräuter bezeichnet. Vor allem Nachtschattengewächse wie Bilsenkraut, Tollkirsche, Schierlingskraut und Eisenhut verfügen über die Wirkstoffe Atropin und Scopolamin. Atropin wirkt erregend auf das zentrale Nervensystem. Scopolamin hat dagegen eine dämpfende Wirkung und führt zu einem halbwachen Zustand, wobei die Willenskraft stark beeinträchtigt ist. Denk- und Sprachfähigkeit bleiben jedoch erhalten. Außerdem wird durch Scopolamin eine starke sexuelle Erregung aktiviert. Wirkstoffe wie Atropin und Scopolamin können einen Zustand des Schwebens vorgaukeln und wecken außerdem noch die sexuelle Lust.
12. *Ohm:* Gewichtseinheit = 150,33 Liter

Literatur

Hexen in der Ortenau	Frank Volk	
GLA Karlsruhe Abt. 71	Nr. 542	Aktenstück Q 15
Die Ortenau:	Historischer Verein Mittelbaden	
	57. Jahresband 1977	
	66. Jahresband 1986	
	74. Jahresband 1994	
	75. Jahresband 1995	
	77. Jahresband 1997	

Als Hexer oder Hexen in Offenburg Hingerichtete

(soweit sie nicht bereits im Roman erwähnt werden)
von 1597 – 1631

1597-1599	Frau Fehr	Offenburg
	Anna Rumann	Offenburg
??.08.1608	Anna Gütle	Offenburg
	Anna Keller	Offenburg
	Christina Eckhard	Offenburg
	Maria Betzler	Offenburg
	? Betzler, Sohn der Maria Betzler	Offenburg
??.10.1608	Sabrina Linder	Offenburg
	Frau Fiedler	Offenburg
	Ottilia OttOffenburg	
	Frau Koch, Witwe des Hans Koch	Offenburg
	Anna Götzen	Offenburg
	Ursula Braun	Offenburg
	Appolonia Haug	Offenburg
03.12.1627	Katharine Brehm	Offenburg
	Cleophea Betzler	Offenburg
	Anna Maria Spengler	Offenburg
24.12.1627	Simon Haller	Offenburg
	Lucia Linder	Offenburg
	Christine Häußler	Offenburg
	Maria Geringer	Offenburg
14.01.1628	Ursula Schlininger, (genannt Widerstetterin) Witwe des früheren Schultheiß Widerstetter	Offenburg
	Magdalena Megerer, Frau des Stettmeisters Megerer	Offenburg
	Maria Scheutlin	Offenburg
	Margarethe Kast, Frau des Christoph Kast	Offenburg
	Maria Ernst, Frau des Hans Ernst	Offenburg
19.06.1628	Barbara Widerstetter, Tochter des ehem. Schultheiß	Offenburg

	Anna Maria Widerstetter, Tochter des ehem. Schultheiß	Offenburg
	Ursula Weid	Offenburg
01.07.1628	Magdalena, Frau des welschen Franz Verstorben während der Tortur auf dem Hexen-Stuhl	Offenburg
07.07.1628	Frau Baur, Frau des Stettmeisters Baur	Offenburg
	Frau Drittenbach	Offenburg
	Frau Weid, Mutter der Ursula Weid	Offenburg
	Meßner Treutel, Witwe des Jakob Kayser	Offenburg
01.12.1628	Ursula Baur, Tochter des Stettmeisters Baur	Offenburg
	Gertrud Weselin, Frau des Stettmeisters Weselin	Offenburg
	Anna Meyer	Offenburg
	Anna Hauff	Offenburg
15.12.1628	Barbara Scheuttlin	Offenburg
	Frau Fink, Witwe des Georg Fink	Offenburg
	Barbara Wurtz	Offenburg
	Maria Beuerlin	Offenburg
03.01.1629	Anna Nadler	Offenburg
	Frau Waltenburg, Frau des Hans Waltenburg	Offenburg
	Frau Beuerlin, Frau des Hans Beuerlin	Offenburg
16.02.1629	Jakob Linder, Schwiegersohn des Stettmeisters Hag	Offenburg
	Hans Ros Offenburg	
04.05.1629	Anna Fink	Offenburg
	Anna Fritsch	Offenburg
	Frau Ros, Mutter des Hans Ros und der 1627 verbrannten Frau Spengler	Offenburg
28.05. 1629	Thomas Wittich	Offenburg
	Frau Vollmer, Frau des Konrad Vollmer	Offenburg
	Agnes Storzen	Offenburg
	Margaretha Schöpflin	Offenburg
	Frau Nonnemann, Witwe des Simon Nonnemann	Offenburg
11.06.1629	Magdalene Schöpflin, Tochter der Margaretha Schöpflin	Offenburg

	Katharine Schöpflin, Tochter der Margaretha Schöpflin	Offenburg
	Jakob Roser	Offenburg
	Jeremias Huck	Offenburg
06.06.1629	Hans Bluom	Offenburg
	Ursula Oswald	Offenburg
	Frau Haßen, Witwe des Hans Haßen	Offenburg
	Magdalena Weber	Offenburg
	Frau Dünner, Frau des Hans Dünner	Offenburg
	Berbel Lüpfen	Offenburg
29.08.1629	Frau Mäder	Offenburg
	Ottilie Lang	Offenburg
	Martin Betz	Offenburg
	Frau Nagel, Frau des Stettmeisters Nagel	Offenburg
	Frau Beck, Frau des Stettmeisters Beck	Offenburg
19.10.1629	Marie Götzen	Offenburg
	Michel Wittich	Offenburg
	Catharina Hänlin	Offenburg
23.11.1629	Die ›Pulver-Margarethe‹	Offenburg
	Franz Göppert	Offenburg
	Hans Georg Baur, Ratsherr	Offenburg
12.02.1631	Moritz Mendlin, Ein offenbar Geisteskranker	Molsheim

Als Hexer oder Hexen Hingerichtete unter dem Landvogt in Ortenberg

(soweit sie nicht bereits im Roman erwähnt werden)
1595 - 1630

22.06.1595	Catharina Erhard	Appenweier
	Katharine Roß	Appenweier
	Christine Markgraf	Appenweier
11.08.1595	Barbara Schiffmann	Appenweier
	Sophia Kuon	Appenweier
	Catharina Markgraf	Appenweier
??.09.1595	Tobias Ohnmacht	Fautenbach
1603	Catharina Heyd	Ebersweier
	Anna Heyd	Ebersweier
	Catharina Fey	Fessenbach
1627	Barbara Hartnagel	Rammersweier
	Frau Heiz, Frau des Andreas Heiz	Goldscheuer
	Anna Mohl	Fessenbach
	Catharina Beuerlin	Ortenberg
26.01.1628	Jakob Scheerer	Griesheim
	Catharina Scheerer	Griesheim
	Catharina Gaulmann	?
	Ursula ?, Stieftochter des Georg Schreiner	Windschläg
28.01.1628	Magdalena Heldtrich	Ortenberg ?
	Frau Beuerlin, Frau des Jakob Beuerlin	Fessenbach
	Magdalena Ent	Rammersweier
	Ursula Schilling	Ortenberg
Febr. 1628	Fräulein Gries, Tochter des Hans Gries	Rammersweier
	Maria Grünberger	Rammersweier
	Barbara Schilling	Fessenbach
	Frau Vetter, Frau des Philipp Vetter	Fessenbach
April 1628	Maria Kopp	Kittersburg
	Maria Bitzkamp	Zell
	Frau Haller, Frau des Ludwig Haller	Ortenberg
	Frau Widmer, Frau des Jakob Widmer	Bühl (Dorf)
	Frau Xander, Frau des Hans Xander	Bohlsbach

27.05.1628	Ursula Wacker	Windschläg
	Merge Wittmann	Bohlsbach
	Frau Egs, Frau des Melchior Egs	Weier
	Merge Krampfert	Gamshurst
21.06.1628	Barbara Gaß	Weier
	Barbara Rempuß	Urloffen
	Apollonia Okenfuß	Windschläg
Juli 1628	Anna Wackher	Bühl (Dorf)
	Catharina Werstein	?
	Ursula Heinrich	?
	Maria ?, Magd in Kittersburg	Freistett
04.08.1628	Eva Guelmann	Griesheim
	Catharina Fitzkamm	Griesheim
	Maria Windtnagel	Nussbach
17.10.1628	Anna Heizmann	Goldscheuer
	Catharina Bremß	Appenweier
	Catharina May	Appenweier
04.04.1629	Catharina Brinkhlin	Appenweier
	Agnes Schneider	Goldscheuer
	Margarete Haan	Waltersweier
	Barbara Brinklin	?
21.05.1629	Frau Meyer, Frau des Reinhard Meyer	Achern
14.07.1629	Martha Buebenhofner	Kittersburg
16.07.1629	Anna Groß	Appenweier
	Catharina Bischler ?	Fessenbach
30.07.1629	Magdalena Grüner	Appenweier
31.07.1629	Marie Euelmann	Weier
	Barbara Schneider	Appenweier
Aug. 1629	Brigitta Mengis	Appenweier
	Barbara Widmann	Appenweier
	Maria Eckhart	Urloffen
	Christine Remps	Appenweier
	Anna Schertlin	Appenweier
	Martin Kranz	Urloffen
	Barbara Marggraf	Appenweier
	Catharina Koch	Appenweier
Nov. 1629	Jakob Gering	Appenweier

	Margarete Kuen	?
	Maria Reimuss	Appenweier
1630	Jakob Pfeller	Appenweier
	Hans Gering	Appenweier
	Hans Brinkhlin	Appenweier
	Maria Widmer	Bohlsbach
	Catharina Exen	Weier
	Anna Vetter	Weierbach
	Eva Grütler	Zell
	Barbara Schwarz	Appenweier
	Lucia?	Berghaupten
	Barbara Deiber	Ortenberg
	Anna Schütterlin	Ortenberg
	Joachim Megendinger	Rammersweier
	Christine Basler	Rammersweier
	Anna Strackh	Ortenberg